No te fíes

DE UN

BANDIDO

No te fíes
DE UN
BANDIDO

BEL FRANCES

La Educación
Sentimental

© Editorial Vestales, 2007

Diseño de cubierta e interiores: Buenaestrella

Frances, Bel
No te fíes de un bandido, 1ª ed. 1ª reimp., Ciudad Autónoma de Buenos
Aires: Vestales, 2007.
240 p.: 15 x 22 cm. (La educación sentimental)

ISBN 978-987-21470-8-2

1. Narrativa Española. 2. Novela Romántica. I. Título
CDD E863

ISBN: 978-987-21470-8-2

Hecho el depósito que previene la ley 11.723
Impreso en la Argentina. *Printed in Argentina.*

Nota introductoria

No muchos sucesos de la historia han sido tan transformadores como la Revolución Francesa. Fue un momento de *posibles*; la reina de Francia podía pasar a convertirse en viuda de Capeto a golpe de guillotina; un zapatero podía ser gobernador; y la hija de un pescador levantarse un amanecer siendo la musa de la Revolución.

La toma de la Bastilla en julio de 1789 marcó el principio del fin del Antiguo Régimen. Esta Revolución, tan llena de luces como de sombras, tuvo su epílogo con la ascensión al poder de Napoleón Bonaparte y su coronación como emperador de los franceses en 1804.

Luego de la fallida campaña a Rusia, donde el hambre y el frío jugaron un papel decisivo en la retirada del ejército de Napoleón, el Emperador debió combatir las sucesivas sublevaciones de Prusia y Austria que decidieron aliarse para enfrentarlo. Los aliados realizaron, en primer lugar, la Campaña de Primavera en la que pelearon en Silesia y, más tarde, la Campaña de Otoño, en el otoño de 1813. Allí los aliados sufrieron la derrota en Dresde, pero lograron recomponerse para la Batalla de las Naciones en la que vencieron al ejército francés. Cercado, Napoleón emprendió una retirada en la que tuvo que luchar en cada lugar para defender su poderío. Todos los intentos de defensa, sin embargo, fueron en vano. Los aliados entraron en París a fines de marzo de 1814. En abril, Napoleón abdicó.

Es en estos años finales del poderío napoleónico, entre 1813 y 1814, en los que se ubica esta historia, unos años tan brillantes como inestables, y que hicieron pensar a muchos si de verdad la historia del mundo había cambiado para siempre como vaticinaba el militar.

Con la caída de Napoleón, los realistas volvieron al poder en Francia; sin embargo, el Antiguo Régimen estaba ya herido de muerte y no pudo soportar por mucho tiempo los nuevos aires constitucionales.

Mientras el viejo continente solo daba un paso más en la alternancia de poderes, en América empiezan a desembarazarse del poder de las metrópolis. Los Estados Unidos de América no hacía cuarenta años que habían logrado independizarse de Inglaterra y ya deslumbraban al mundo con su pragmatismo y su fe en la democracia. Los trece estados iniciales percibieron, terminada la primera guerra de independencia, la necesidad de ampliar sus territorios a través de la colonización. En 1803 adquirieron Luisiana a Napoleón Bonaparte por una cifra casi simbólica. La antigua colonia francesa, que iba desde el actual Canadá hasta Nueva Orleáns a lo largo de la cuenca del Misisipi, pasó a ser una colonia de los Estados Unidos y, más tarde, un estado de la unión. Los comerciantes, traficantes de esclavos y terratenientes franceses no se retiraron, sin embargo, inmediatamente del territorio adquirido por los estadounidenses. Una gran parte de la población era francesa, y en la región se continuaba hablando el francés.

La segunda guerra de independencia que llevó a cabo los Estados Unidos contra Inglaterra fue encarnizada. Buscaban conformarse como país, aun a pesar de las diferencias que permanecían dentro y fuera de su territorio. Comenzó como un conflicto bélico por el Canadá, aprovechando la mala situación de los británicos que, en Europa, ya tenían bastantes problemas con el bloqueo napoleónico. Sin embargo, la flota británica mostró una vez más su poderío y bloqueó los puertos de la joven nación. Su belicosidad se vio reflejada en la crudeza del saqueo a la ciudad de Washington, de la que se dice que fue quemada casi en su totalidad. La paz llegó con el Tratado de Gante que firmaron el 24 de diciembre de 1814 en Bélgica. Incluso después de la firma del tratado, los ingleses intentaron entrar en Nueva Orleáns, pero fueron repelidos por el general Jackson, quien sería el futuro presidente de los Estados Unidos, y el traficante de esclavos de origen francés, Jean Lafitte.

Nos hemos tomado la licencia de adelantar el nombramiento del mariscal Jean-Baptiste Bernadotte como rey de Suecia al año 1813, habiendo sucedido esto cinco años después, y de incluir la presencia de colonos en las inmediaciones de St. Louis, aunque este hecho se dio algunos años más tarde. Por lo demás, los escenarios, palacios, vestimenta, carruajes, que se describen aquí son tal y como lo eran a principios de 1800, no así un personaje como Babette, que como mujer decidida hubiera podido vivir en cualquier momento, cien, mil años antes, hoy en día, en cualquier época histórica.

Capítulo 1

*E*L SONIDO DEL TRUENO FUE TAN INMEDIATO COMO EL RAYO, UN resplandor ensordecedor que hizo que la estancia se inundara de una vibrante luz blanquecina.

—Que Dios nos proteja, señora. Nunca he visto una tormenta como esta —dijo el posadero con el rostro lívido, mientras sus dedos nerviosos intentaban atar un sucio mandil.

Babette atisbó otra vez por el ventanuco de madera que quedaba junto a la gran mesa del comedor. La cortina de agua era tan espesa que no permitía ver más allá de los postigos, aunque su fragor se percibía en el constante martilleo de las gotas en el tejado y en el ruido ensordecedor de los truenos, que cada vez eran más continuos.

El posadero, a pesar del miedo, volvió a bostezar, como no había dejado de hacer desde hacía una hora, cuando la condesa le indicó que, incluso bajo el azote de la tormenta, había decidido partir.

—¿Desea que le prepare un poco de caldo, señora? Aún falta mucho para el amanecer. —El hombre ya había colocado la marmita rebosante de agua sucia sobre las brasas y preparaba unos oscuros trozos de hueso con los que animar la olla.

—No hay tiempo para eso, partiremos en cuanto estén enganchados los caballos —contestó Babette preocupada.

Un suave movimiento hizo que mirara hacia un lado.

—Pero le rogaría que calentara un poco de leche para mi hijo.

El pequeño Bastien dormía profundamente, arropado por un tupido chal de lana que apenas dejaba ver su espesa mata de cabello negro. Babette lo había vestido antes de bajar al salón, y el niño se había vuelto a quedar dormido sobre uno de los bancos de la posada, mientras esperaban a que el cochero preparara el carruaje.

—Señora —volvió a insistir el posadero, retorciendo entre sus manos el gastado mandil—, la Mansión de Mirecourt está aún a unas millas de aquí.

Quizás la tormenta amaine dentro de un par de horas y entonces...

—Gracias. —Babette no estaba dispuesta a dejarse convencer—. Será mejor que caliente la leche.

El hombre titubeó y se dirigió al fogón que ocupaba uno de los ángulos de la estancia, donde su esposa había conseguido avivar un buen fuego, a pesar de que hacía unas semanas era casi imposible encontrar leños secos.

Quizá tuviera razón, pensó Babette. Quizá debiera esperar en aquel horrible lugar a que el temporal amainara y los caminos fueran más seguros.

Pero la tormenta asolaba el corazón de Francia desde hacía semanas, y ella no podía desoír el lúgubre presentimiento que, como un suave murmullo lejano y constante, la perseguía cada noche. Era una extraña sensación que la abordaba cada vez que cerraba los ojos, como un vuelo de mariposas que la confundían y dejaban un rastro de incertidumbre al pasar.

Se había dicho una y mil veces que no era otra cosa que cansancio; los bailes en Las Tullerías, las veladas junto al Emperador, las exigencias de la corte. Además, desde que salió de París, apenas si había dormido, atenta a que el pequeño Bastien se encontrara cómodo en una carroza demasiado reducida e insegura para un viaje tan largo.

—Es solo cansancio —repitió en voz alta, intentando convencerse, mientras lacraba la carta que acababa de escribir a tía Camille y que esperaba que el posadero enviara con el dinero que le había dado.

En ese momento, la puerta de la posada se abrió, y apareció su cochero con la librea completamente empapada, enmarcado en la luz fantasmal de los rayos, que se reflejaban en cada gota de agua.

—El cielo se está derrumbando ahí fuera, señora. La tormenta empeora por momentos.

La noticia no podía ser peor; el tiempo apremiaba, y sus sueños eran cada vez más inquietantes.

—¿Crees que tendremos dificultades para continuar la marcha? —preguntó Babette con ojos anhelantes.

El cochero la miró un momento antes de contestar. Llevaba tres años trabajando para la condesa de Mirecourt. En todo ese tiempo, pocas veces la había visto sonreír. Sin embargo, desde que había decidido emprender aquel loco viaje, era una mujer completamente distinta. Una mujer dichosa.

—Si la tormenta no empeora demasiado, podremos llegar a la mansión en unas horas. El camino es bueno y suele estar bien delimitado. Tendremos que ir despacio por si la lluvia ha derribado algunas ramas, pero le aseguro que antes del mediodía habremos llegado a nuestro destino.

Una sonrisa luminosa apareció en los labios de Babette.

—Entonces será mejor que partamos enseguida.

* * *

—Mamá, cuéntamelo otra vez.

Babette atisbó preocupada a través de las cortinillas de la carroza. Todo era agua alrededor, y el bosque se desdibujaba a apenas un metro de distancia, oculto en un manto nebuloso de agua torrencial que no daba respiro a los caballos.

A pesar del cuidado con que conducía el cochero, habían tenido que detenerse varias veces a causa de la tormenta, por momentos tan intensa que casi se podía cortar. Un árbol de tronco gigantesco y rugoso había caído justo después de pasar el carruaje, y por todas partes las ramas golpeaban la carroza, que resistía, apenas, las embestidas del temporal. Lo que más preocupaba al cochero eran los arroyuelos que se habían ido formando en el centro y a ambos lados del camino ante la imposibilidad de que el suelo absorbiera más agua de lluvia; si seguía así, pronto se podrían ver arrastrados por una tromba de agua, con lúgubres consecuencias.

—Te volveré a contar el cuento si dibujas en tu cuaderno la casa de tía Camille junto al mar —le respondió Babette con una sonrisa crispada, disimulando su preocupación. A cada metro que recorrían con enorme dificultad, estaba más segura de haber cometido una temeridad al decidir continuar el viaje bajo aquella tormenta.

—¿Puedo dibujar también a monsieur de Rochefort? —preguntó el pequeño.

—¿A quién?— intentó parecer divertida, aunque estaba terriblemente asustada.

—El perro de la señora Abbey. Yo le llevo las sobras y él las come de mi mano.

Babette besó a su hijo y acarició sus sedosos cabellos negros, iguales a los de su padre. Después de tanto tiempo de distanciamiento, ahora se encontraba muy cerca de conseguir su felicidad y la de su hijo, y ningún esfuerzo era en vano para ello.

—Puedes pintarlo a él y también a la señora Abbey.

La noticia encantó al pequeño, que, pese al traqueteo del vehículo, se concentró con el carboncillo sobre el papel.

Babette volvió a estudiar el camino desde la ventanilla del coche.

En unas horas se encontrarían ante la cálida chimenea de la biblioteca, tomando una taza de té caliente con unos panecillos recién horneados. En unas horas estaría de nuevo entre los brazos de Arnaud, después de tanto tiempo de ausencia, de dolor, de ver pasar los días vacíos. Quizá podía haber esperado a que se alejara aquella tormenta que desde hacía días azotaba la región, pero tenía tantas ansias de estar entre sus brazos, necesitaba con tanta urgencia el calor delicioso de su cuerpo, que no podía esperar.

El terrible balanceo del carruaje la trajo de nuevo a la realidad. Por un instante, el vehículo se mantuvo apenas sobre las dos ruedas del lado izquierdo, para después caer pesadamente sobre las otras dos y recobrar la estabilidad.

Babette se golpeó en el hombro contra la dura madera de la portezuela y cayó como un fardo sobre el asiento de enfrente. Se incorporó a duras penas, asustada de veras y preocupada por lo que hubiera podido sucederle a su hijo. El niño tenía un puchero en los labios, pero más porque se había estropeado su dibujo que por otra razón.

—Enseguida estaremos en casa, mi cielo, y papá te llevará a pasear con su mejor caballo.

El pequeño Bastien mostró una sonrisa radiante.

—¿Y me dejará cabalgar solo?

Otra terrible sacudida convulsionó la carroza e hizo que Babette se traqueteara dentro del vehículo.

—Claro que sí, mi amor —dijo mientras golpeaba con los nudillos el techo del carruaje, hasta lastimarse los dedos.

Allí se abrió una portezuela y apareció la cara del cochero, completamente empapado.

—¿Crees que debemos volver? —le gritó para hacerse oír, con un nudo en la garganta.

—Imposible, señora. Hemos dejado atrás varios árboles caídos del tamaño de la torre de una iglesia que nos impedirían dar la vuelta. No nos queda otro remedio que continuar.

Babette volvió a mirar al exterior, los arroyuelos que flanqueaban el camino tenían ahora el aspecto de dos ríos turbulentos que arrastraban las hojas y las ramas caídas a su paso. Dentro de poco, no tendrían dificultad para llevarse consigo a la endeble carroza.

Una piedra llevada hasta allí por el aguacero hizo entonces que el carruaje diera de nuevo una sacudida, y el cochero perdió las riendas de los caballos. El hombre intentó recuperarlas, pero no lo consiguió ante la imposibilidad de ver bajo el manto de lluvia. El coche volvió a tambalearse, y los caballos se encabritaron para lanzarse por el camino a toda velocidad.

—¡Los caballos! —gritó el cochero.

Babette, sin verlo, lo comprendió al instante y tuvo la certeza de que todo se acabaría allí.

Fue tan rápido como una pesadilla; las ramas de los árboles golpeaban el carruaje como látigos esgrimidos por furiosos gigantes, y el coche cada vez tomaba más velocidad, arrastrado por los asustados caballos que corrían desbocados, siempre hacia delante, sin otro destino que estrellarse contra uno de los monstruosos troncos de los árboles o dejarse arrastrar por la fuerza del agua.

—¡Mamá! —gritó el pequeño Bastien asustado cuando una rama entró por la ventana y rasguñó el rostro de su madre.

—No te preocupes, amor. Es solo una zona pedregosa del camino. —Abrazó a su hijo con todas sus fuerzas mientras intentaba mantener algo de estabilidad dentro del carruaje, que se agitaba como si se fuera a partir en pedazos en cualquier momento.

En el pescante, el cochero hacía esfuerzos por hacerse con el dominio de la carroza, gritando el nombre de los caballos e intentando recuperar las bridas, pero los animales no respondían, y la loca carrera se hacía a cada paso más mortal.

Fue como un relámpago negro. Sin saber de dónde, Babette vio pasar junto a la ventanilla de la carroza a un jinete que había aparecido de ninguna parte, envuelto en un largo gabán oscuro, y con el rostro oculto tras un pañuelo que lo protegía apenas de la lluvia y un sombrero calado hasta los ojos. Parpadeó para comprobar que no era una visión provocada por los golpes, pero el jinete seguía allí, inclinado sobre un caballo del color de las tinieblas, esquivando las ramas a su paso y confundiéndose con la negrura de la noche, como un demonio del Averno venido a recogerlos en la hora final.

El jinete miró un momento hacia el interior del carruaje, y los ojos de ambos se encontraron. Babette sintió que el aliento se le detenía, que el pulso escapaba de su cuerpo atrapado por la llama azul intensa de los ojos de ese demonio. Estaban enmarcados en unas espesas cejas oscuras y tenían la fuerza terrible de una tormenta. Una sola mirada de esos ojos podría causar una tempestad mil veces peor que la que padecían.

El jinete volvió a concentrarse en el sendero y azuzó la montura para intentar llegar hasta los caballos desbocados, aunque la estrechez del camino y el ritmo endiablado con que estos galopaban hacían casi imposible la tarea.

Con cada balanceo, Babette lo veía aparecer y desaparecer a través de la ventanilla, como un barco en un mar embravecido.

¿Quién sería? ¿De dónde había salido, vomitado por la noche? Solo un loco podría tener la temeridad de cabalgar bajo aquella tormenta, o un demonio.

El pequeño Bastien se había abrazado con fuerza a su madre, que intentaba permanecer estable en el interior del vehículo, y se mantenía muy callado, dando solo pequeños gemidos cuando eran lanzados sin miramientos sobre el asiento de enfrente o sobre el suelo con cada embestida de las ruedas del coche sobre las rocas que bordeaban el camino.

La velocidad del carruaje aumentó hasta parecer que apenas tocaba el suelo. En un instante, se encontraban dentro del caudal que ya ocupaba todo un lado del sendero, para avanzar momentos después peligrosamente junto a los árboles, arrastrando ramas del tamaño de un brazo musculoso.

Babette se maldijo a sí misma y maldijo al jinete, que, según podía ver ahora, intentaba hacerse con las riendas de los caballos. El enmascarado se sostenía a la montura con la fuerza de sus piernas e inclinaba el cuerpo para acercarse a los animales desbocados, pero los asustaba aún más, lo que provocaba que corrieran a mayor velocidad.

El agua entraba en el carruaje con cada quiebro que hacían los asustados caballos para esquivar al enmascarado, y les humedecía las ropas con el frío intenso de la noche. Una nueva sacudida y el carruaje volvió a perder la estabilidad, hasta casi volcar. Babette cayó pesadamente sobre la puerta del vehículo y sintió que se golpeaba con el postigo, pero lo único que le importaba en ese momento era el pequeño Bastien, que seguía aferrado a ella y ocultaba el rostro entre sus ropas de viaje.

—Agárrate fuerte, cariño —gritó Babette.

El pequeño asintió, y ella lo notó moverse entre sus ropas y asirse a su cintura.

Poco a poco, el vehículo empezó a aminorar la velocidad, primero de manera imperceptible, más tarde permitiendo que se mantuvieran sentados en el asiento, hasta que al final se estabilizó sobre las cuatro ruedas.

Babette asomó medio cuerpo fuera de la ventanilla y pudo ver como el jinete había conseguido hacerse con las bridas y como iba controlando a los animales desde su montura, susurrándoles palabras al oído mientras les acariciaba el lomo con la mano libre.

Unos minutos más tarde, el carruaje se detuvo bajo un cielo que se desmoronaba por momentos, en medio de un bosque tan oscuro como el principio de los tiempos.

* * *

El jinete bajó de su montura de un salto, y las botas se le hundieron en el barro. Ató a su animal en un saliente del pescante y se dirigió a los aún asustados caballos. Les acarició el lomo y susurró palabras al oído, en voz muy baja, sin intentar hacerse oír más allá del fragor de la tormenta, lo suficiente para que, poco a poco, los caballos se fueran calmando.

—Gracias por su ayuda, señor —dijo el cochero, que se aproximó para sostener con firmeza las bridas una vez que el vehículo se detuvo—. Nunca se habían asustado así. Son buenos caballos.

—Lo son. —El jinete había bajado el pañuelo que ocultaba su rostro, aunque la escasa luz impedía ver con claridad sus facciones.

El cochero lo miró de reojo mientras ajustaba los correajes de los animales; aquel desconocido envuelto en ese oscuro gabán tenía una apariencia terrible. Era muy alto y, debajo de la prenda que se ajustaba a su cuerpo como un guante, se adivinaba más el cuerpo de un luchador que el de un caballero.

—¿Cómo se les ocurre transitar por el bosque con esta tormenta? —dijo el jinete con voz desagradable—. Hacia el Sur, el camino está impracticable. Hay árboles caídos que obstruyen el paso, y el río se ha desbordado tres millas más abajo. Es imposible que puedan continuar con este carruaje.

BEL FRANCES

—Nunca pensamos que la tormenta empeoraría así, señor. Debemos llegar a la Mansión de Mirecourt cuanto antes.

El jinete se deshizo del sombrero y dejó a la vista un pelo oscuro y largo, mal recogido en la nuca con una coleta. Se agachó con agilidad y comprobó el estado de los caballos; aparte del susto, parecía que no habían sufrido daños en las patas, en cuyo caso habría habido que sacrificarlos.

—La tormenta no amaina. —El cochero miraba al cielo y se cubría los ojos con la mano para protegerlos de la lluvia—. La señora se disgustará cuando se entere de que no podremos continuar.

—¿La señora? —preguntó el jinete retirándose el largo cabello castaño y empapado de la cara. A la escasa luz que proyectaban las linternas de aceite del vehículo, el cochero creyó advertir un brillo de interés en el rostro pétreo de su salvador.

—La condesa de Mirecourt y su hijo, el vizconde de Lauvergne. Salimos de París hace tres días. Apenas si hemos cambiado de caballos, ni nos hemos detenido más de lo necesario. Es vital que lleguemos a la mansión cuanto antes, señor.

"La condesa de Mirecourt", pasó por la mente del jinete. "Quien va en este carruaje es madame de Mirecourt". Quizá, a pesar de la tormenta, hoy consiguiera un jugoso botín.

El cochero lo observó con aprensión. El jinete parecía un caballero, pero estaba seguro de que no pertenecía al círculo de la señora; en esta época no era bueno fiarse de nadie.

—¿Conoce a la Condesa?

—No tengo el honor —dijo con voz seca.

El cochero empezaba a preguntarse si de verdad había sido una suerte contar con la ayuda de aquel desconocido. Sabía que esos bosques estaban plagados de bandidos que por menos de lo que valían aquellos caballos eran capaces de segar la vida de un viajero.

El agua seguía cayendo como una espesa cortina semisólida que apenas dejaba ver a un par de metros de distancia y obligaba a gritar para ser oído.

El jinete, una vez que comprobó que todo estaba bien, se giró para dirigirse al carruaje. Reducir al cochero sería fácil, pero antes había que ver el estado del botín. Su experiencia le decía que las condesas adineradas nunca tenían menos edad que su abuela, si es que alguna vez la había tenido. El vizconde tampoco sería un problema; estos petimetres de corte se asustaban con facilidad. Con suerte, y así le había parecido ver, los acompañaría alguna jugosa dama de compañía a quien seducir, que le alegraría esa noche fría.

En cuanto se dio vuelta, de entre la espesura del agua vio aparecer la figura de una mujer ataviada con un ligero vestido de muselina blanco, que el agua hacía que se pegara a su cuerpo como si no existiera. No debía de tener más de veintitrés o veinticuatro años. El cabello empapado caía sobre sus hombros y alguna mecha, que ella intentaba apartar, sobre su cara. Tenía las caderas estrechas y deliciosas, y según se acercaba, pudo apreciar la forma del busto, erguido y redondo, con los pezones endurecidos a causa del agua fría, y las aureolas rosadas que se dejaban ver a través del vestido. Por un momento se quedó embelesado mirando la extraña aparición y notó que su cuerpo respondía a los estímulos visuales. A pesar del fragor de la lluvia que lo envolvía todo, el jinete estuvo seguro de encontrarse ante la criatura más deliciosa que jamás hubiera visto. Un apetecible manjar al alcance de su mano, a solo unos pasos.

Una sonora bofetada lo trajo a la realidad.

—Señora... —intentó decir.

Otra bofetada le cortó las palabras y tuvo que sostener la mano de la mujer para evitar una tercera.

—¡Ha estado a punto de matarnos a todos!

—Señora. —El jinete acababa de constatar que aquella aparición no era otra que la famosa condesa de Mirecourt. La miró con ojos terribles, y Babette sintió por un instante que había ido demasiado lejos enfrentándose a aquel ser demoníaco—. Yo no he sido el responsable de este accidente. Debería juzgar mejor a quienes la ayudan.

Babette forcejeó hasta conseguir que el hombre, con una sonrisa fría, dejara libre su mano.

—Si el carruaje o los caballos han sufrido algún daño haré que lo azoten. —Los ojos de Babette emitían rayos mortales que intentaban impactar directamente sobre el desconocido.

Envuelta en la lluvia, su respiración acelerada hacía que la liviana tela del vestido subiera y bajara a cada golpe de aire que exhalaban sus pulmones, con un ritmo que tenía embrujado al jinete.

Babette se percató de la manera en que aquel hombre la miraba y volvió a levantar una mano con intención de abofetearlo de nuevo.

—Yo no lo intentaría, Condesa. Puedo exigirle que repare la ofensa aquí mismo.

Ella lo miró con ojos furiosos.

—No sería capaz de hacer lo que dice.

El desconocido recorrió con lentitud la distancia que los separaba, y quedó casi pegado a ella. Entre ellos solo había unos centímetros de aire electrizado, cargado de energía. Babette no retrocedió, pero su cuerpo reaccionó con un escalofrío a la cercana presencia de aquel hombre que le hablaba como nadie lo había hecho antes. Era alto, muy alto y, a través de la ropa mojada, de su cuerpo emanaba un calor que sería capaz de abrasarla.

El cochero se acercó entonces, aligerando el agua de su calado sombrero, sin percatarse del enfrentamiento que la Condesa y el desconocido mantenían en ese momento.

—Señora, los caballos y el carruaje están en buen estado. Aunque parece ser que el camino está cortado unas millas más abajo.

Por primera vez, los ojos de Babette cambiaron su expresión de furia por una de preocupación.

—¿Cortado? ¿No podremos continuar? —Miraba al jinete, que sonrió mientras se apartaba el cabello mojado de los ojos y se separaba unos pasos de ella, acercándose de nuevo a los caballos. Babette notó como el extraño magnetismo de aquel hombre se desvanecía y la terrible realidad volvía a ocupar su lugar.

—No, no es posible continuar —dijo el jinete.

—Pero yo necesito…

—Señora —terció al fin con voz crispada y ojos furiosos—, está empapada, hace frío y no hay nada que hacer. Será mejor que entre en el coche y espere a que amaine el temporal.

—Pero yo…

—No hay nada que hacer —dijo con voz dura y distante; aquella mujer, por alguna razón desconocida, lo tenía trastornado. Era consciente de que su plan se estaba viniendo abajo por momentos. ¿Por qué no la sacaba de allí y le bajaba los humos en el catre? Tenía que ser delicioso deslizarse despacio dentro de una mujer como aquella. Tuvo que sacudir la cabeza y dejar de pensar en ella, pues notaba que, debajo del gabán empapado, su cuerpo se erizaba solo de imaginarlo.

Babette volvió a lanzarle una mirada fulminante, pero decidió no provocar más a aquel hombretón. Se dirigió a la puerta del carruaje y cuando llegó a ella se dio la vuelta y estudió al personaje que tenía delante. Envuelto en el grueso gabán, era difícil calcular su hechura, aunque se trataba de un hombre fuerte, delgado, de espalda ancha y buen estado físico. Debía reconocer que tenía unos ojos bonitos, de un azul intenso y terrible, que brillaban incluso bajo aquella lluvia. Sus rasgos eran duros pero atractivos; la nariz grande y un poco aguileña, y los pómulos marcados, como si se tratara de un animal de presa. El cabello, que caía empapado sobre la cara, lo llevaba recogido en una coleta, y una cicatriz en la barbilla le llegaba hasta cerca de la comisura de la boca, lo que le daba un aspecto temerario y sensual.

—Caballero —dijo Babette reprimiendo un mohín de disgusto—, suba a mi coche.

El hombre levantó una ceja y observó al cochero, que lo alentó con un movimiento de cabeza. Con una sonrisa pícara se dirigió hacia la portezuela; quizá la Condesa había decidido dar rienda suelta a su imaginación y disfrutar un poco antes de despedirse. Si era así, no se llevaría todo el botín, aunque, pensándolo bien, debía de haber un conde de Mirecourt que daría un buen rescate por una mujer como esa.

Antes de entrar, atisbó con curiosidad el interior. Babette se había acomodado al final del asiento, junto a la otra puerta de salida, y permanecía muy rígida, intentando mantener una postura digna, que el vestido empapado y el cabello que se empeñaba en caer sobre su frente, le impedían conseguir.

BEL FRANCES

Justo enfrente había un niño pequeño, de cuatro o cinco años, cubierto con la pesada capa de viaje de su madre, que lo miraba con ojos asombrados.

¡Se había olvidado del Vizconde! La cosa se ponía aún más interesante; un hombre nunca deja de pagar un buen rescate por recuperar a su heredero.

—Entre y cierre la puerta —dijo Babette sin mirarlo siquiera—. Mi hijo pescará una pulmonía.

El niño no apartaba unos ojos como platos del desconocido, que con un gruñido entró en el pequeño habitáculo y lo llenó por completo.

—¿Es usted un bandido? —preguntó el pequeño Bastien con mirada ansiosa.

El jinete iba a contestar cuando Babette lo hizo por él.

—No cariño, es solo un pobre viajero que ha tenido un percance y a quien debemos ayudar.

—Señora, yo...

—No le he dado permiso para hablar —dijo Babette, de nuevo desafiante.

El jinete la miró fijamente, con ojos capaces de fulminar a un hombre.

Por mucho que le disgustara admitirlo, tenía delante a la mujer más hermosa que había visto en su vida, y la más insoportable también. Aún no había decidido qué hacer con ella. Por ahora, lo mejor era seguirle el juego; siempre tendría oportunidad de hacer lo que había venido a hacer. El pequeño le ponía las cosas un poco difíciles, no le agradaba en lo más mínimo atemorizar a niños inocentes, pero podría robarles y dejarlos allí, a su suerte. No era la primera vez y tampoco sería la última.

El niño sacó de debajo de la capa de su madre una mano en la que mostró un juego de carboncillos, y los tendió hacia el jinete.

—Es lo único que tengo —dijo el pequeño Bastien mientras intentaba que el hombre los aceptara—. También puedo darle mi juego de canicas, pero tendrá que esperar a que lleguemos a casa de mi padre y mamá permita que me deshagan el equipaje. Yo, cuando sea grande, también quiero ser bandido.

—¡Bastien! —exclamó Babette indignada—. Pide disculpas a este caballero. Y usted, no debe alentar las fantasías de mi hijo.

El desconocido decidió no contestar. Estaba seguro de que solo conseguiría que lo mandaran callar y no tenía certeza de como reaccionaría. Además, tenía curiosidad por saber el final de todo aquello.

El pequeño Bastien terminó por hacer caso a su madre y, una vez pedidas las disculpas, Babette empezó a hablar.

—Le ha comentado usted al cochero que la carretera está infranqueable —afirmó más que preguntó.

—Así es.

—¿Cómo de infranqueable?

—Con este carruaje, a pesar de ser liviano, no podrán continuar más de un par de millas, eso sin contar con que el temporal empeore.

Babette reflexionó sobre las palabras que oía, con la mirada perdida. El jinete sintió que se le alojaba un ligero ahogo desconocido en el estómago, como si una manada de hormigas furiosas anduviera por sus entrañas. Ahora que parecía haberse tranquilizado, la condesa de Mirecourt se mostraba aún más hermosa que antes. El jinete se descubrió siguiendo con la mirada cada curva de la mujer; la línea delicada de su perfil, la forma del pecho que se dibujaba a través de la tela, más abajo la sombra dorada que la muselina empapada no lograba ocultar. Tuvo que cruzar las piernas para no mostrar el estado en que se encontraba, tarea dificultosa en un habitáculo tan reducido.

El movimiento del desconocido trajo de nuevo a Babette a la situación desesperada en que se encontraban.

—¿Es usted de la zona? ¿Cuánto tiempo cree que tardarán en retirar esos árboles?

El jinete se encontraba incómodo en aquellas circunstancias; sin embargo, tampoco podía hacer nada por evitarlo.

—Antes de un par de días será imposible.

—No puede ser. Tengo que estar en mi destino cuanto antes.

El hombre no podía dejar de observarla, aun sabiendo que se ponía en ridículo a cada momento, pero lo peor que le podría suceder ahora sería tener que ponerse de pie para abandonar el vehículo.

—Hay una solución alternativa —oyó que decían sus labios.

Tuvo que apartar la mirada de los ojos verdes de Babette, que conseguían trastornarlo más de lo que se atrevía a admitir.

La Condesa se inclinó, anhelando una respuesta, una solución que la sacara de aquella situación de incertidumbre, y se colocó a solo unos centímetros de él. A esa distancia, podía oler el aroma a espliego que aún emanaba de su cuerpo, un olor fresco y delicado que no encajaba con la sofisticada imagen que tenía de la Condesa.

—Conozco bien estos bosques —continuó el caballero tras tragar saliva—. Hay senderos ocultos si continuamos más hacia el Oeste, por la espesura. Aunque por supuesto, no podríamos atravesarlos con el carruaje, habría que ir a caballo. Espero que sepa montar.

—Sé hacerlo. Pero el bosque está plagado de bandidos —dijo ella con temor.

El jinete esbozó una fría sonrisa; una de aquellas con las que estaba seguro de que ninguna mujer del condado se resistiría, pero que a Babette le fue indiferente.

—Conmigo está segura, sé defenderme.

A Babette no le gustó aquella bravuconería, aunque no creyó ni un momento que un hombre como aquel tuviera problemas con su seguridad. Aun así, no tenía otra alternativa si quería llegar cuanto antes a la mansión.

Miró a su hijo, cuyos ojos anhelantes le decían que estaba ansioso por empezar aquella aventura, y después volvió a mirar con curiosidad al desconocido. Si lo que decía era cierto, a caballo llegarían antes aún de lo que hubieran llegado en el carruaje, y en unas horas podría comprobar si los presentimientos que la atenazaban eran o no infundados.

—De acuerdo. Le pagaré una buena recompensa si nos lleva a la mansión ahora mismo.

El hombre sonrió; al parecer no había sido una mala idea esperar. Una recompensa de la condesa de Mirecourt podía ser mucho dinero, y era mucho más seguro que un secuestro, aunque aún no sabía con certeza si dejaría escapar a aquella delicia sin hincarle el diente.

—Saldremos en cinco minutos —dijo el desconocido y abrió la puerta para salir con dificultad, mientras Babette ajustaba el tabardo de su hijo y le cubría la cabeza con un sombrero encerado— y será mejor que se abrigue, señora. Es una noche helada.

El hombre abandonó el vehículo, y entonces Babette reparó en que estaba empapada y que la finísima tela de su vestido hacía que todas sus formas se transparentaran, como si estuviera desnuda.

* * *

—¿Seguro que estarás bien aquí? La lluvia no parece amainar —dijo Babette, mirando preocupada a su cochero, que había decidido permanecer en el carruaje mientras llegaba ayuda.

—No se preocupe por mí, señora. Estamos en una zona elevada, el agua ya no puede perjudicarme más.

—Pero este lugar está plagado de bandidos.

El hombre sonrió mientras ajustaba las correas del único caballo que aún quedaba atado al carruaje.

—No se moleste señora, pero si vinieran bandidos a asaltarnos, no creo que pudiera usted prestarme demasiada ayuda, ni tampoco el pequeño señor.

El niño iba a replicar cuando lo hizo el desconocido.

—Será mejor que se mantenga dentro del carruaje y esté atento. Si oye que llega algún desconocido, no ofrezca resistencia, es lo mejor.

—Así lo haré.

Babette acarició entre las orejas al caballo en que estaba montada, y el animal relinchó encantado. Habían desenganchado al mejor de los dos que tiraban del carruaje, y ahora la mujer lo montaba a pelo, con su hijo Bastien sentado delante de ella, envuelto en su capa.

El viajero no había conseguido convencerla de que fueran los tres en su montura; era un animal fuerte que podría de sobra con el

BEL FRANCES

peso de la mujer y el niño. Babette se negó horrorizada; por nada del mundo se pondría entre las piernas de aquel hombre.

Tuvo que montar el caballo a pelo, como cuando era pequeña en los campos de Audresselles, lo que le recordó el aroma de los prados recién cortados y de la brisa fresca del mar. Si todo salía bien, pronto visitarían a tía Camille; ella, Bastien y Arnaud. Los tres juntos, como la familia que nunca fueron.

La lluvia seguía cayendo, aunque parecía que el tiempo se había estabilizado con un gran chaparrón y los rayos estallaban cada vez con más intermitencia.

—Ahora, Condesa —dijo el jinete intentando hacerse oír a través de la lluvia—, nos introduciremos en el bosque. Han de tener cuidado con las ramas de los árboles. Intente que su caballo pise donde el mío, ya que hay zonas inseguras que pueden hacer que el animal los tire a tierra.

—Sé montar a caballo, señor. No necesito sus consejos.

El hombre la miró de arriba abajo; la Condesa tenía demasiados humos.

—Bien —dijo al fin—, pues adelante.

Lentamente salieron del camino y penetraron en la espesura del bosque. De pronto la lluvia se había convertido en un rumor que apenas llegaba al suelo, al quedar atrapada por las espesas copas de los árboles, y con ella también desapareció la poca luz.

—Hemos de caminar muy pegados y hacia el Oeste.

—Pero yo me dirijo hacia el Sureste —replicó Babette.

—Debemos dar un rodeo. Si hiciéramos lo que usted dice nos conduciríamos directamente a manos de los salteadores de caminos. Esta zona está plagada de ellos.

—Sabe usted mucho sobre bandidos para ser un simple viajero, señor.

Babette, a quien la oscuridad le impedía verlo, sí oyó una carcajada divertida delante de ella.

—No se preocupe, Condesa. Conmigo está a salvo.

No estaba muy segura de ello, pero no le quedaba más remedio que fiarse de aquel desconocido.

—Por cierto —le preguntó—, no me ha dicho cómo se llama.

—Jacques Bonnier, para servirla, señora. ¿Y usted?

Ella resopló molesta.

—Puede llamarme Condesa.

—Una condesa que viaja sola; extraño, ¿no le parece?

Babette volvió a bufar de mal humor.

—No, no lo creo.

—Sin dama de compañía, lacayos o guardias que la protejan.

—Tengo prisa, eso solo lograría entorpecer el viaje —respondió ella sin prestar demasiada atención.

—Es como si huyera de algo. Quizá voy en compañía de una forajida.

Babette, a su pesar, soltó una carcajada.

—Señor, le aseguro que solo pretendo llegar a casa de mi marido sana y salva.

—Debe de ser un hombre de suerte.

A Babette le pareció percibir un matiz distinto en la voz de su acompañante.

—No creo que vaya a tener usted nunca el gusto de conocerlo.

Lo que había intentado ser una ofensa divirtió enormemente al jinete.

—Le aseguro, Condesa, que por nada del mundo cambiaría mi vida por la de uno de esos petimetres de corte —pareció pensarlo un momento—; bueno, casi por nada.

Ella soltó un suspiro y acarició el cabello de su hijo.

—¿Ve? Todo hombre tiene un precio.

A pesar de la oscuridad, a Babette le pareció ver el brillo helado de sus ojos observándola en la penumbra.

—En eso tiene razón, Condesa.

El silencio se hizo entre ambos. Babette notaba una extraña sensación; la proximidad de aquel hombre la confundía y alteraba hasta lo inimaginable.

Si se hubiera comportado así en una zona civilizada, con su influencia haría que acabara con los huesos en la cárcel. De eso estaba segura.

—¿Y cuál es su precio, señor Bonnier? —se oyó decir sin saber por qué.

Hasta ella llegó la respiración intensa del desconocido. No estaba acostumbrada a que ningún hombre le hablara así.

—Es un precio que le aseguro que solo usted puede pagar.

Estaba terriblemente cansada y lo último que le apetecía era entrar en galimatías con un extraño, después de la terrible experiencia que acababan de vivir.

—Señor Bonnier, no quisiera aburrirlo con la historia de mi vida, le rogaría que fuéramos lo más rápido posible.

El hombre no le prestó atención, lo que hizo que Babette se molestara nuevamente. ¿Cómo se atrevía? Ella era la condesa de Mirecourt y él un pobre diablo. Aun así prefirió no pensar; se encontraba en medio de un bosque tenebroso, a una hora intempestiva, prácticamente desnuda y rodeada de ladrones. Debería saber un poco más de su acompañante.

—Señor Bonnier —dijo con voz titubeante—. ¿A qué se dedica?

Otra carcajada le llegó desde delante.

—Soy uno de esos bandidos que tanto teme.

✳ ✳ ✳

En el mismo momento en que salieron del bosque, un rayo de sol cayó sobre ellos. Babette tuvo que cerrar los ojos para protegerlos de la luz cálida e intensa; el simple hecho de notar la suave tibieza del astro sobre la piel hizo que se estremeciera de placer.

No quedaban rastros de la tormenta, que los había perseguido toda la noche como un rugido lejano por encima de las copas de los árboles, y ahora el cielo era azul, con nubes blancas y algodonosas, dispersas y teñidas de rosa en la panza.

Se encontraban en un pequeño prado que bordeaba aquella zona del bosque. La persistencia de la lluvia había arruinado la floración que avivaba el verde brillante del campo; sin embargo, el simple hecho de ver la luz, el horizonte que marcaba las colinas cercanas, era un descanso para ellos, que habían luchado contra la oscuridad durante todo el camino.

La travesía nocturna había sido larga y cansina, y muchas veces habían tenido que volver sobre sus pasos porque los árboles derribados por la tormenta les cortaban el camino, o algún arroyo furtivo que nunca antes había pasado por allí se había convertido en río caudaloso y les impedía el paso. Sin embargo, durante todo ese tiempo, el niño no se había quejado ni una sola vez y apenas había dado una cabezada sobre el regazo de su madre en los tramos más tranquilos.

—Ven conmigo, pequeño. —Jacques había descendido de su montura y ahora ayudaba a Bastien a bajar del caballo. Lo izó en el aire sin ninguna dificultad, como si el niño no pesara, y lo depositó con suavidad en el suelo. El pequeño rió al verse volar por unos instantes, pero pronto acaparó toda su atención una colonia de hormigas aladas que nunca antes había visto.

Jacques, con rostro serio, tendió entonces una mano a Babette.

—Señora.

Ella le devolvió una sonrisa fugaz, apenas un momento, pero Jacques supo en ese instante que estaba atrapado para siempre.

Babette descendió del caballo sin atender la ayuda de su compañero de viaje. El hombre seguía con la mirada todos sus movimientos. Nunca pensó que aquellas remilgadas damas de corte fueran capaces de cabalgar durante horas sin una sola queja, y mucho menos sin silla de montar.

Babette se desperezó para desentumecer sus músculos y le dio un sonoro beso a su hijo, que en ese momento hurgaba con una rama mojada en el hormiguero.

—¡Mamá! —dijo avergonzado delante de Jacques, al que tenía ahora un respeto ceremonioso al saber que era un auténtico bandido. Pero su madre no le prestó atención y continuó jugando con su cabello.

—Detrás de aquella colina está la mansión. —La Condesa señaló un pequeño montículo que se elevaba a unos cientos de metros de allí. Era apenas un desnivel del terreno, demasiado leve para llamarlo colina, pero para ella era la frontera que separaba sus pesadillas de sus auténticos sueños.

Babette utilizó la mano como parasol y miró en dirección a la colina. El trotar de las últimas dos horas por la zona menos densa del bosque había conseguido que su espeso cabello se secara, y ahora se mostraba ondulado sobre su espalda y hombros, y reflejaba con el sol su bonito color rubio oscuro cobrizo. Jacques la vio por primera vez bajo la luminosidad de un día despejado; sus ojos eran más verdes de lo que había apreciado a la luz de las candelas del carruaje, y la piel tenía un delicioso color nacarado.

—La Mansión de Mirecourt, ya hemos llegado. —Babette mostraba una sonrisa satisfecha en los labios mientras miraba al horizonte—. Gracias por habernos acompañado sanos y salvos a casa, señor Bonnier —dijo girándose hacia él.

El hombre se acercó unos pasos y la miró directamente a los ojos; eran del color del prado, verde intenso, con diminutas pinceladas de café y oro.

—Aún no han llegado a su hogar —su voz era ronca y cálida como un arroyo subterráneo.

—Estamos a un tiro de piedra, podremos llegar solos.

Él seguía mirándola a los ojos, lo que provocaba en Babette una creciente desazón.

—En esos pocos metros, pueden atacarlos una horda de turcos furiosos, por no decir un enjambre de abejas pendencieras o hienas sedientas de sangre. —Jacques lo había dicho con una voz tan seria que Babette tardó un instante en darse cuenta de que bromeaba.

—¿Y usted podría defendernos de todo eso?

Él ladeó la cabeza y esbozó una ligera sonrisa, como si salvar damiselas en apuros fuera una rutina de todos los días.

—Conmigo no correrían ningún peligro. Puedo darle garantías.

Babette rió con ganas, cosa que no se producía desde hacía días. El señor Jacques Bonnier era un tipo rudo, pero interesante. Había conseguido tener entretenido toda la noche a Bastien con aquellas absurdas historias de bandidos, y ella, lo reconocía, tampoco lo había pasado mal.

—Gracias, señor. —Babette le tendió la mano—. Le ruego que pase mañana a cobrar su recompensa, sabré ser generosa con usted por sus servicios.

Una sombra pasó por los ojos de Jacques.

—No lo he hecho por dinero, Condesa. —Ya lo había dicho cuando estaba arrepentido; pero el caso es que podía ser verdad. El suave calor que desprendía la mano de la Condesa era suficiente para tenerlo atrapado y obligarlo a decir cosas como aquellas. Babette retiró la mano alarmada.

—Haga lo que le plazca. Una bolsa lo esperará cuando desee cobrarla —le contestó con frialdad—. Ahora le ruego que nos deje, nos espera mi marido.

Jacques Bonnier ni se dignó a contestarle. Montó de nuevo su caballo y se encaminó al bosque. La condesa de Mirecourt era una mujer hermosa, pero pocas veces se había topado con una tan desagradable y testaruda; aun así la miró por última vez antes de marcharse al galope; si no lo hubiera hecho, sabía que se habría arrepentido el resto de sus días.

* * *

Allí estaba, un largo camino arropado por árboles fragantes que llegaba directamente hasta la puerta principal de la Mansión de Mirecourt. Aún recordaba la primera vez que vio aquella mansión, entonces era apenas una niña asustada y pobre que se sorprendía ante cualquier cosa.

Pero el tiempo siempre cura la inocencia. En aquella casa, había encontrado a sus primeros amigos y también a sus primeros enemigos. Allí la habían convertido en una gran dama, le enseñaron a leer y escribir, a comportarse en la corte. Allí había amado por primera y única vez.

Recordaba el día en que vio por primera vez a Arnaud como si hubiera sido ayer; el sonido de la puerta a altas horas de la noche, las antorchas oscilando bajo el viento frío y un grupo de hombres que portaban un cuerpo herido. Recordaba como subió las grandes escaleras del vestíbulo sorteando el reguero de sangre que el herido dejaba a su paso, arrastrado como un animal moribundo por cuatro de sus hombres. No sabía cómo, pero de pronto estuvo dentro de la habitación de invitados, ayudando a aquellos cazadores a desvestir a un hombre moribundo, quitándole las botas, cortando la desgarrada camisa. Uno de ellos le había puesto en la mano un trozo de algodón mojado en vinagre para que presionara la herida de la que manaba un reguero de sangre. "Apriete", le dijo mientras otro le quitaba los pantalones. Era la primera vez que veía a un hombre desnudo, la primera vez que... y entonces él abrió los ojos y la miró fijamente.

—¿Cómo es papá? —preguntó de pronto el pequeño Bastien y la alejó de sus recuerdos.

Caminaba muy erguido de la mano de su madre, observando alrededor, como buscando algo con qué entretenerse. Habían decidido hacer el corto camino a pie, y el caballo los seguía, llevado de las riendas.

Babette sonrió para sí; en cualquier otra ocasión hubiera sentido un enorme dolor ante aquella pregunta, pero todo eso ya formaba parte del pasado, ahora solo les quedaba futuro por delante, futuro y felicidad al lado del único hombre al que sabía que siempre había amado.

—Se parece a ti —dijo al fin—. Tiene tus mismos ojos de asombro y cuando sonríe aparecen dos hoyuelos como esos al lado de su boca. Podrá parecerte un poco serio al principio, como tú. Es un hombre muy importante, pero sé que te gustará.

—¿También es un bandido?

Babette soltó una carcajada; las historias de Jacques Bonnier habían calado hondo en la impresionable imaginación de su hijo.

—No, mi amor, no lo es. Tu padre es un conde. Se dedica a cuidar de sus propiedades y de sus negocios. Eso es algo mucho más importante y difícil que ser un bandido.

La respuesta no pareció convencer al pequeño Bastien, que seguía con aire taciturno, tomado de la mano de su madre.

Habían llegado al final del sendero y ya se abría ante ellos la inmensa fachada de la mansión. Se trataba de un edificio de tres plantas monumentales, construido en sólido granito rosado, al estilo clásico, con grandes ventanales en cada una de las plantas y techos abuhardillados en pizarra negra.

La puerta principal se abría al final de una terraza a la que se accedía por una elegante escalinata que daba al conjunto un aire principesco.

Babette se detuvo un instante y su mente volvió a llenarse de recuerdos; pasó ante sus ojos la primera noche que despertó en aquella casa solitaria y llena de sombras; como habían acogido esos jardines cada uno de sus paseos solitarios, de sus llantos desesperados. Como se había marchado de allí hacía apenas seis años con el corazón destrozado y un futuro incierto.

Pero ya todo eso había dejado de ser un recuerdo lejano que rememoraba cuando su vida de mujer de mundo era demasiado gris y triste para seguir adelante. A partir de ahora, los tres podrían empezar una nueva vida.

Desde la distancia, Babette vio como se abría la puerta principal de la casa y aparecía la imagen de una dama vestida con un sobrio traje negro, abotonado hasta el cuello y de corte tan antiguo que parecía sacado de otra época. La mujer de negro llegó hasta el primer escalón y atisbó a los visitantes, tapándose los ojos con una mano para evitar la luz cegadora del sol que ya estaba alto en el cielo, después de días interminables de lluvia.

—Madame Prudence —susurró Babette, y notó como, de nuevo, los recuerdos se le agolpaban en la mente como en un embudo estrecho incapaz de filtrar.

La dama, a su vez, la reconoció a la distancia. Una sonrisa henchida iluminó el rostro de la ama de llaves, quien se giró para dar órdenes a un grupo de sirvientas que habían salido, alarmadas por la inesperada visita.

—¡Es la señora! Vamos, preparadlo todo, rápido. —Aún seguía dando órdenes con voz autoritaria mientras se precipitaba escaleras abajo, sujetándose las pesadas faldas.

Babette ya no pudo contenerse y corrió a su encuentro los escasos metros que aún las separaban.

Las dos se estrecharon en un fuerte abrazo; habían sido tantas las vivencias compartidas, tantas las dichas y las desgracias.

—Señora, señora, Babette. —Las lágrimas corrían por el rostro de la anciana, incapaz de contenerlas muy a su pesar—. Estás preciosa.

Babette la abrazaba con fuerza, intentando empaparse de la esencia de la dama, a quien debía parte de lo que era hoy día.

La anciana recuperó con cuidado la compostura y se limpió las lágrimas de alegría que corrían por sus mejillas. Entonces reparó en el pequeño caballero que las observaba desde atrás, con las manos entrelazadas y un puchero en los labios.

Madame Prudence miró por un momento a Babette y esta asintió. Dio unos pasos hasta llegar a Bastien y, sacando un monóculo de un bolsillo de su pulcro vestido, lo estudió con atención.

—Ningún vizconde de Lauvergne ha atravesado jamás las puertas de la mansión sin antes haber hecho el juramento de honor —dijo ceremoniosa.

El pequeño se puso muy firme y levantó la cabeza para mirar a la mujer a los ojos.

—¿Y puedo hacerlo ahora, señora?

A la mujer se le escapó una sonrisa, pero continuó con el boato necesario.

—Por supuesto, mi señor. Debéis jurar fidelidad a estos muros, que aunque estéis a miles de millas de aquí, siempre tendréis un pensamiento para esta casa, y que defenderéis con vuestra vida la seguridad de cada objeto que hay en su interior.

Babette soltó una carcajada.

—Madame Prudence, es la estratagema más ruin que he oído para evitar que mi hijo haga alguna trastada en la casa.

Pero Bastien no quería oír a su madre y estaba emocionado con el juramento.

—¿Y podré seguir siendo un bandido, señora?

Madame Prudence tuvo que girarse para que el niño no la viera reír.

—Por supuesto. Siempre que no ejerzáis vuestra profesión dentro de estos límites.

—Lo juro —dijo Bastien con gravedad, y tras golpear el suelo con los tacones emprendió camino hacia la casa, que desde ahora era su reino particular.

Babette permaneció, sin moverse, en el mismo sitio, como si un resorte involuntario le impidiera cualquier actividad.

—Vamos, tenemos mucho de qué hablar —dijo madame Prudence.

Babette la miró a los ojos un instante, antes de atreverse a preguntar.

—¿Y Arnaud? No ha salido a recibirnos. Ya debe saber que estamos aquí.

La anciana sintió todo el peso de la pena sobre sus hombros y tomó la mano de su señora y amiga antes de responder.

No está, Babette. Tu marido se fue hace meses. No esperaba volver a verte nunca más.

Y solo entonces tomó conciencia de que todos, cada uno de sus funestos presentimientos, tenían una sólida razón de ser.

* * *

Era sorprendente; había atravesado Francia bajo la lluvia y el gélido aliento de la noche; sin embargo, ahora era la primera vez que sentía frío, un frío glacial, helador, aunque el calor del coñac circulara por sus venas, y el fuego de la chimenea caldeara la estancia.

En ese momento, madame Prudence entró en la habitación.

—Puedes marcharte —dijo a la sirvienta que retiraba intacta la bandeja de comida que la anciana había insistido en que Babette comiera. La muchacha hizo una reverencia y salió de la estancia.

La mujer tomó entonces asiento frente a Babette. Se encontraban en la gran biblioteca; una doble estancia espaciosa y elegante, rodeada de estanterías repletas de libros antiguos y valiosos donde en otros tiempos le había enseñado a leer, y donde atisbaron por primera vez la llegada del señor aquella noche lluviosa de hacía seis años.

—¿Te encuentras mejor?

Nunca se había encontrado peor, pensó Babette. Sentía que todas sus ilusiones se habían evaporado. Cada uno de los sueños que había elucubrado con cada traqueteo de la carroza era ahora un trozo arrugado de papel ardiendo en el fuego de la chimenea. Había estado tan cerca, tan cerca, y todo había vuelto a desvanecerse.

—¿Y mi hijo? —fueron las únicas palabras que acudieron a sus labios.

Madame Prudence miró con preocupación sus ojos vacíos; esa no era la misma muchacha herida que había salido años atrás huyendo de aquella casa. Se había maldecido una y cien veces por no haberse dado cuenta de lo que sucedía ante sus ojos, hasta que había sido demasiado tarde. Pero ahora no había nada que hacer; eran dos seres adultos, dos personas dueñas de sus destinos, y ella solo era el ama de llaves de una vieja mansión.

—Lo he dejado en la cocina —respondió al fin—. Hoy están aquí los nietos de la cocinera; te aseguro que estará bien acompañado. También ha llegado tu cochero. Mandamos a un grupo de hombres a recogerlo. No ha sufrido ningún percance.

Babette volvió a reprimir el llanto, se enjugó la nariz con un pañuelo húmedo y arrugado, y bebió un nuevo sorbo de coñac.

—¿Cómo ha sido? ¿Cuándo se ha marchado? —se atrevió a preguntar.

Madame Prudence se sirvió también una copa de coñac. ¿Hacía cuánto, veinte años que no lo probaba?, pero hoy era un buen día para hacerlo.

Vació la copa de un trago. Y se sirvió otra buena cantidad del licor dorado.

—Volvió de París desesperado —comenzó la mujer—. Te había estado buscando, había hablado contigo, tú le habías dicho que ya no existía nada entre vosotros, y él no pudo soportarlo más.

—Soy una estúpida, un ser despreciable.

—No, mi niña. —Madame Prudence la tomó de la mano—. Tú no eres culpable de nada. No sabías nada hasta hace muy poco. Yo hubiera respondido igual que tú. No te atormentes, por favor.

—Pero lo amo, ¿cómo he sido tan estúpida de pensar que ya no sentía nada por él?

—El dolor puede acallar sentimientos reales que viven en nuestro corazón.

—Esto no puede estar sucediendo. —Tomó con fuerza las dos manos de la mujer—. Dime que todo es mentira, que Arnaud está arriba, despachando documentos, tomando un baño caliente antes de bajar a abrazarme.

La anciana acarició el cabello sedoso de la muchacha.

—Olvídalo, Babette. Deshazte de este peso que te atenaza desde que os conocisteis. El destino no quiere que estéis juntos.

—¿Cómo puedes pedirme eso? —Apartó sus manos de las de la anciana y se recostó en el mullido sofá, mientras las lágrimas acudían de nuevo a sus ojos. De la arrogante condesa de esa mañana ya no quedaba nada—. Durante todos estos años, no ha desaparecido ni un instante de mi mente, ni cuando me despreció en esta misma casa, ni cuando creía que estaba muerto, ni siquiera cuando le pedí que se marchara, que nunca más viniera a buscarme.

—Eso es lo que me preocupa —dijo la mujer—, que tanto dolor haya hecho mella en ti y pueda confundir tus sentimientos.

Babette volvió a incorporarse y bebió otro sorbo de coñac. Observó el fuego durante unos instantes, las llamas que subían con formas fabulosas hasta desaparecer en la nada, dejando un vacío tan inmenso como el que sentía en aquellos momentos.

—¿Qué te dijo de nuestro hijo?

La anciana la miró disgustada.

—Babette, déjalo estar, por el amor de Dios.

Ella la miró suplicante.

—Por favor, dime que te ha dicho de nuestro hijo.

Madame Prudence, al final, supo que no podía resistirse a la petición de la muchacha. Era como una hija para ella, le había enseñado todo lo que sabía. Para lo único que no la había preparado era para el amor.

—Todo esto —la anciana levantó los brazos y la vista al cielo, intentando abarcar con ese gesto la mansión— le pertenece. Así se lo ha dejado escrito a su administrador.

—Sabes que no me refiero a eso.

Madame Prudence emitió un bufido antes de continuar.

—No te perdona que lo hayas apartado del niño.

Babette la miró asombrada.

—Es injusto. Yo no sabía que estaba embarazada cuando él me prohibió que volviera a verlo.

—Lo sé, cariño. No te atormentes.

Pero Babette no podía detenerse.

—Y cuando quiso volver ya era tarde. Me había costado sangre volver a construir mi vida, ser la mujer que quería ser.

Madame Prudence se puso seria.

—No hablemos más de esto, Babette. En vuestra historia no hay buenos ni malos. Erais dos niños en manos de gente sin escrúpulos. —Acarició el rostro de la Condesa. Las lágrimas se habían detenido, pero estaba segura de que pronto acudirían de nuevo—. Permíteme que te pida algo de comer.

Babette negó con la cabeza.

—Prudence —le dijo mirándola fijamente—, dime adónde ha ido Arnaud.

La mujer negó con la cabeza.

—No, mi niña. Me hizo prometer que no te enterarías.

De nuevo las lágrimas. Madame Prudence no lo soportaba. No soportaba verla así, destrozada, abatida como un animal indefenso.

—Durante algunos días anduvo por la casa como un espíritu lastimero —dijo al fin—; apenas comía, apenas dormía. Perdió peso y todos temimos seriamente por su salud.

Babette suspiró. Cada palabra de la querida anciana era una daga clavada en su corazón.

—Una mañana decidió que no podía seguir así. Mandó descolgar tu retrato del salón principal, que incluso en los peores momentos siempre había estado colgado allí, y ordenó a su ayudante que preparara el equipaje. Todo se hizo en una semana, volvió a recuperar el apetito e incluso a sonreír antes de marcharse. Desde entonces no hemos vuelto a saber de él.

Babette se atrevió a preguntar de nuevo, con voz muy débil.

—¿A dónde se ha marchado?

El ama de llaves la miró con seriedad.

—A donde tú no pudieras alcanzarlo, a donde no pudieras seguirlo si cambiabas de idea.

—Dime adónde.

La mujer suspiró. Para ella era tan doloroso como para su amiga y señora. Sin embargo, estaba tan convencida de que esto debía acabar de una vez por todas, de que nunca debió siquiera empezar, que lo soltó como una ráfaga.

—El señor embarcó hacia los Estados Unidos de América, hacia sus tierras de Luisiana.

✻ ✻ ✻

Querida tía Camille:

Se ha ido. Todo ha terminado y él se ha ido.

Ya solo me queda volver a París, ver pasar el tiempo como una losa inexorable que me separará cada día más de sus risas y caricias.

Siento tanto dolor que si no fuera por mi hijo; Dios, lo que yo haría en estos momentos si no fuera por mi hijo.

Te quiero, pronto iré a verte, a llorar entre tus brazos.

Babette

—Mamá, mira lo que me ha dado la señora Bisset.

El pequeño acababa de entrar en la habitación con una enorme galleta con forma de bandido. La cocinera incluso había moldeado con la masa un antifaz bañado en chocolate.

Babette consiguió limpiarse las lágrimas antes de que el niño la viera y sonrió con tristeza. El pequeño ni siquiera había preguntado por su padre.

—Es un buen regalo, Bastien, espero que le hayas dado las gracias.

El niño asintió y se sentó en la cama, frente a su madre, empezando a mordisquear el dulce.

—¿Cuándo nos iremos? —preguntó mientras las migas caían en la inmaculada colcha de seda color azafrán bordada con pájaros exóticos.

Babette lo miró preocupada.

—Acabamos de llegar, mi amor. ¿Ya quieres marcharte?

El niño encogió los hombros.

—Aquí todo el mundo es muy serio y se agachan cuando yo paso. Desde que los nietos de la señora Bisset se fueron, todo es muy aburrido.

Babette sonrió. Ella apenas había podido ocuparse de la educación de su hijo, lo dejaba todo en manos de su tía. Tía Camille no estaba educando a un futuro conde, sino más bien a un buen pescador, como tío Etienne. La idea le gustó; ella había sido criada así y había pasado una infancia muy feliz, a pesar de no haber conocido a sus padres. Pero muy a su pesar, cuando llegaran a París, tendría que planificar una educación diferente para Bastien; sería el futuro conde de Mirecourt y debía estar preparado para ello.

—Nos iremos pronto, mi amor —dijo con un suspiro—, muy pronto.

El niño bajó de la cama y le dio un abrazo y un beso. Babette lo apretó con fuerza, reprimiendo las lágrimas que acudían a sus ojos, hasta que el niño se revolvió entre sus brazos para quedar libre.

—Ahora debes ir a tomar tus clases.

La cara de alegría de Bastien desapareció al momento.

—Pero mamá...

—Tía Camille se pondría hecha una furia si se enterara de que no has estudiado.

El niño se dirigió a la puerta con un bufido.

—Seguro que mi padre me hubiera dejado jugar.

Abandonó la habitación justo en el momento en que Babette se tapaba los ojos para que no la viera llorar.

* * *

Babette apenas había salido de su habitación en los últimos días. Jugaba un par de horas con su hijo para después encerrarse en el cuarto y pasar los días llorando; incluso la poca comida que le servían hacía que se la llevaran intacta en una bandeja. Madame Prudence estaba muy preocupada, había llamado al médico, que se encogió de hombros y le mandó un reconstituyente.

Esa mañana, la doncella entró en la habitación con timidez. Llevaba cuatro años trabajando en la mansión y era la primera vez que veía a la Condesa. Siempre se había preguntado cómo sería para que un hombre tan atractivo como el conde de Mirecourt se hubiera enamorado locamente de ella. Al verla ahora, lo comprendía perfectamente.

—Señora, un caballero aguarda en la biblioteca. Dice que tiene una cita con usted.

Babette estaba recostada en el alféizar de la ventana, con la mirada perdida en algún rincón invisible. Al escuchar aquello, miró a la doncella con curiosidad; no esperaba a nadie y nadie sabía que ella se encontraba en la mansión.

—¿Ha dejado tarjeta?

—No señora, solo ha dicho que viene a reclamar una recompensa.

A pesar de lo mal que se encontraba, no pudo evitar sonreír; así que el señor Jacques Bonnier había cedido al orgullo y decidido al fin venir a cobrar sus honorarios.

Se dirigió al escritorio, abrió un pequeño cajón y sacó una bolsita de piel, dentro de la cual tintineaban las monedas de oro.

—Entrégale esto con mis mejores deseos y acompáñalo a la puerta.

La doncella se acercó para tomar la bolsa, pero entonces una idea fugaz cruzó por la cabeza de Babette... ¿y si...? Era una idea absurda, pero no perdía nada poniéndola en práctica.

Un brillo de esperanza lució en sus ojos color de espliego.

—¿Cómo te llamas? —preguntó a la muchacha.

Esta se ruborizó tanto que Babette creyó que iba a explotar.

—Marie, señora.

—De acuerdo, Marie —le dijo a la doncella—, dile al señor Bonnier que lo recibiré aquí, en mis habitaciones.

* * *

Cuando lo dejaron solo en la biblioteca, Jacques lanzó un silbido de admiración.

El paseo desde la entrada había sido todo un espectáculo; el hall, lleno de estatuas de mármol, de dimensiones tales que hubiera cabido dentro una catedral; las escaleras que subían al primer piso, tan anchas como un brazo de mar; los salones tapizados en damasco, decorados con muebles dorados con tapas de mármol de colores.

Sí, se dijo, la Condesa no vivía nada mal.

La biblioteca donde debía esperar la llegada de la Condesa seguía las mismas pautas que el resto de la mansión; dos habitaciones forradas de buena madera de roble y repletas hasta el techo de libros encuadernados en piel blanqueada. Sobre la repisa de la gran chimenea, había un pequeño reloj dorado. Jacques se preguntó cuánto le darían por él, se veía que era una buena pieza y podría sacarlo de la casa sin dificultad.

Jacques había decidido acudir a cobrar su recompensa, ya que aquella noche no había conseguido el botín que esperaba por ayudar a esa preciosa mujer, al menos no iba a marcharse con las manos vacías.

—Sí —dijo en voz alta, hablando consigo mismo—, eso es.

Pero la verdad era otra bien distinta; no había conseguido quitarse de la cabeza a la condesa de Mirecourt desde que la había dejado la semana anterior; cada vez que cerraba los ojos, cada vez que su mente divagaba, se empeñaba en recordar aquel cuerpo que se traslucía bajo el vestido mojado, o su risa alegre y luminosa. Eso no podía seguir así, se dijo cuando los rayos del sol lo despertaron por la mañana, en brazos de una bella desconocida. Él era Jacques Bonnier, un trápala, un bandido, un destroza corazones, no era justo que le sucediera esto.

Así que allí estaba, a la espera de su bien merecida recompensa y de echar un último vistazo a la condesa de Mirecourt.

—Señor, me puede acompañar —dijo la muchacha que lo había recibido a la entrada, que apareció de improviso.

—Bonito reloj. —Jacques lo volvió a dejar sobre la chimenea y acompañó a la muchacha fuera de la biblioteca.

Retrocedieron el camino andado hasta llegar de nuevo al hall principal, y desde allí subieron la escalera imperial hasta la primera planta.

—¿Nunca se pierden por aquí? —Jacques se notaba cada vez más angustiado. ¿Por qué había vuelto? Ahora mismo estaría cálidamente arropado entre los brazos de una mujer preciosa a la que había olvidado preguntar el nombre, donde no tendría que presenciar escenas lastimeras de viejos aristócratas.

La criada lo miró un momento, se sonrojó intensamente y sonrió con timidez.

Habían llegado ante una amplia puerta de doble hoja que quedaba al fondo de un pasillo tapizado de damasco color rosado y repleto de cuadros cuyos personajes vestidos a la antigua lo miraban de manera acusadora. La doncella golpeó suavemente con los nudillos en la puerta antes de entrar.

—Un momento, señor, veré si la señora está preparada para recibirlo.

Desapareció en el interior para salir de nuevo al instante y anunciar la visita.

—El señor Jacques Bonnier, madame.

Las puertas dobles se abrieron y allí estaba Babette.

—Gracias, Marie.

Por un momento, a Jacques se le secó la boca y notó que sus botas se habían clavado en el suelo.

La condesa de Mirecourt se dirigía hacia él desde la ventana, en cuyo alféizar había estado sentada. Llevaba un ligero vestido de muselina blanco cortado bajo el pecho, como marcaba la última moda en París, con un escote redondeado y elegante, y mangas muy cortas. El cabello estaba recogido en la nuca con una cinta de raso, al estilo de las estatuas griegas; nada de joyas ni adornos, solo un brazalete de plata en forma de serpiente que se anudaba en su brazo.

Jacques se descubrió de pronto sin poder hablar, no podía apartar los ojos de aquella mujer, y de nuevo la extraña sensación de hormigas corriendo por algún lugar entre el ombligo y el pubis hizo que se sintiera incómodo.

—Señor Bonnier, me alegro de que haya venido. Pase por favor. ¿Le apetece un té, un café?

—Ron helado —dijo él con un hilo de voz que le pareció ridículo—. Le agradecería un trago de ron.

Babette lo miró con curiosidad, inclinando la cabeza, lo que lo puso aún más nervioso.

"Idiota", pensó Jacques de sí mismo, "deja de estropearlo todo y sal de aquí de una vez".

—Si me entrega mi recompensa, me marcharé y no la molestaré más, Condesa.

Ella sonrió, sin prestarle atención.

—Siéntese, señor Bonnier, deseo hablar con usted sobre un asunto un tanto especial.

Babette señaló un pequeño diván junto a la ventana, mientras tiraba de un cordón para ordenar a la doncella que trajera la extraña bebida que había pedido el caballero, si es que había en la bodega.

Reconocía que la imagen del señor Bonnier había cambiado bastante desde la última vez que lo vio. Ya no era tan tenebroso y ahora llevaba unos ajustados pantalones de montar enfundados en botas altas y una casaca marrón, con chaleco a rayas y camisa blanca sin abrochar hasta arriba. El cabello alborotado se mostraba ahora pulcramente recogido en una coleta, aunque un mechón se empeñaba en salirse y le caía sobre los ojos; preciosos, por cierto, y muy azules. Babette estaba segura de que se trataba de uno de esos tipos que tendrían muchachas a montones revoloteando a su alrededor, que estaba acostumbrado a hacer lo que deseara con las mujeres y que conocía más que bien sus atractivos.

La doncella entró con un carro de licores, pero fue la Condesa quien le sirvió una copa pequeña.

—Señor Bonnier —dijo Babette entregándole la bebida.

Al tomarla Jacques entre sus manos enormes, sus dedos se rozaron y sintió una descarga eléctrica que le atravesó todo el cuerpo.

Babette continuó.

—No sé cómo agradecerle lo que hizo por nosotros, señor.

Él entornó los ojos. ¿Le estaría proponiendo algo indecente? Por él encantado; llevaba días soñando con aquella endiablada mujer retorciéndose de placer entre sus brazos.

—No lo he hecho venir solo para gratificarlo por sus servicios —continuó Babette, y a Jacques se le secó la garganta—. También quiero proponerle un negocio.

Jacques sintió que su efímero sueño se venía abajo y la miró con una ceja levantada; esto era algo que no esperaba. Decidió conocer la propuesta de la Condesa; después se marcharía con un *no* rotundo y su vida de bandido volvería a ser igual que siempre, igual que hacía una semana.

—Verá, señor Bonnier, las cosas no han resultado como esperaba, y estoy ante un pequeño contratiempo.

"Por ahora no entiendo nada", pensó Jacques. Babette prosiguió.

—Para resolver esta pequeña vicisitud, creo que puedo fiarme de usted y encomendarle su resolución.

—Vaya al grano —dijo Jacques, que veía por primera vez que la mujer titubeaba al hablar.

Babette le lanzó una mirada de hielo antes de contestar.

—Mi marido no se encuentra aquí. Quiero contratarlo para que lo localice.

Los ojos de Jacques emitieron un brillo burlón.

—La ha abandonado. Ha venido hasta aquí para reunirse con él, y él la ha abandonado.

BEL FRANCES

—Por supuesto que no. —Babette estaba indignada. ¿Cómo se le ocurría a ese ser sin escrúpulos hablarle así?—. El conde de Mirecourt tiene muchos quehaceres y en estos momentos debe estar ocupándose de alguno de ellos.

Jacques se recostó en el respaldo del diván y una sonrisa apareció en sus labios.

—¿Y por qué no le creo?

Los ojos de Babette lanzaban fuego.

—Porque es usted un hombre despreciable e impertinente.

—No es eso lo que veo en sus ojos.

—¿Cómo se atreve? —le gritó furiosa.

—Señora, dígame lo que desea de mí y deje de dar rodeos.

Babette estaba tan ofendida que apenas podía hablar.

—Es usted un… un…

Poniéndose de pie, Jacques hizo una leve reverencia y se encaminó hacia la puerta.

—Señora, no estoy dispuesto a soportar sus arrebatos de niña mal criada. Quédese con su dinero y su preciado marido. Buenos días.

La Condesa vio como se dirigía hacia la puerta y como su única oportunidad de recuperar a Arnaud desaparecía con él.

—Espere —dijo con impaciencia.

Cuando Jacques se giró, encontró de nuevo a la mujer desamparada que se alternaba de vez en cuando con el carácter altivo de la condesa de Mirecourt.

—Le ruego que acepte mis disculpas —dijo Babette comiéndose las palabras, en un susurro—. Estoy muy preocupada y solo usted puede ayudarme.

—¿Por qué yo?

Ella volvió a sentarse y lo miró con frialdad.

—No tengo a nadie de confianza a quien encomendar esta misión. Es algo muy importante para mí, y usted me ha demostrado que sabe sacar a la gente de apuros. No sé si es un bandido como dice o no, tampoco me importa. El otro día pudo habernos hecho cualquier cosa a mi hijo y a mí, y sin embargo nos acompañó a casa y nos brindó seguridad. Eso es lo que quiero de usted; algo que, créame, no es fácil de encontrar en los círculos donde me muevo.

Jacques la escuchó sin demasiada convicción, volvió a su sitio y esperó paciente a que la Condesa se explicara. Si ella supiera lo que había estado pasando a cada instante por su cabeza desde que la conoció, no se sentiría tan segura cerca de él.

—Señor Bonnier, las cosas entre mi marido y yo no han sido nunca fáciles. Nos conocimos varios años después de que otros concertaran nuestro matrimonio y prácticamente hemos llevado vidas separadas.

Jacques escuchaba con atención. De la flemática aristócrata de hacía solo un momento ya no quedaba nada; ahora se encontraba ante una mujer preocupada en busca de una solución.

—Pero no se equivoque, señor Bonnier —aclaró Babette—. Amo profundamente a mi marido, al padre de mi hijo, y le aseguro que solo deseo reencontrarme con él.

Jacques la estudiaba detenidamente, midiendo cada palabra que salía de los labios de la Condesa.

—¿Y qué es lo que espera usted de mí, señora?

La Condesa mantuvo la mirada durante unos segundos; Jacques Bonnier era el típico hombre al que una madre pediría que se apartara de una doncella, sin embargo era el que ella había elegido para una aventura que posiblemente tuviera un mal final. Aun así, estaba segura de que no se equivocaba.

—Señor Bonnier, mi esposo ha embarcado hace tres meses hacia los Estados Unidos de América. Sé que tiene allí tierras y buenos contactos. Quiero ir a buscarlo y quiero que usted me acompañe.

Jacques no dejó que la Condesa viera la sorpresa en sus ojos; ¡a los Estados Unidos de América! Eso se encontraba al otro lado del mundo, tardarían semanas en llegar, y aun consiguiéndolo, el país estaba inmerso en continuas guerras.

—Es una locura, señora.

Ella lo miraba con serenidad, segura de lo que quería.

—Si usted no me acompaña, buscaré a otro, señor Bonnier.

Él no pudo evitar mirarla con admiración.

—¿Ha pensado, señora, si su marido desea ser localizado?

Los ojos de Babette seguían intensamente clavados en los suyos, y era tan fuerte el magnetismo que esa mujer ejercía sobre él que no podía apartar la mirada.

—Solo sé una cosa, señor Bonnier. Mi esposo me ama. Lo demás no importa, todo tiene solución.

—¿Está segura de ello?

—¿Me acompañará? —dijo ella por toda respuesta.

Si Jacques fuera un hombre sensato, saldría de allí ahora mismo y olvidaría de una vez para siempre a la condesa de Mirecourt, pero tenían razón todos aquellos que lo conocían; sus elecciones no siempre eran las más acertadas.

—Sí, la acompañaré, pero con dos condiciones.

—Puedo pagarle lo que desee, eso no es un problema.

—Del precio hablaremos más adelante —contestó Jacques colocándose un mechón de cabello rebelde tras la oreja—. Quiero que me prometa que no usará conmigo ese tono pedante de niña mimada al que me tiene acostumbrado.

Babette notó que el rubor subía a sus mejillas; ¿pero qué se había creído ese bribón? Sin embargo, se jugaba demasiado.

—¿Y si no lo hago?

—La dejaré allí donde nos encontremos y usted sabrá cómo arreglárselas, y le aseguro que siempre cumplo con lo que digo.

—¿Y la segunda? —preguntó Babette antes de contestar.

El hombre apoyó los codos en las rodillas y se acercó para hacerse entender bien. Con ese gesto, se aproximó peligrosamente a la Condesa, y sus rostros quedaron separados por pocos centímetros de aire cargado de energía. Desde esa distancia, podía sentir el cálido aliento de la Condesa que le erizaba la piel. No había dejado de preguntarse cómo sería tener a una mujer como aquella entre sus brazos. Poseerla suavemente, mientras ella gemía de placer con cada embestida. Apartó aquellos pensamientos de su mente antes de contestar.

—La segunda es que me obedecerá en todo, y sin rechistar.

Babette lo pensó solo un momento; no era cuestión de discutirlo, no tenía otra alternativa. Quería que fuera el señor Jacques Bonnier quien la llevara junto a Arnaud. No sabía por qué, pero había algo en ese hombre que le había impresionado desde el primer momento.

—Trato hecho —dijo ella tendiendo la mano.

Jacques sonrió sorprendido y estrechó la mano de la Condesa, reteniéndola entre las suyas más tiempo del necesario. Ya era hora de salir de allí, si permanecía un minuto más cerca de ella, estaba seguro de que intentaría besarla.

* * *

Habían quedado en encontrarse un mes más tarde en el puerto de Brest.

Jacques se encargaría de buscar pasaje en un buque adecuado que los llevara hasta Nueva Orleáns y de organizar todo lo referente al viaje. Para ello, Babette lo había provisto de una cantidad de monedas nada despreciable y de cartas de crédito por si surgiera algún imprevisto.

El estado de ánimo de Babette había cambiado completamente en los últimos días; ahora estaba sonriente, dichosa, y buscaba cualquier ocasión para estar con su hijo.

Había decidido organizar una fiesta campestre con el personal de la mansión antes de partir. Se habían dispuesto grandes mesas de roble cubiertas de manteles inmaculados en el prado que lindaba con el bosque. La comida era abundante y deliciosa, y el vino de las bodegas corría de mesa en mesa sin parar. Un grupo de músicos tocaba canciones animadas que incitaban al baile, y cuando empezó a caer la noche se encendieron grandes fogatas para continuar con la fiesta hasta el amanecer.

—Es preciosa, ¿verdad? —dijo Marie a una de las ayudantes de cocina mirando hacia donde se encontraba Babette. La Condesa conversaba en ese momento con el administrador, sentados en una mesa apartada.

—Desde luego que lo es. De no ser así, no tendría tanto éxito.

—¿Qué quieres decir? —Marie había notado un tono sarcástico en la muchacha que no le gustaba.

—Todo el mundo lo sabe. No es ningún secreto en París.

—Si estás intentando contar alguna patraña sobre la señora, se lo diré al ama.

La otra soltó una carcajada que atrajo la atención de los que se encontraban más cerca.

—Una prima mía sirvió una temporada en su casa de París.

Otras dos muchachas se unieron al grupo.

—Es una mansión impresionante, mucho más rica que esta de aquí. Dicen que fue un regalo de agradecimiento.

—Te advierto que si continúas... —dijo Marie apretando los puños.

—¿Qué contaba tu prima? —insistió una de las criadas que acababa de unirse al grupo.

—Mi prima decía que la condesa de Mirecourt...

—Será mejor que vuelvas a casa. Luego hablaremos. —La voz cortante y fría era la de madame Prudence. La mujer estaba de pie justo detrás de ellas, con las manos cruzadas sobre el regazo.

—Madame, yo no...

—Luego hablaremos —la cortó la mujer—. Y vosotras, si no deseáis divertiros, será mejor que volváis a vuestras faenas en la mansión.

Las muchachas se dispersaron, y el ama de llaves se dirigió a la mesa donde estaba la señora.

—Madame Prudence —se inclinó el administrador.

—Caballero, si no le importa, me gustaría hablar un rato con la señora. Parte mañana y no sabemos cuándo volveremos a vernos.

El hombre abandonó la mesa con una reverencia.

Babette la miraba divertida; por su actitud, sabía que quería decirle algo y que el torrente de palabras brotaría en cualquier momento.

—¿Te fías de ese bribón? —dijo la anciana al fin.

Babette soltó un suspiro.

—¿Del administrador? El hombre tenía ganas de hablar, solo he querido ser amable. Lo último que me apetece esta noche es oír hablar de números.

—Me refiero a ese bandido, a ese tal Bonnier —dijo el ama con acritud.

Babette sonrió.

—No tengo otro remedio. Puse mi vida y la de mi hijo en sus manos para llegar hasta aquí y respondió como un caballero, no lo olvides.

Madame Prudence bebió un sorbo de licor de peras. Su experiencia con el coñac había sido terrible y se prometió no volver a probarlo jamás.

—No quisiera ser impertinente, Babette, pero... ¿estás segura de lo que haces?

Babette suspiró, y dejó a un lado la tarta de arándanos que estaba degustando.

—Nunca he estado más segura. —Sabía de la fidelidad de madame Prudence hacia Arnaud, pero también estaba segura de la amistad inquebrantable que la unía a ella—. Amo a Arnaud, Prudence, y quiero estar junto a él.

—Mi niña, pero ¿y si las cosas no son como tú quieres? —dijo bajando la voz. Conocía los rumores que circulaban sobre Babette entre el servicio. No quería dar más motivos a tales elucubraciones si alguien llegaba a oírlas.

—Hasta ahora nuestra vida ha sido una sucesión de equivocaciones y malentendidos. —Babette la tomó de la mano y se la llevó a la mejilla. Era tan reconfortante tener cerca a madame Prudence, era como el faro en una tempestad, como una balsa de auxilio en medio de la mar—, él dio el último paso para estar con nosotros, conmigo y con mi hijo. Yo lo desaproveché.

—¿Por qué lo hiciste? —preguntó con dulzura.

—Entonces eran para mí más importantes la corte del Emperador, las fiestas en Versalles, los paseos galantes por las Tullerías. —Babette suspiró de nuevo y miró a los ojos de su amiga—. Solo cuando tomé la decisión de volver con Arnaud, de estar por primera vez junto a él como lo que debimos ser desde el principio, ha tenido sentido mi vida.

BEL FRANCES

El ama le dio un tierno beso en la mano que tenía entre las suyas.

—Solo una vez más, Babette. ¿Estás segura de lo que haces?

La Condesa sonrió ligeramente. A muy pocas personas les permitía tal familiaridad, pero madame Prudence y tía Camille eran lo más parecido a una familia que había tenido nunca.

—Me preguntas si estoy segura de lo que hago y te respondo que sí, amiga mía, más segura que de nada de lo que he hecho hasta ahora.

La anciana le sonrió con dulzura.

—¿Y qué harás con el pequeño Bastien?

—Estos días quiero estar junto a él, los dos juntos cada minuto. He dado orden de que preparen mis cosas en París para una larga ausencia. Saldremos mañana camino de la ciudad. Cuando llegue la hora de ir a Brest, lo llevaré a Audresselles, a casa de tía Camille. Ella es quien lo ha criado y no puede estar mejor en otro sitio que allí.

—Haces bien —dijo madame Prudence bajando la cabeza.

—Hay algo más, ¿verdad?

El ama asintió.

—Hay otra cosa que me preocupa.

Babette la interrogó con la mirada.

—Ese hombre, ese tal Jacques Bonnier, he visto como te miraba. No me fío de él.

Babette soltó una carcajada divertida.

—Es un aventurero, seguro que intenta seducir a cada una de las mujeres con las que se cruza. No es un tipo peligroso.

Madame Prudence no continuó. Lo que había intentado decir a Babette no era eso. Lo que a ella le preocupaba era el innegable atractivo del señor Bonnier y el brillo inusitado que había visto en sus ojos, que, ella lo sabía, no era solo de deseo.

* * *

—La Emperatriz la recibirá —anunció ceremoniosamente el chambelán.

Babette sabía que no se podía permitir el lujo de abandonar por tanto tiempo Francia sin comunicarlo al Emperador; hacía muchos años que formaba parte de la corte de Napoleón; había sido amiga de la anterior emperatriz, Josefina, con la que aún la unía una tierna amistad; y lo era de la nueva esposa de Napoleón, María Luisa de Austria, una muchachita de su misma edad que la había convertido en su mano derecha.

No, no se marcharía sin comunicarlo; podría ser tomado como un insulto.

Napoleón Bonaparte, desde luego, no se encontraba en la ciudad; comandaba la resistencia a la Campaña de Otoño en Sajonia. Pero la emperatriz María Luisa no había abandonado aún la ciudad esa temporada, camino de Versalles, donde pasaba grandes períodos de tiempo y donde solo eran admitidos los más íntimos. Una invitación a pasar unos días en el Trianon era el bien más admirado en la Francia posrevolucionaria, y Babette tenía sus propias habitaciones allí.

El Palacio de las Tullerías, que había dejado de ser utilizado por los reyes de Francia desde hacía más de un siglo, era la residencia de la familia imperial en París, y en poco tiempo había recuperado todo el esplendor que requería el nuevo Sire.

Se había edificado un arco triunfal en la plaza del Carrusel, y todas las habitaciones de palacio se habían redecorado en el nuevo estilo imperante, de inspiración griega y egipcia, que empezaba a hacer furor en toda Europa.

El chambelán la acompañó hasta una de las habitaciones del primer piso, el salón amarillo, donde la Emperatriz acostumbraba recibir a sus más íntimas amistades.

—La condesa de Mirecourt —anunció el chambelán golpeando el suelo con un largo bastón.

Era una estancia pequeña, familiar, llena de recuerdos. Estaba entelada en seda amarilla y blanca y decorada con muebles ligeros, escogidos por la emperatriz Josefina, que María Luisa no había querido desechar. Dos grandes ventanales daban a los jardines, por donde entraba la clara luz de una mañana soleada.

Bel Frances

María Luisa descansaba en un diván. Había estado leyendo una carta de Napoleón y se la veía de buen humor.

—Babette, ¿ya de regreso de tu viaje? Pensaba que estarías unas semanas en el sur y que no volvería a verte tan pronto.

La Condesa le hizo una reverencia cuando llegó a su lado y, siguiendo las indicaciones de María Luisa, tomó asiento junto a ella, en el mismo diván.

—He vuelto a París para preparar otro viaje, Majestad. No quería partir sin pediros permiso.

Quizá fuera el hecho de tener la misma edad, veinticuatro años, pero a las dos mujeres las unía una fuerte amistad. Babette admiraba en ella la capacidad de hacerse obedecer sin necesidad de mando, su elegancia y la eterna amabilidad con que trataba a todos los que estaban a su alrededor.

María Luisa, en cambio, era su protectora en la corte, la defensora a ultranza de la condesa de Mirecourt y la que había posibilitado su ascenso en la sociedad.

—¿Nos dejas de nuevo? —dijo la Emperatriz mirándola con curiosidad—. Espero que no por mucho tiempo, amiga mía.

Babette asintió.

—Me temo que por más tiempo del que desearía, Majestad. Parto hacia los Estados Unidos de América en una semana.

María Luisa la observó con curiosidad, con sus dulces y penetrantes ojos azules; aún recordaba cuando vio por primera vez a la condesa de Mirecourt en un baile de la corte. Era la criatura más hermosa que había visto nunca, y ella, en cambio, era una austríaca a la que todos tildaban de extranjera. Fue Babette quien la ayudó en aquellos primeros días de incertidumbre, cuando tuvo que ganarse el cariño y el respeto de todos.

—Los Estados Unidos de América. Eso está muy lejos.

Babette iba a responder cuando la Emperatriz se levantó del diván, paseó hasta la chimenea, y sacó una carta pulcramente doblada que guardaba en una caja de nácar, encima de la repisa de mármol gris.

—Entonces es cierto que no has aceptado la propuesta del mariscal Bernadotte.

Babette vio la firma de la esposa del Mariscal en el membrete de la carta.

—Las noticias vuelan, señora.

—Las noticias son buenas o malas, según en el lugar donde nos coloquemos, querida, y por supuesto siempre tienen alas —dijo con una sonrisa, y Babette no pudo evitar corresponderla.

—No, Majestad, no he aceptado la propuesta del Mariscal.

—Conozco a muchos que se alegrarán por ello.

—Estoy segura, Majestad.

María Luisa lanzó la carta al fuego y volvió a sentarse a su lado.

—Estoy convencida de que has tomado la decisión acertada.

Babette bajó la mirada.

—Hace unas semanas me dijisteis que me dejara guiar por mis sentimientos, que eran ellos la única guía segura. Eso es lo que estoy haciendo en estos momentos. Espero no equivocarme.

La Emperatriz la tomó de la mano y la miró con dulzura.

—Veo en ti mucho de lo que yo quisiera poseer. No lo pierdas, Babette. Cuando eso desaparece, no lo recuperamos jamás.

La Condesa no contestó. No le gustaban las despedidas, y menos de los pocos amigos que tenía en su círculo.

—No sé qué es exactamente lo que te lleva allí, ni lo que te ha obligado estos días a abandonar precipitadamente París —prosiguió la Emperatriz dándole una palmada en la mano—. Tampoco quiero saberlo. Quizá ahora aún no lo veas con claridad, amiga mía, pero te aseguro que el camino de nuestro corazón es el único que podemos emprender sin equivocarnos.

Se sacó un precioso anillo que llevaba en el dedo índice; era una amatista engarzada en oro en la que se había tallado la figura de una laboriosa abeja obrera. Con delicadeza lo deslizó en el dedo de Babette y le dio un beso en la mejilla.

—Adelante, mi querida Babette, condesa de Mirecourt. Debes partir en busca de tus sueños.

* * *

La pequeña casita de pescadores seguía alzándose contra el viento y las mareas, perfilando sus formas puntiagudas en contraste con el mar.

Desde que Babette se convirtió en la condesa de Mirecourt, y a pesar del dinero que mandaba a sus tíos, estos no habían querido mudarse. Habían hecho reformas, por supuesto, para hacerla más acogedora y para que el pequeño Bastien pudiera criarse con algunas —pocas— de las comodidades que debía tener un vizconde, pero por lo demás, seguía siendo la casita de pescadores de siempre.

Tía Camille los vio bajar del elegante carruaje tirado por cuatro caballos y corrió a abrazarlos.

—¿Me has echado de menos? —dijo Bastien echando a correr a sus brazos.

—He estado contando los días y las horas hasta poder verte de nuevo —dijo la tía sin dejar de darle besos—. Ahora ve a saludar a tu tío. Creo que tiene una sorpresa para ti en el muelle.

El niño había emprendido la marcha antes de que tía Camille terminara, y desapareció detrás de la casa, dirigiéndose hacia el pequeño muelle privado donde el tío atracaba su barca de pesca.

Las dos mujeres se abrazaron y, tomadas del brazo, se dirigieron a la casa, mientras los lacayos desenganchaban los caballos.

—Partes de nuevo —tía Camille caminaba despacio a su lado y la acompañó hasta el interior de la casa, donde las esperaba una gran tetera llena de té caliente y panecillos recién horneados.

—Sí, estoy cansada de marcharme siempre que me encuentro bien, pero no puedo hacer otra cosa.

Habían llegado a la casa y tomaron asiento en la gran mesa de madera de la cocina. Desde pequeña había sido su estancia preferida, con las ollas de barro y cobre colgadas de la pared, el fogón que siempre tenía el fuego encendido y los tarros de compota que elaboraba su tía, perfectamente alineados sobre una repisa. Entre aquellas cuatro paredes había pasado los momentos más dichosos de su vida, momentos de los que no quería privar a su hijo.

—¿Cuidarás de Bastien? —dijo, sabiendo la respuesta—. Esta vez ni siquiera sé cuándo podré volver.

La mujer le sirvió una taza humeante.

—Estará seguro aquí. De eso sabes que no tienes que preocuparte.

—No puedo evitarlo. Me siento una madre nefasta abandonando a mi hijo en busca de Arnaud, atravesando un océano para seguir a alguien que quizá ni siquiera desee verme.

—Para seguir al padre de tu hijo, Babette —dijo su tía con obstinación—. Y no eres una mala madre. Has hecho por el pequeño más que cualquier otra. Él te quiere y eso es una prueba de que lo has hecho bien.

Babette bebió un sorbo de té. El líquido la reconfortó; estar de nuevo en casa de su tía la hacía sentir dichosa.

—¿Son ciertos los rumores? —dijo la tía sirviendo más panecillos en su plato.

Babette suspiró; al parecer lo que debía ser un secreto de estado era algo de dominio público.

—Me temo que sí, tía. Las cosas no van bien para Napoleón. Debemos prepararnos para lo que venga.

La mujer la miró fijamente.

—¿Pero, tan grave puede llegar a ser?

—La resistencia a la Campaña de Otoño en Sajonia no está dando los frutos esperados, las tropas están regresando, los enemigos aprovecharán el desgaste.

—Y nuestros enemigos —apuntó tía Camille bebiendo un sorbo de té—. Muchos en el pueblo nos odian por nuestra situación; por el hecho de que tú estés en París, por los regalos que nos haces. Aprovecharían cualquier cambio político para buscarnos el mal, para quedarse con nuestra casa y con nuestras tierras.

Babette la miró y la besó con cariño.

—No debes pensar en eso. El Emperador sabe lo que hace. Confiemos en él.

Otro silencio se hizo entre ambas. Pero no era un silencio incómodo, sino el que se produce cuando dos personas que se quieren están tan unidas que no necesitan palabras.

—Tía —dijo al final Babette, tomándola de la mano para atraer su atención—. No sé cómo reaccionará Arnaud cuando me vea. Aun así quiero que me prometas algo.

La mujer la miraba con ojos atentos, pendiente de sus palabras.

—Quiero que me prometas que si me sucede algo…

—Oh, por Dios, Babette, nada va a sucederte.

—Prométeme que, si me llegara a suceder algo, harías todo lo que estuviera en tus manos para que el pequeño Bastien se reuniera con su padre.

Tía Camille frunció los labios. Nunca le había gustado ese hombre y no le gustaba nada lo que le estaba pidiendo Babette.

—En sus cinco años de vida jamás le ha prestado atención.

—Te recuerdo que fui yo quien lo apartó de él. Prométeme que harás que estén juntos.

Su tía soltó un suspiro.

—De acuerdo, te lo prometo. Pero sé que es una promesa innecesaria porque nada te va a suceder.

Babette sonrió y abrazó con fuerza a su tía.

—Bueno, no nos pongamos melancólicas —dijo la mujer—. Tu tío quiere que demos un paseo por la bahía en su flamante barca. Tu hijo ya estará cansado de esperarnos.

Babette salió de la casa con su tía del brazo, camino del muelle.

Si no fuera por el amor que sentía hacia Arnaud, hubiera deseado en esos momentos más que nada en el mundo permanecer para siempre en esa casita junto al mar.

Capítulo 2

*P*REGUNTAN POR TI —DIJO EL CANTINERO DE MALA GANA.
Jacques siguió la dirección del dedo e intentó vislumbrar de quién se trataba a través de la espesa nube de humo que inundaba el ambiente del tugurio portuario.

Evidentemente se había equivocado; allí no había nadie conocido y últimamente ningún acreedor lo perseguía. Con el dinero que le había dado la hermosa condesa de Mirecourt había pagado algunas de sus deudas; las justas para no tener que temer por su vida y poder entrar en Brest sin que la justicia pusiera precio a su cabeza. Con el resto había hecho casi todos los encargos de la Condesa.

La vida en Brest no era una mala vida; podía encontrar tantas disputas como quisiera, había mujeres preciosas a las que seducir y suficiente ron en sus garitos como para quemar toda Francia.

—¿Monsieur Bonnier, monsieur Jacques Bonnier? —dijo una voz atiplada a sus espaldas.

Se dio la vuelta para encontrarse con un hombre delgado, de mediana edad, que cubría su gran calva con un peinado artificioso, y ataviado con un traje de vivos colores en seda estampada. El hombre se tapaba la nariz con un pañuelo perfumado, con una gran blonda de encaje, y miraba alrededor con cara de espanto.

El elegante visitante no había pasado inadvertido en el garito. El ruido ensordecedor de las discusiones y las peleas se había detenido, y ya había varios matones dispuestos a echar a golpes a ese maldito entrometido.

—¿Quién lo busca? —dijo Jacques, sabiendo que se avecinaban problemas.

Un tipo igual de alto que de ancho, con los brazos llenos de tatuajes, se estaba acercando lentamente a ellos con cara de pocos amigos. Esperaba divertirse un poco con el atildado visitante antes de arrojarlo por el muelle y esperar a que se lo comieran los cangrejos.

—Traigo un recado de su Excelencia, la señora condesa de Mirecourt —dijo el hombre con afectación, mientras intentaba apartar una mosca que revoloteaba a su alrededor atraída por el olor a flores de su pañuelo—. Hace horas que lo espera en el muelle.

Jacques lo miró desconcertado.

—¿La Condesa? Hasta la semana que viene no la esperaba. ¿Ha decidido pasar unos días en Brest?

El hombre sacó una botellita del bolsillo y perfumó de nuevo el pañuelo con el que se tapaba la nariz.

—Señor, hoy es día veinte. Hoy era el día acordado para zarpar. Así le hizo usted saber a mi señora.

—¿Día veinte? —dijo Jacques observando al tipo de los tatuajes, que ya estaba a pocos pasos de ellos con cara de querer pelea—. No puede ser, hoy es… eh tú —dijo al cantinero—, ¿qué día es hoy?

El hombre estaba acostumbrado a soportar borrachos, así que le contestó poniendo un almanaque impreso con una caricatura de Napoleón encima de la barra.

—Vaya —dijo Jacques—, es cierto. Es día veinte.

—Eh, tú, marica —el de los tatuajes ya estaba junto a ellos y había empujando al visitante—, vas a salir conmigo al callejón a hacerme un trabajito y después te llevaré al muelle para que te des un baño.

El local estalló en risotadas. Muchos hombres se fueron acercando para ver de cerca como terminaba aquello.

—¿Te refieres a mí? —dijo Jacques dándose la vuelta en la banqueta, con los codos apoyados en la barra, de modo que quedó frente a él.

El tipo lo miró de arriba abajo, calculando a quién se estaba enfrentando. Sin duda era un tipo grande y fuerte, pero nada comparado con la mole de músculos que tenía el de los tatuajes.

—Me dirijo a tu amiguito —dijo con un gruñido—. Métete en tus cosas si no quieres tener problemas.

Jacques se puso de pie despacio y metió los pulgares en los bolsillos de su casaca.

—Lo que sucede —empezó a decir— es que el hombre al que intentas insultar es amigo de la mujer a la que amo, y no puedo permitirte que lo ofendas.

El grandulón avanzó dos pasos y quedó a medio metro de Jacques. Era inmenso, con la cara picada de viruelas y una cicatriz mal cosida en la enorme panza que tenía el aspecto de una boca cerrada.

—Así que vas a defender a ese afeminado. Mejor, así nos podremos divertir un rato más.

Con una velocidad que Jacques no esperaba, el matón le lanzó un puñetazo que apenas pudo esquivar. Le rozó el pómulo con un anillo en forma de calavera con dos tibias cruzadas, y pronto notó como un hilo de sangre le corría por la mejilla.

Los espectadores empezaron a apostar sobre quién ganaría la pelea, entre gritos y risotadas.

—Eres rápido. Es una pena —dijo Jacques.

El grandulón empezó a moverse a su alrededor, buscando otro descuido que le permitiera darle un buen golpe.

—¿Por qué una pena?

Jacques sonrió, sin apartar la vista de su atacante. Si le hubiera dado de lleno, seguramente habría perdido la conciencia. No podía permitirse el lujo de dejarse sorprender. Con un tipo como ese, solo había una oportunidad.

—Porque vas a quedar muy mal delante de tus amigos.

Sus palabras fueron acompañadas por otra risotada de la concurrida taberna.

Poco a poco, Jacques se colocó delante del visitante que, tremendamente asustado, insistía en apartar las moscas que se cebaban sobre él. Así, al menos, podría protegerlo con su cuerpo.

—Eh, tú, ¿cómo te llamas? —dijo en voz baja cuando estuvo suficientemente cerca.

El visitante estaba horrorizado y temblaba de manera ostensible.

—Monsieur Dupontet, señor.

—Bien, amigo, pues meta la mano en el bolsillo trasero de mi pantalón, coja el sobre que encontrará y entrégueselo a ese tipo del fondo, al que le falta un ojo.

El matón intentaba enterarse de la conversación, pero quería esperar el momento justo para propinarle un buen escarmiento a ese entrometido. A lo mejor hasta lo obligaba también a hacerle un favorcito en el callejón.

—Así que metiéndose mano antes de acabar en el fondo del mar —se mofó al ver a Dupontet hurgando en los pantalones de Jacques, mientras los demás estallaban en carcajadas—. Mirad qué escena tan romántica.

Monsieur Dupontet avanzó con cuidado, alejándose del centro de la pelea. Curiosamente pasaba inadvertido, ya que todos estaban pendientes de los dos luchadores. Cuando llegó al fondo, entregó el sobre al individuo que le había indicado Jacques, que lo tomó con un gruñido.

Fue entonces cuando todo se desencadenó.

El matón se lanzó de improviso sobre su presa, lanzando un gancho con la derecha. Pero Jacques estaba preparado y se apartó hábilmente de su paso. El otro perdió ligeramente el equilibrio, seguro como estaba de acertar en el blanco. Jacques aprovechó el fallo para clavarle el codo en la mandíbula.

El golpe fue brutal, y el grandulón se tambaleó.

Jacques sabía que no podía dejarse engañar. Si dejaba que se recuperara, sería su final. Con una velocidad endiablada, le dio dos puñetazos. Uno con la derecha y otro con la izquierda. El tipo empezó a trastabillar.

—Y esto, de parte de Dupontet.

Dándose la vuelta, le dio un último golpe en la mandíbula que hizo que el tipo acabara con los huesos en el suelo.

Bel Frances

El salón estalló en vítores.

Jacques, tambaleándose por el esfuerzo, buscó con la mirada a monsieur Dupontet y se acercó hasta él, mientras le daban palmadas de felicitación en la espalda.

—Será mejor que salgamos de aquí, amigo. No hagamos esperar a la Condesa.

—Por supuesto, señor —dijo el otro, que ya se dirigía a la puerta.

—Pero antes, recojamos mi sobre.

Jacques se dirigió al hombre tuerto, que le entregó algo que guardó en un bolsillo.

Ya en la calle, monsieur Dupontet se atrevió a preguntar, señalando lo que Jacques había guardado.

—¿Sus últimas voluntades, señor?

Jacques lo miró con una sonrisa.

—Mis beneficios, amigo. Siempre apuesto por mí.

※ ※ ※

—Está borracho —dijo Babette a través de la ventanilla cuando lo vio aparecer.

Llevaba más de tres horas esperando dentro de su carruaje sin que hubiera rastro por ningún lado del señor Jacques Bonnier. Al final no había tenido más remedio que enviar a monsieur Dupontet, su peluquero, a buscarlo por las tabernas de la ciudad, y no se había equivocado.

—Nada de eso, me hace falta más de una botella para estarlo, señora. Yo también me alegro de verla.

Babette descendió del carruaje, y Jacques la observó de arriba abajo con la boca abierta.

Llevaba un traje de corte imperio, en seda color rosa, muy claro, con pequeños cristales en forma de estrella diseminados por el tejido. Sobre sus hombros, un chal de cachemira que arrastraba hasta el suelo. No llevaba ningún collar, ni pulseras, como ya la había visto antes, pero sí unos espectaculares pendientes de brillantes que arrancaban destellos verdosos en sus ojos. Unos guantes blancos hasta los codos terminaban su atuendo, que no hubiera desentonado en un baile de Napoleón.

—¿Podemos embarcar, señor Bonnier? ¿Cuál es nuestro barco? No quisiera demorarme ni un segundo más en un sitio como este —dijo Babette con crispación.

La presencia de la condesa de Mirecourt no había pasado inadvertida en el muelle. Había tenido que soportar los piropos impertinentes de los estibadores cuando bajó a tomar el aire y a un grupo de curiosos que hacían corro alrededor de la carroza para intentar ver en su interior.

Jacques tuvo que hacer un esfuerzo para contener la risa. Dio un par de pasos hacia atrás y observó los dos carros que había estacionados detrás de la gran carroza de la Condesa.

—¿Y eso? —preguntó señalando los carromatos, que estaban cargados de baúles y maletas, apilados unos encima de otros, formando grandes montones.

—Es mi equipaje —dijo ella con seguridad—. No sabemos cuánto tiempo tardaremos en volver. Quizá sea necesario asistir a recepciones, viajar por el campo. No conocemos las costumbres de los estadounidenses. Me gusta estar preparada.

Jacques volvió a mirar la hilera de baúles que se apilaban en los dos carros, para después fijarse en el grupo de personas que aguardaban junto a la Condesa.

—¿Y ellos? —preguntó de nuevo señalando al grupo con un movimiento de la barbilla.

Babette se los presentó uno a uno.

—A monsieur Dupontet ya lo conoce, es mi peluquero, consejero y amigo. Ellas son mademoiselle Prévost, mi asistente personal; mademoiselle Lèfere, mi doncella, y mademoiselle Doucet, mi costurera. El señor Lebrun, al que también conoce, es mi cochero, y el señor Chevrier es mi palafrenero. Vendrán con nosotros como parte de mi séquito.

Jacques cruzó los brazos. Allí, con las piernas abiertas, la casaca desabrochada y el viento marino jugueteando con su cabello castaño, que llevaba suelto, se mostraba francamente atractivo, reconoció Babette, y también impertinente.

—No —dijo de pronto Jacques.

—¿Cómo? —exclamó ella sin comprender.

—Ellos no pueden acompañarnos. Ni podemos llevar ese equipaje.

Babette se quedó muda, no lo podía creer, ¿cómo iba a viajar sin su doncella, sin monsieur Dupontet, sin su cochero? ¿Qué haría sin sus trajes, sin su colección de zapatos, sin sus joyas? ¿Qué sería de su cabello?

—Condesa —continuó Jacques—, somos franceses, hemos de atravesar un mar que está en manos de nuestros enemigos, llegar a un país donde quizá no seamos bien recibidos y que es posible que aún esté en guerra, todo eso sin contar con los piratas que atestan las aguas del Atlántico.

Babette tragó saliva para que su ira no estallara. Tenía presentes las dos condiciones que el señor Bonnier había puesto como indispensables para acompañarla y no quería tener problemas nada más empezar el viaje.

—No puedo viajar sin lo necesario. Hágase cargo.

Jacques la miró con ojos tormentosos. Tenía una herida fresca en la mejilla que le daba un aspecto terrible. Aun así la Condesa se mantuvo firme.

—Permítame, al menos, que me acompañe monsieur Dupontet.

Jacques chasqueó la lengua.

—Podrá llevar dos baúles. Ese y ese —señaló dos de mediano tamaño— y nada de sirvientes. Usted y yo, solos.

Al oír aquello, Babette no pudo evitar que un escalofrío, no supo si de miedo o de rabia, le recorriera la espalda.

—Lo mejor será que pasemos inadvertidos —continuó Jacques— y que no se enteren todos los bandidos de los Estados Unidos de América de que hemos llegado.

—Pero... —protestó la Condesa.

—Tiene una hora para decidir qué quiere llevar. Yo voy a hablar con el Capitán para que nos indique a qué hora zarpamos.

Jacques se dio la vuelta y se encaminó hacia el otro muelle. Babette permaneció callada, con los ojos soltando rayos de indignación, mientras se sentía aún más enfadada al comprobar el brillo en los ojos de sus criadas y de monsieur Dupontet, mientras seguían de cerca cada paso de Jacques Bonnier.

* * *

—Por mucho que los estrujemos no entrará ninguno más —dijo la doncella, que intentaba meter en el pequeño baúl un nuevo vestido de fiesta que Babette creía imprescindible para el largo viaje.

Babette asintió con consternación. Estaba furiosa; no solo la había hecho esperar durante horas en el muelle, sino que ahora se atrevía a pavonearse y a darle órdenes delante de su personal de confianza.

—No debe olvidar su sombrilla, señora —dijo monsieur Dupontet introduciendo a duras penas el artilugio en un hueco inexistente del equipaje.

Su piel sufre terriblemente los efectos del sol.

El cochero colocó los dos tristes baúles a los pies del carruaje y Babette entró en la carroza para cambiarse.

—Hazlo aquí fuera, preciosa. Seguro que no tienes nada que no hayamos visto ya —gritó uno de los brutos del puerto, haciendo estallar en risotadas al resto de la concurrencia.

La acompañó al interior monsieur Dupontet, que lanzó una mirada de desprecio a aquel hombre antes de entrar.

—Señora, esto es terrible. Debe prometerme que cepillará su cabello cada día.

Babette asintió con la cabeza, con los ojos fijos en ninguna parte, mientras su doncella corría la cortinilla y empezaba a desabrocharle los botones del precioso vestido que se había puesto para el primer día de viaje. Si seguía las instrucciones del señor Bonnier, apenas si podría ponerse uno para toda la travesía.

—Y una vez por semana no debe olvidar un baño de miel y huevo batido —insistió Dupontet—. Sufro solo de pensar en el estado en que volverían sus cabellos si no los cuida debidamente.

Babette volvió a asentir sin prestar demasiada atención.

En esos momentos, se preguntaba si estaba haciendo lo correcto. Iba a embarcarse con un desconocido en un viaje larguísimo. En su cabeza, no dejaban de repetirse las últimas palabras del señor Bonnier; "usted y yo, solos". ¿Qué rumores correrían por París si llegara a conocerse que había zarpado hacia los Estados Unidos de América en compañía de un desconocido?

—Ha sido emocionante.

Babette volvió a la realidad ante las palabras de su peluquero. Este hablaba con la doncella, que parecía muy animada y tenía un brillo especial en los ojos.

—Y el modo terrible como nos ha mirado —dijo la muchacha con un estremecimiento—. Yo he sentido un escalofrío en toda la piel.

—¿De qué habláis? —se interesó Babette.

Monsieur Dupontet le acomodaba los rizos con un peine, insistiendo para que quedaran como deseaba.

—De monsieur Bonnier, señora. Ha peleado como un león por mí.

Babette lo miró sorprendida, y su peluquero chasqueó la lengua contrariado.

—Bueno, más bien ha sido por usted, pero me ha parecido emocionante.

—No creo que ese bárbaro haga nada si no es en su propio provecho —dijo ella ofendida.

—Pues no os diré lo que dijo antes de liarse a golpes con un individuo que intentaba molestarme —bajó la voz para que solo lo oyera la Condesa—. Pero tened cuidado, señora. Ese hombre es capaz de cualquier cosa, y más si es referente a usted.

* * *

—¿Esto es un barco? —dijo Babette indignada.

Se había puesto un sencillo traje de algodón color violeta, había escatimado en recursos hasta llevar solo dos baúles nada grandes y había decidido al fin, en contra de las súplicas de monsieur Dupontet, embarcarse sola, con el señor Bonnier. Y ahora se encontraba con aquello.

—Es un barco, nuestro barco —dijo Jacques mirando la embarcación con ojos satisfechos.

Babette no daba crédito a lo que veía. Aunque se trataba de un velero, era más apropiado para un paseo fluvial que para cruzar el océano, y menos en aquella época del año, en que abundaban las tormentas. El velamen estaba descuidado, el exterior despintado, y por los movimientos que podía observar en cubierta, la tripulación era más parecida a una pandilla de piratas que a un grupo de marineros profesionales.

—Esto es apenas un bote —exclamó enfadada—. Me niego a cruzar el Atlántico sobre eso.

—Por el dinero que me ha dado es lo mejor que he podido conseguir.

Babette se llevó una mano a la boca.

—¿Pero, cómo es usted capaz de decir eso? Le he dado suficiente como para comprar el barco del Emperador.

Jacques la miró un momento, para después volver a prestar toda su atención al velamen del buque.

—Los precios han subido mucho a causa del bloqueo, señora.

Ella golpeó el suelo con un pie y apretó tanto el mango de su sombrilla que los nudillos se le pusieron blancos y transparentes.

—Es usted un desalmado. Confiaba en que sería capaz de cumplir con su compromiso.

Jacques se giró hacia ella, arrugó la frente y cruzó los brazos. Había adquirido un aspecto terrible, que hizo que el rostro de Babette palideciera.

—Condesa, no dude usted que la voy a llevar a donde maldita sea quiera ir, y no dude que encontrará a su maridito. Ahora haga el favor de dejar de quejarse y subir al barco, si no quiere quedarse en tierra. Como le dije, siempre cumplo con mis promesas.

Babette tuvo que morderse la lengua para no contestar; había prometido no llevarle la contraria y no quería que ese rufián la dejara allí abandonada.

Giró la cabeza y miró hacia su carroza, que permanecía estacionada a lo lejos. Su personal la miraba con ojos consternados; como ella, se habían dado cuenta del estado del barco al que Bonnier pretendía que subiera, y aguardaban a que la Condesa decidiera detener aquella loca aventura y volver a la seguridad de su mansión en París.

Babette volvió a mirar al frente y vio de reojo a Jacques.

—Adelante —dijo decidida.

Él sonrió a sus espaldas.

—Le presentaré al Capitán, Condesa. Es un hombre de total confianza.

Babette subió la pasarela que apenas se mantenía en su lugar, seguida de Jacques, que la observaba con aire burlón. Tuvo que sostenerse a un cabo para llegar a cubierta. Antes de dar el salto, miró hacia atrás. El señor Dupontet se abanicaba con su pañuelo de encajes mientras se tapaba los ojos para no ver a su señora en aquella situación.

—Condesa. —El capitán del barco le tendió la mano antes de tocar el suelo, e hizo una inclinación.

A lo que más se parecía el viejo marino era a uno de los piratas que aparecían en las novelas.

—Zarparemos en veinte minutos —dijo el hombre—. Si tenemos buen viento, en cuatro meses atracaremos en Nueva Orleáns. El señor Bonnier le enseñará el camarote y mis hombres subirán su equipaje. Sean bienvenidos.

Babette no respondió; por primera vez en todo ese tiempo, empezó a dudar si Jacques Bonnier era la persona adecuada para acompañarla en aquella aventura.

* * *

—Nunca le he hecho creer que esto fuera un viaje de placer, señora —dijo Jacques pasando por su lado mientras ayudaba a un par de marineros con los baúles de Babette.

—Ni yo se lo he pedido, pero al menos me gustaría poder dormir sobre una cama normal y no sobre un catre lleno de pulgas, señor Bonnier.

El camarote de Babette era tan reducido que apenas cabía una cama.

Esta era un jergón que se levantaba apenas un par de palmos del suelo, relleno de borra de borrego cubierta con una sábana de arpillera. A sus pies, había una mesa pequeña atornillada al entarimado, con una banqueta que hacía de silla. Estaba situada bajo el ojo de buey, único atractivo del camarote, que apenas lo dotaba de luz, aunque no de aire fresco, ya que estaba cegado. Cuando colocaron el primer baúl, el poco espacio libre que quedaba desapareció, menos un estrecho pasillo que llevaba de la puerta a la cama y de esta a la mesa.

—Debería aplacar un poco esos aires de gran señora. Será mejor para todos —dijo Jacques, que acababa de ayudar a uno de los marineros a colocar el segundo bulto encima del anterior.

Babette hacía esfuerzos por contenerse; si ver el barco la había decepcionado, la vista del camarote había terminado por enfurecerla.

—Me insulta usted, señor Bonnier. —Permanecía en el único espacio libre del cuarto, con las manos sobre sus caderas, en actitud desafiante—. No le estoy pidiendo nada ilícito, solo quiero una habitación digna. Además, le recuerdo que he pagado para ello, y mucho más de lo que me hubiera costado…

Los marineros salieron del camarote ayudados por dos empujones de Jacques.

—Sí, ya me lo ha recordado usted varias veces en este día.

¿Pero cómo podía ser tan desalmado?, pensó Babette.

—¿Me permite?

Jacques intentaba pasar al otro lado de la habitación, pero el pasillo era tan estrecho que apenas cabían los dos. Tuvo que tomarla de la cintura para que no cayera sobre la cama. Babette fue consciente de que se demoraba más de lo necesario. Estaba completamente pegado a ella, y para evitar que trastabillara la apretó con fuerza contra él. Ella soltó un gemido y abrió los labios. Jacques pudo aspirar el ligero olor a espliego que exhalaba su cabello limpio y rizado. Los ojos de ella lo miraban sorprendidos y asustados, como un mar verde y tormentoso en el que quería perderse para siempre. Aquel momento se dilató en el tiempo. Jacques tuvo que luchar contra sus instintos para no tirarla sobre el catre, arrancarle su elegante vestido y poseerla allí mismo. Se imaginó cómo sería el sabor de su piel, el olor de cada recodo de su cuerpo, cómo se dilatarían sus pupilas cuando llegara al éxtasis entre sus brazos. Había estado con muchas mujeres en su vida, pero ninguna como aquella. Desde que la vio en el bosque, empapada y asustada, a pesar de su furia, no había conseguido quitársela de la cabeza ni un instante.

Decidió apartar todos aquellos pensamientos de su mente, pues notaba como empezaba a excitarse. Nunca había estado con una mujer contra su voluntad, no sería esta la primera vez.

Terminó de pasar, y Babette recuperó el aliento.

Jacques se dirigió a los pies del catre y tomó un trozo de tela blanca que descansaba en el suelo, lo deslió por completo y ató los seis cabos con que terminaban cada uno de sus lados. Se trataba de una hamaca muy rústica. Después buscó con la mirada una punta en la pared de madera donde poder colgarla.

—¿Qué se supone que está haciendo, señor Bonnier? —Ella aún jadeaba ligeramente, y sus mejillas mostraban un punto de rubor.

—Como comprenderá, he de dormir en algún lugar, y prefiero que la cama la ocupe usted.

Primero abrió la boca, por la que no salió ningún sonido, después se llevó la mano al pecho, como intentando reponerse. Por último dio un taconazo en el suelo y señaló la puerta con mano temblorosa.

—Eso de ninguna manera, señor. Salga ahora mismo de mi camarote.

Jacques se plantó ante ella, ladeó la cabeza y se puso las manos en la cintura. Babette creyó ver en ese gesto una burla al que ella había adoptado mientras metían su equipaje en el cuarto.

Permanecieron así, enfrentados, un buen rato, a la espera de que uno de los dos cediera o tomara una decisión que dejara el asunto en tablas. Jacques, al fin, decidió dejarla ganar. Ya estaba harto de las disputas lastimeras de aquella niña malcriada.

—Por supuesto que me iré, señora. No soportaría sus lloriqueos durante toda la noche.

Ella se reprimió para no abofetearlo, y se refugió muy apretada junto a los baúles para que él no volviera a poseerla de aquella manera si intentaba salir.

—Ni yo su arrogancia —dijo una vez en sitio seguro—. Es tan grande que no cabríamos los dos en el camarote.

—Me voy —dijo Jacques, que se había percatado de la maniobra.

—Sí, váyase. Empezaba a asfixiarme con su enorme presunción.

El hombre dio un portazo que hizo que todo se tambaleara dentro de la habitación.

Cuando se quedó sola, Babette se sentó en el catre y miró alrededor. Había cometido muchas locuras en su vida, pero ahora estaba segura de que esta era la mayor de todas.

✳ ✳ ✳

Sí, debía pedir disculpas, pensó Babette.

Hacía dos meses largos que habían zarpado, y debía reconocer que había juzgado injustamente tanto al barco, que navegaba con ligereza y confianza, como a la tripulación, que era eficiente y laboriosa.

Durante ese tiempo, Babette no había cruzado una sola palabra con el señor Bonnier. Sí, había prometido hablarle correctamente y obedecer sus órdenes, pero no había dicho nada acerca de tener que conversar con él. Sin embargo, ahora se daba cuenta de que Jacques Bonnier, por el momento, había cumplido con su parte del trato y merecía una disculpa; ya era hora de que la recibiera.

Hasta ahora, Babette apenas había salido del camarote; solo lo hacía para vaciar de noche su bacinilla, cosa a la que no estaba acostumbrada, ya que de ello se ocupaban las criadas, y que le daba un inmenso pudor, y para tomar un poco de aire fresco cuando la cubierta estaba desierta. En sus incursiones, había descubierto que el barco tenía solo dos camarotes; uno lo ocupaba el Capitán y el otro, pequeño e incómodo, se lo habían asignado a ella. El señor Bonnier había decidido al fin dormir con la tripulación, sobre hamacas que de noche se tendían en la bodega.

Babette se colocó un chal sobre el sencillo vestido de muselina blanca, que usaba todos los días, y miró por el ojo de buey de su camarote; era esa hora en que el sol empieza a descender sobre el horizonte y las nubes toman los más fabulosos colores. Se miró por última vez en el espejito que había conseguido colgar encima de la mesa y que le servía para asearse, y dio el visto bueno a su aspecto.

Subió a la cubierta con cuidado. Los hombres descansaban apoyados en la borda, masticando y conversando en grupos. Apartó la mirada y descubrió al señor Bonnier apoyado en la popa del barco. Estaba de pie, con las manos en la espalda, y tenía la vista fija en un punto indeterminado del horizonte.

—¿Encuentra usted algo que no veamos los demás? —dijo Babette acercándose desde la proa. Se ajustó el chal sobre los hombros y avanzó con cuidado hasta donde él se encontraba. Aunque había conseguido habituarse a la inestabilidad del suelo en su camarote, la cubierta seguía causándole respeto.

Jacques la vio llegar y volvió a sentir el cosquilleo en el estómago que no lo abandonaba desde que la vio por primera vez. Ella le sonrió, y él le devolvió una sonrisa triste.

—Nací en un pueblo pesquero, ¿sabe? —dijo él, volviendo a mirar el ocaso—; mi padre murió en el mar, y su padre, y el padre de su padre. Al contrario que a otros, el mar siempre consigue entristecerme.

Ella se apoyó en la borda y aspiró el fresco aire salado.

—A mí me trae recuerdos dulces. He pasado los mejores años de mi vida junto al mar.

Hubo un silencio entre ambos que rompió Babette con un suspiro.

—Señor Bonnier, quisiera pedirle disculpas por mi manera de actuar. Reconozco que me porté como una niña malcriada. Espero que me perdone.

Jacques la miró de nuevo. Aún no comprendía el efecto que la condesa de Mirecourt ejercía sobre él, pero debía reconocer que no lograba escapar a su embrujo.

—Soy yo quien debe presentarle mis respetos —dijo muy serio—. Tenía usted razón; gasté parte de su dinero en pagar deudas. Si no lo hubiera hecho, jamás hubiera podido entrar en Brest, o hubiera sido bastante probable que saliera de allí con los pies por delante a causa de la justicia.

Ella esbozó una sonrisa de comprensión que hizo que el corazón de Jacques bombeara la sangre a más velocidad.

—Entonces sea bien gastado —dijo al fin—; si no lo hubiera hecho, no hubiéramos podido zarpar.

Jacques la observó, asombrado; no era la respuesta que esperaba de su compañera de viaje, desde luego que no. Lo seguían confundiendo las diferentes personalidades que descubría en la Condesa; a veces era una mujer tierna y sensible, pero en otras ocasiones era un ogro dispuesto a saltar sobre su presa. Se preguntó cómo habría sido la vida de esa mujer para configurar una personalidad tan compleja.

—Le propongo una cosa —dijo al fin—, llámeme Jacques. No estoy acostumbrado a que me traten de señor.

Babette sonrió.

—De acuerdo, Jacques. ¿Entiendo que nos hemos perdonado mutuamente?

Asintió con la cabeza. Tenerla tan cerca conseguía turbarlo más de lo que era capaz de admitir.

—Envidio al conde de Mirecourt —dijo él atento a un punto invisible del horizonte—. Se ha embarcado usted en una aventura peligrosa solo por amor hacia él. Debería sentirse muy dichoso.

Babette perdió la mirada en las aguas del mar, donde el sol ya había empezado a ocultarse.

—Yo también nací en un pequeño pueblo pesquero, ¿sabe? Como usted. Me casaron con un desconocido, con mi esposo, el flamante conde de Mirecourt, cuando cumplí dieciséis años. No lo conocí hasta dos años después. Como ve, no hemos sido dueños de nuestro destino. Eso es algo que envidio en personas como usted.

Jacques permaneció en silencio, bebiendo cada palabra y con una profunda envidia hacia aquel hombre; daría cualquier cosa por estar en su lugar.

—Mi tío es pescador —prosiguió Babette—, y mi tía hacía arreglos de costura para que pudiéramos comer todos los días.

Ahora Jacques sí que estaba sorprendido. Babette continuó.

—Mi madre murió cuando yo nací, y mi padre al poco tiempo. Fueron ellos quienes me criaron con la sabia intención de que me casara con un pescador del pueblo y formara una familia tan feliz como la de ellos.

Jacques se giró para mirarla directamente a los ojos.

—Entonces no ha sido siempre una aristócrata flemática.

Ella volvió a sonreír de ese modo que hacía que lo recorriera un escalofrío por la espalda.

—Nunca he sido una aristócrata flemática.

—Yo no estaría tan seguro de eso.

—Quizá tenga razón, pero creo que es una manera de protegerme, de no dejarme ver como un animal indefenso.

Él sonrió levemente.

—No es usted un animal indefenso, y yo la protegeré de cualquier peligro, a mi lado no tiene por qué temer.

El silencio volvió a anidar entre ellos. Babette no quería dar pie a que Jacques pensara algo equivocado, sin embargo…

—¿Y cómo llegó la hija de un pescador a convertirse en una condesa? —dijo Jacques sacándola de sus pensamientos.

Babette volvió a mirarlo y a sonreír.

—Acordaron mi matrimonio con el conde de Mirecourt y vizconde de Lauvergne. Con ello se cumplía una promesa que un caballero había hecho a su padre en el lecho de muerte. Una vez que se hubo casado conmigo, su intención era la de no conocerme nunca.

—¿Me está usted hablando de su marido? —dijo él asombrado.

Ella asintió lentamente.

—Así es. Durante dos años, permanecí encerrada en la mansión a la que usted me acompañó. No hubo explicaciones, no hubo palabras. Mi deber era permanecer allí hasta el final de los tiempos.

Jacques soltó un silbido.

—Pero llegó a conocerlo, ¿no es cierto? No creo que esté atravesando medio mundo en busca de un desconocido.

Los recuerdos afluían a su mente como un torrente de agua turbia.

—Si un jabalí no lo hubiera herido en una cacería, jamás se hubiera acercado a la mansión donde yo vivía recluida y jamás nos hubiéramos conocido.

A Jacques le pareció ver un brillo acuoso en sus ojos; la afectaba recordar aquellos episodios de su vida.

—No es necesario que siga, Condesa. No debe ser agradable para usted recordar esas cosas.

Ella lo miró un momento a los ojos; le apetecía hablar, desatar su corazón, liberarlo de vez en cuando de tanta angustia acumulada, de años y años de incomprensión, de dolor, de odio.

—Vi por primera vez a mi esposo cuando estaba malherido —Babette continuó como si él no hubiera hablado—, todos temían por su vida, y cuando abrió los ojos y me preguntó quién era yo, no me atreví a decirle mi nombre. Yo me enamoré de él en ese preciso momento, y él se enamoró de una mujer que creía que era una dama de compañía; jamás lo hubiera hecho de su esposa, a quien detestaba sin conocer.

—¿Dijo usted que era otra persona?

Ella asintió.

—Me hice pasar por una criada. Tuve miedo de que me rechazara con solo verme, de que me obligara a abandonar aquella habitación y quedara encerrada en la mansión para siempre.

La historia era terrible e incomprensible. ¿Cómo se podía odiar a alguien a quien nunca se había conocido? Su vida de bandido, de salteador de caminos, era mucho menos truculenta que la que le estaba contando la Condesa, una mujer con una existencia, aparentemente, envidiable, y un peso en el corazón que ahora intentaba tirar por la borda.

Permaneció un rato en silencio antes de preguntar de nuevo.

BEL FRANCES

—¿Qué había hecho usted para que un hombre a quien no conocía la detestara?

El sol había inflamado de rojo el cielo, y el mar era ahora una balsa plateada.

—En aquella época yo no lo sabía. No sabía por qué se había casado conmigo, la hija de unos pescadores, ni por qué me rechazaba.

Calló un momento para poner su mente en orden.

—¿Sabe cuánto tiempo duró nuestra relación? Dos semanas —prosiguió Babette—. Las dos semanas más felices de mi vida, se lo aseguro. Pero cada uno de esos catorce días fue para mí un tormento. Había mentido, vivía bajo una mentira y no sabía cómo remediarlo.

Babette suspiró.

—Solo estuvimos juntos una vez, ¿sabe? —dijo ruborizándose. ¿Cómo podía estar contándole aquello a un desconocido? Sin embargo continuó—. A la mañana siguiente, segura de que él me amaba tanto como yo a él, pensando que no podía existir nada más hermoso que lo que yo había sentido esa noche entre sus brazos y que eso me exculparía de todo, esa mañana le confesé mi verdadera identidad.

Apenas quedaba luz y el ambiente empezó a enfriarse con rapidez. Jacques tenía las manos en los bolsillos y la miraba fijamente, estudiando cada poro de su piel, cada reacción que esa historia le producía en el semblante. Quería saberlo todo de ella, y a la vez, no quería conocerla para entregarla a otro hombre al final de aquel viaje.

—Él pareció volverse loco —prosiguió Babette encogiéndose dentro del chal—, me habló de una promesa que acababa de romper y a medio vestir huyó de la mansión. —Tomó aire para poder seguir—. Dos días después llegaron sus abogados; me cedió una renta más que aceptable, una casa en París y todas las comodidades que pudiera desear tener una muchacha de dieciocho años. No podía firmar los papeles de divorcio, pues lo ataba una promesa, pero en la práctica acabábamos de separarnos para siempre —suspiró—. Pero yo solo lo quería a él. Los abogados me garantizaron que nunca podría volver con él, así que acepté. Nunca más volvimos a estar juntos.

Se había levantado una brisa fría, de fondo se oía el trajín de los marineros preparando el barco para el nuevo viento.

—¿Volvieron a encontrarse? —preguntó Jacques. Tenía los puños cerrados y los nudillos crispados. No entendía cómo un hombre podía hacer aquello, y menos a una criatura tan deliciosa como Babette.

—Sí, unos meses después. Yo estaba embarazada, ¿se imagina? La única vez que había amado a un hombre y me quedé embarazada del pequeño Bastien.

—Pero su esposo se llama Arnaud, ¿no es cierto?

Ella asintió y lo miró a los ojos un momento.

—Bastien era el mejor amigo de Arnaud y quien nos cuidó en los malos momentos, cuando yo me negué a seguir cobrando una pensión de alguien que me detestaba, sin que yo pudiera comprender por qué. En ese tiempo, solo nos vimos dos veces Arnaud y yo, y siempre fue para discutir. Cuando nació mi hijo, Bastien me pidió que me fuera a vivir con él, que reanudara mi vida en su compañía, y yo acepté. Era un buen hombre y yo estaba divorciada a los ojos de todos menos a los de la justicia.

Babette calló por unos instantes; aún le resultaba tan doloroso hablar de aquello.

—Solo entonces se enteró Arnaud de que tenía un hijo y quiso reclamarlo. Hubo un forcejeo, Bastien perdió el equilibrio, se golpeó, un golpe fatal.

Por la mente de Babette desfilaron aquellos minutos terribles. Aún recordaba la sangre que empapaba la alfombra y sus gritos, que Arnaud apenas conseguía acallar.

—Al final, mi marido se inculpó para que yo quedara libre de cargos; nadie hubiera creído mi historia, y Bastien era hijo de un banquero acaudalado. Lo condenaron a muerte, lo mandaron al frente de batalla. Yo hubiera muerto en ese momento, pero tenía que sacar a mi hijo adelante, tenía que luchar por él.

—Condesa, le ruego que no prosiga, lo está pasando mal...

—He hecho cosas de las que no me enorgullezco —dijo limpiándose las lágrimas que corrían por sus mejillas—. Gané dinero, mucho dinero y labré una posición social. Fue entonces cuando apareció de nuevo Arnaud. No solo había evitado la muerte, sino que ahora era un héroe nacional. Cuando yo lo había olvidado, cuando mi vida era de nuevo mía y la gobernaba a mi antojo. —Volvió a suspirar y se ajustó el chal sobre los hombros para resguardarse del frío. Estaba preciosa a la luz mortecina de la tarde—. Vino a mí para ofrecerme empezar de nuevo; él, nuestro hijo y yo. Tenía que elegir entre la vida que había conseguido construir yo sola y la que él me ofrecía.

—¿Qué eligió usted?

La amargura se reflejó un momento en su rostro.

—La elección equivocada, y él se marchó lejos, a la mansión. Pero según pasaban los días, yo era cada vez más infeliz; ya no me alegraban las fiestas, ni los trajes, ni las joyas. Mi cabeza solo estaba ocupada por Arnaud y el amor que siempre nos había unido.

—Y ahora pretende usted resarcirlo por todo aquello.

—Ahora pretendo que seamos felices.

Hubo de nuevo un silencio entre ellos.

—Una relación que solo duró catorce días —dijo Jacques con la mirada perdida en el horizonte.

—El tiempo no es importante.

Jacques volvió los ojos hacia ella. Tenía las cejas crispadas, síntoma de que no entendía lo que ella acababa de narrarle.

—¿Por qué me ha contado todo esto?

—Quizá porque necesito que usted entienda, necesito darle una razón que explique por qué me he embarcado en esta aventura. Quizá porque sea yo quien crea que le debo una explicación, señor Bonnier.

De nuevo el silencio se hizo entre ellos. No era un silencio incómodo, se trataba del tiempo necesario para asimilar todo aquello.

—¿A qué promesa faltó su esposo al consumar su matrimonio, Condesa?

Babette lo miró lentamente y después habló.

—Faltó a su madre. Esta le hizo prometer que buscaría la ruina de los descendientes de la duquesa de Arginy.

—¿Y?

Babette se retiró el cabello que un golpe de viento le había colocado en la frente.

—Mi madre no era quien yo creía. Cuando la hoja de la guillotina cayó sobre el cuello de la Duquesa, esta sonrió, ya que había podido poner a salvo a su única nieta. La había dejado a cargo de unos antiguos criados, a quien yo sigo llamando tíos. Esto lo descubrí mucho más tarde; cuando ya no servía para nada.

* * *

Era una locura, lo sabía, en un barco lleno de hombres que hacía meses que no veían a una mujer; sin embargo, lo necesitaba más que cualquier cosa y la cercanía del trópico templaba el aire.

Babette miró a ambos lados y no vio a nadie. Con cuidado recorrió la cubierta desierta, hasta estar segura de encontrarse sola. El Capitán hacía horas que había entrado en su camarote, y Jacques y los marineros debían de estar en la bodega, durmiendo a pierna suelta a aquellas horas de la madrugada.

Con sigilo, para no hacer crujir el suelo de madera, se dirigió a babor; allí estaba, bien sujeta, la escalera de cuerda. Con cuidado de no hacer ruido, la arrojó por la borda, asegurándose de que llegara al agua.

Entonces dejo caer la bata y quedó completamente desnuda.

A la luz de la luna llena, su cuerpo resplandecía como si emitiera luz propia. Rompía solo la blancura de la piel el rosa anaranjado que coronaba sus pechos y el dorado cobrizo del suave vello íntimo. La cabellera suelta y rizada caía como un manto hasta media espalda, dándole el aspecto de una sirena que había adquirido el don de permanecer erguida.

Permaneció un rato allí, disfrutando de la brisa fresca sobre su cuerpo, y después saltó por la borda. El agua helada la impresionó al principio; no esperaba que estuviera tan fría, pero después funcionó como un bálsamo para sus músculos entumecidos, e hizo que la sangre corriera veloz bajo su piel y endureciera su cuerpo.

Se sintió dichosa; necesitaba un baño, que no tomaba desde hacía semanas, y esa era la única manera de conseguirlo.

Bel Frances

Sin perder de vista el barco, nadando siempre cerca de su casco, se estiró en el mar para sentir el frescor en todo su ser. Después empezó a frotarse la piel con suavidad; cada recodo, cada palmo de ella. Sabía que quedaría impregnada de sal, pero era más una necesidad de su alma libre que de su cuerpo; al día siguiente, con el agua potable que le daban para asearse, se quitaría esa sal deliciosa, aunque pasara un día de sed.

—Hace una noche preciosa —le pareció escuchar de pronto.

Babette se tapó instintivamente el pecho y miró hacia cubierta. La luz de la luna resplandecía iluminándolo todo como si fuera de día, pero allí no había nadie. Aguzó la vista y recorrió cada centímetro del barco sin encontrar a quien había hablado. De pronto comprendió que la voz había provenido de más cerca, de demasiado cerca.

Se giró y lanzó un grito. Allí, a apenas unos metros de ella, estaba Jacques, metido en el agua junto a ella. Las gotas de agua brillaban sobre sus hombros musculosos casi tanto como sus ojos.

—No grite así o despertará a todos —dijo burlón— y créame, no les gusta que los despierten después de un día de trabajo.

Ella lo miró horrorizada, intentando cubrirse, cosa que le dificultaba mantenerse a flote.

—¿Qué hace aquí? —Fue lo único que se le ocurrió preguntar.

Él nadó hacia ella, y Babette retrocedió asustada.

—Dándome un baño, como usted.

Ella miró hacia abajo, para ver si su cuerpo se trasparentaba en las aguas limpias del océano.

—No —dijo Jacques—, no se preocupe, no se ve nada.

Babette notó que el rubor subía a sus mejillas.

—¿Me ha seguido?

—No sea presuntuosa, Condesa, yo ya estaba en el agua cuando la vi saltar.

Entonces notó que el color de sus mejillas aumentaba de intensidad. Así que la había visto desnuda en cubierta.

—Señor Bonnier, por favor...

—Jacques, quedamos en que me llamaría Jacques.

Ella tragó saliva.

—Jacques, por favor, le ruego que salga del agua.

Él sonrió y avanzó un poco más hacia ella, con cada brazada su espalda y sus nalgas sobresalían a través del agua. Estaba tan cerca que con solo adelantar una mano la tendría entre sus brazos.

—Hágalo usted. Yo estoy bien aquí.

—Pero me vería desnuda si trepo por la escalera.

Los ojos de Jacques brillaron en la oscuridad.

—Ya la he visto desnuda, y el vigía también, no tiene de qué preocuparse.

Babette miró hacia arriba y creyó morir. Allí, en la casetilla del palo mayor, veía recortada por la luz de la luna la silueta del vigía que debía de haberla visto desde que estaba en cubierta.

Sin decir nada, tremendamente abochornada, empezó a nadar hacia el barco, pero era difícil hacerlo con una sola mano.

—No se preocupe —dijo Jacques, burlón, a sus espaldas—, quien vigila hoy es René. Se duerme en cuanto sube al palo.

Ella volvió a mirar. No lo veía bien, aunque, como decía Jacques, parecía que el marinero dormía profundamente, a juzgar por la suave y rítmica respiración que se percibía desde abajo.

Se oyó un crujido suave en cubierta. La noche era tan tranquila que el más mínimo sonido se percibía con total claridad.

Jacques avanzó los escasos centímetros que lo separaban de ella. La tomó por la cintura y le tapó la boca. De dos brazadas llegaron hasta el casco. Babette se retorcía entre sus brazos, pero era imposible deshacerse de ese abrazo de acero que la sujetaba completamente pegada a su cuerpo. El abrazo era tan estrecho que notaba el latido del corazón del hombre pegado al suyo, e incluso en el agua fría percibía el calor que emanaba de su cuerpo.

—Shhh —le susurró él al oído—, estése quieta o nos van a descubrir.

Babette obedeció hasta percibir claramente el crujido de la madera un poco más arriba.

Asustada, dejó de respirar, pendiente de lo que pudiera estar sucediendo en cubierta.

De pronto, notó como un hilo de agua caía a escasos dos metros de donde se encontraban, perdiéndose en el mar.

—Dios, qué asco— dijo ella en un murmullo.

Sin verlo, sintió como Jacques sonreía.

—¿Cómo creía que aliviábamos nuestras necesidades en el mar? —le dijo al oído, tan pegado que sintió que un escalofrío le recorría la piel.

Aunque el mar estaba tranquilo como una balsa de aceite, solo rota por alguna ola que rompía de vez en cuando contra el casco, algo en el interior de Babette se convulsionaba como una tormenta. Se sentía avergonzada y humillada. ¿Cómo se le había ocurrido darse un baño? ¿Cómo no había atisbado por la borda? La mano de Jacques bajó por su espalda para sostenerla mejor y ella dio un respingo.

El marinero terminó de hacer lo que había venido a hacer, y sus pasos se perdieron en cubierta.

Permanecieron callados un rato más. Jacques la abrazaba con fuerza con uno de sus brazos, de frente, sosteniéndose con una mano a la escalerilla que había arrojado Babette. Ella tenía apoyada la cabeza en el hueco de su hombro, pendiente solo de que el marinero se marchara y ella pudiera salir de allí.

La embestida de una ola los apretó contra el casco de la nave, y entonces Babette tuvo constancia del efecto que la proximidad había causado en el hombre.

Intentó apartarse alarmada, y él la dejó ir.

—Será mejor que se vaya —dijo ella mirándolo con ojos asustados.

Jacques sonrió y se mordió el labio inferior.

—No ha sido una buena idea lanzarse al mar en un barco lleno de hombres que no han visto a una mujer desnuda desde hace semanas.

Babette iba a responder cuando Jacques, con la mano que había quedado libre, se encaramó al travesaño superior de la escala de cuerda. Después trepó ágilmente y en dos zancadas llegó a cubierta.

Babette se descubrió mirándolo asombrada; a la luz de la luna su cuerpo desnudo brilló bañado por las gotas de mar. Era más musculoso de lo que ella creía, y a la vez esbelto como el cuerpo de un adolescente.

Cuando llegó arriba, Jacques se giró y dejó ver su cuerpo de frente. Tenía unos impresionantes pectorales cubiertos de suave vello oscuro que descendía por un vientre plano y marcado hasta el pubis. Babette apartó la vista y se giró furiosa, sin saber por qué.

Él la observó desde arriba, como si pudiera ver a través del agua nocturna.

—Grite si se acerca algún tiburón —dijo antes de marcharse—. Estaré despierto un rato más.

Babette sabía que era mentira, que en aquellas aguas no debía de haber monstruos como ese, pero aun así, en cuanto lo vio desaparecer, se dirigió apresuradamente a las escaleras.

* * *

—Se acerca una tormenta, esté prevenida —le dijo Jacques muy serio cuando Babette abrió la puerta de su camarote.

La mujer lo siguió hasta cubierta y miró el horizonte; una gran masa de nubes negras se acercaba a ellos a gran velocidad. Desde la distancia podía ver las descargas eléctricas que la acompañaban, cuyo estruendo ya llegaba hasta ellos.

—Baje al camarote, Condesa —dijo el Capitán, que pasó junto a ella dando órdenes a diestro y siniestro—. Y manténgase firmemente sujeta; esa tormenta condenada parece mandada por el mismo Satanás.

El aire aumentaba de velocidad a cada momento, arrastrando espuma de mar que se deshacía en pompas sobre su cara y sus ropas.

Babette no hizo caso del Capitán y buscó a Jacques.

Todos en cubierta estaban atareados, arriando el velamen, asegurando la carga y llevando a las bodegas todo aquello que pudiera ser inestable y dificultar la de por sí dura prueba a la que se enfrentaría el barco en unos minutos.

—Jacques. —Babette lo tomó del brazo cuando lo localizó en el puente, y el hombre se giró hacia ella con ojos brillantes.

BEL FRANCES

—No se preocupe —dijo sonriendo y tomándola de la mano—. Todo saldrá bien. Será mejor que se ponga a cubierto.

Ella asintió con la cabeza y se dirigió a la escalera que llevaba a los camarotes. Antes de bajar, miró de nuevo hacia el señor Bonnier; seguía en el puente de mando, hablando ahora con el Capitán, que parecía multiplicarse por toda la nave indicando a cada uno lo que tenía que hacer. En cubierta, la actividad se había vuelto frenética y, entre tanto ir y venir, sobresalía la figura de Jacques Bonnier, que permanecía sereno en medio de tanto alboroto.

Desde lejos él le sonrió y le guiñó un ojo.

Ella le devolvió la sonrisa y desapareció en busca de refugio.

Babette comprendió entonces horrorizada que el hecho de haberlo elegido para que la condujera al Nuevo Mundo no era solo, como ella pretendía, por su capacidad; había algo en sus profundos ojos azules que quizá tuviera algo que ver.

* * *

Un nuevo balanceo y Babette cayó sobre el camastro como un saco inanimado, golpeándose contra la pared.

La tormenta llevaba sobre ellos más de dos horas, y desde entonces el barco se asemejaba a una cáscara de nuez en medio de un ciclón. Había momentos en los que la popa subía al cielo de manera tan alarmante que parecía que se hundirían para siempre en las profundidades del mar. Después caía de nuevo con estrépito sobre las olas, tantos metros que Babette creía que estaban descendiendo al fondo del océano y que el agua del mar casi los ocultaba por completo.

No había salido de su camarote, tal como le habían ordenado, pero aunque se mantenía firmemente sujeta, era un juguete sujeto a los caprichos del temporal, que la tenía dando tumbos por el pequeño habitáculo a cada embestida de las olas.

Un nuevo rayo cayó tan cerca del barco que su camarote se inundó de luz, seguido de un estruendo ensordecedor. Babette consiguió sujetarse al taburete antes de que todo se girara y crujiera como una sábana vieja en día de colada. Si seguía así por más tiempo, el barco no resistiría y perecerían ahogados en medio de la nada.

Pero lo que más le preocupaba era lo que sucedía en cubierta. Desde el ojo de buey de su camarote era imposible ver; las olas lo cubrían continuamente, y cuando no era así, aparecía un pedazo de nube negra atravesada por rayos veloces en todas direcciones que hacían que Babette se preguntara qué estaría sucediendo en el exterior.

Estaba preocupada por Jacques, le había parecido ver a un hombre caer por la borda, y desde entonces, acrecentado aquello por la sensación de ingravidez que la tormenta ejercía sobre ella, no dejaba de pensar en él.

Sintió de nuevo que una ola gigante embestía el frágil casco de la nave, y el estómago se le hizo un nudo cuando el barco ascendió por ella y cayó de nuevo pesadamente sobre las aguas, balanceándose a babor y estribor, como un trozo de madera en una cascada demoníaca.

Babette fue a parar contra el suelo y tuvo que sujetarse a la pata de la mesa, hábilmente claveteada sobre el entarimado, para no rodar por la habitación. Consiguió enderezarse de nuevo y se sujetó a ella firmemente. Le dolían las manos de hacerlo, y con cada embestida su cuerpo se convertía en una marioneta de trapo a merced de la tormenta.

La puerta se abrió entonces, dejando pasar un torrente de agua y el fragor de la tormenta.

—¿Se encuentra bien? —fue lo primero que dijo el hombre, con voz preocupada.

Estaba empapado, con la blusa pegada al cuerpo y los ajustados pantalones adheridos a la piel. El agua le corría por la cara, y el cabello se empeñaba en ocultar sus ojos, que relucían incluso en la penumbra de la estancia, solo iluminada por las descargas eléctricas tan seguidas unas de otras que parecía de día.

—Jacques —gritó Babette para hacerse oír a través del estruendo de la tormenta, y corrió hacia sus brazos—. ¿Qué está sucediendo?

Aunque empapado, el calor que desprendía su cuerpo musculoso la reconfortó al instante. Él la abrazó con fuerza, hundiendo su cara en el sedoso cabello de la mujer, que desprendía un ligero perfume a hierba fresca.

Permanecieron así, acurrucados, alejados del mundo, hasta que otra ola furiosa chocó contra el navío y los catapultó a través de la habitación. Babette cayó sobre el camastro y Jacques encima de ella. Sentía como el cuerpo del hombre ocupaba cada centímetro de su cuerpo; como, a pesar de la humedad, calentaba lentamente sus piernas, su vientre, sus pechos, y una sensación olvidada hacía tiempo nacía en su interior.

Él estaba tan cerca, sus ojos estaban tan cerca, su boca. La puerta se cerró de golpe y la oscuridad se hizo de nuevo. Cuando otro rayo iluminó la estancia, Jacques la miraba fijamente, a escasos centímetros de sus ojos, apoyado en sus manos, dichoso y asombrado de tenerla así.

Babette lo deseaba con tanta fuerza que estaba sorprendida y asustada. Su corazón había empezando a sentir algo que creía que era imposible, que ya estaba entregado a otro hombre.

Babette no supo por qué. Fue ella quien levantó ligeramente la nuca y entreabrió los labios; toda una señal que el atendió al instante. Jacques hundió su boca en la de ella, arrancándole un gemido. Sus labios buscaron y mordisquearon los suyos con ansiedad, intentando degustar la carne jugosa que se hinchaba a cada beso. Después introdujo la punta de la lengua en su boca, rozando apenas sus dientes en busca de la lengua. Cuando la encontró, jugueteó con ella, la llenó por completo hasta terminar chupando la punta anhelante.

Se retiró un momento para mirarla a los ojos. Tenía las pupilas dilatadas y el rostro arrebolado.

—Babette —dijo en un susurro, y fue en busca de su garganta. Babette sintió un fuego casi olvidado, que subía desde su zona más íntima hasta ocupar todo su ser. El hombre paseó la lengua por el hueco de su garganta, llegó al lóbulo de la oreja y lo mordisqueó con ganas; después volvió a la boca, frenético, intentando disfrutar de todo a la vez, para volver a sumergirse en su cuello y aspirar el aroma que emanaba de la mujer.

Babette sintió como la excitación de Jacques crecía entre sus piernas, sentía el miembro duro del hombre empujando a través de la tela, arremetiendo suavemente contra su pubis. Ella arqueó la espalda para estar más cerca de él, mientras se mordía el labio inferior y dejaba escapar un suspiro.

Jacques empezó un movimiento rítmico de cadera que acompasaba con suspiros entrecortados.

La tela húmeda que los separaba era una barrera invisible entre los dos cuerpos, que se esforzaban por encontrarse el uno con el otro. Jacques bajó una mano y desgarró el escote del delgado vestido de Babette. Ella gimió al notar como la mano del hombre masajeaba sus pechos, deteniéndose en los pezones erguidos, jugando con ellos. La boca de Jacques bajó hasta allí, dando pequeños mordiscos, chupándolo todo a su paso, hasta detenerse en las aureolas rosadas, que recibieron toda su atención. Allí permaneció un rato, mientras Babette se retorcía de placer y ayudaba con sus manos al trote suave de las caderas del hombre.

Una de las manos de Jacques bajó hasta el dobladillo de la falda y tiró hacia arriba de él con fuerza. Sus piernas quedaron al descubierto, y Jacques siguió investigando. Babette notó como los dedos duros y decididos del hombre subían por la cara interna del muslo, despacio, acariciando cada palmo de piel, hasta que se topó con el centro cálido de la mujer. Allí jugueteó con el rizo dorado y dio un suave masaje entre los labios cerrados, haciendo que ella se retorciera de placer.

—Jacques— gimió apenas en un susurro.

Fue como una señal, el hombre buscó el pequeño botón que se abría más arriba y lo masajeó con maestría hasta que Babette se retorció entre sus brazos, emitiendo gemidos entrecortados y echando la nuca hacia atrás, lo que hacía aún más delicioso el sabor entregado de sus pechos.

—La tormenta se está alejando. —Sonaron unos golpes en la puerta.

Todo se desvaneció en un instante; Babette tomó conciencia de la realidad, de lo que estaban haciendo. Las imágenes de su hijo y de Arnaud acudieron a su mente, y ella estuvo segura de que se equivocaba.

—Jacques, no, por favor.

Él seguía saboreando sus pechos, y su dedo se había perdido dentro de ella.

—Jacques, te lo ruego —dijo Babette intentando empujar su fornido cuerpo, a quien el deseo parecía haber inferido mayor fuerza aún.

Él apartó lentamente los labios y dejó de juguetear con su pecho. Contempló los ojos de Babette; estaban asustados y anhelantes. Permaneció así unos segundos, buscando una señal en ellos de lo mismo que él sentía hacia la mujer. Después se apartó lentamente hasta ponerse de pie.

—Lo siento, Condesa —dijo muy serio.

Su voz aún sonaba entrecortada, su respiración acelerada.

La enorme erección se recortaba en el pantalón húmedo y sus labios estaban hinchados de tanto besar. Aun así, permaneció allí, con la mirada fija en los ojos verdes y avergonzados de la mujer, sin atreverse a acercarse. Todas sus fuerzas estaban puestas en no tirarse sobre aquella criatura deliciosa, arrancarle lo que le quedaba de la ropa a manotazos y terminar aquello que habían empezado.

Ella lo miró de modo suplicante; si él hubiera continuado, tendría una razón para detestarlo, sin embargo...

—Soy yo quien lo siente —dijo Babette bajando los ojos—, le ruego que me perdone; el miedo a morir ha nublado mi mente.

El hombre se mordió el labio inferior y se dirigió a la puerta.

—Permanezca aquí, Condesa. La cubierta aún no es segura.

Ella lo vio salir en aquel estado y se sintió aún más abochornada.

—Babette —susurró ella antes de que Jacques saliera.

—¿Cómo? —preguntó él con la mano en el pomo de la puerta, sin comprender.

—Llámeme Babette.

Él sonrió, asintió con la cabeza y la dejó sola en el camarote.

* * *

Babette tomó su ración de agua y utilizó un poco para asearse.

La tormenta los había hecho cambiar de rumbo, y estaban varados en medio del mar. Desde hacía días, ni una sola brisa había hinchado las velas, y el velero permanecía quieto en medio de la nada.

El Capitán había decidido restringir los víveres por si la situación duraba más tiempo del previsto, y la tripulación no acogió nada bien la orden; habían perdido a uno de los suyos durante la tormenta, a quien una ola arrastró hasta las profundidades, y ahora esto. Aquella calma espesa y calurosa que los tenía desesperados. Circulaban rumores por la cubierta que la señalaban a ella como responsable; todo el mundo sabía la mala suerte que portaban las mujeres en la mar.

Jacques le aconsejó que se dejara ver lo menos posible, y desde entonces apenas si se habían encontrado unos momentos. Él, de tarde en tarde, la visitaba; lo hacía para saber si se encontraba bien, pero no pasaba de la puerta. Desde que sucedió aquello, se habían distanciado; Jacques porque había descubierto que la deseaba demasiado y no sería capaz de parar si sucedía de nuevo, y ella por la vergüenza que sentía al haber permitido que aquello ocurriera. ¿Qué era lo que la había arrojado de aquella manera en brazos de un desconocido? Sintió repugnancia de sí misma, tanta que llegó a convertirse en un dolor físico.

Durante esos días de calma, Babette también estaba terriblemente angustiada. Si seguía por mucho más tiempo en aquella embarcación, se volvería loca, por lo que decidió dar un corto paseo por cubierta.

Jacques tenía razón; el ambiente estaba inquieto y tenso. Los marineros se habían acostumbrado a ella después de los primeros días, cuando la devoraban con la mirada cada vez que salía del camarote. Sin embargo, ahora notaba otro tipo de miradas, más recelosas e inquietantes.

Vio a Jacques en el puente de mando, enfrascado en el estudio de un mapa, y subió hasta él.

—No podía soportar más allí abajo —dijo, sofocando con un pañuelo las gotas de sudor que resbalaban por su cuello.

Jacques también se encontraba sudoroso, con la camisa, que llevaba abierta, empapada, como todos los demás. El calor era asfixiante y la falta de viento aún más.

—No es bueno que pasee por la cubierta, Condesa, los ánimos están un poco tensos.

Babette se recostó sobre el timón y observó el mar, calmo y plano, como un espejo.

—¿Cuándo cree que llegaremos a Nueva Orleáns?

Jacques se recostó sobre la baranda de borda, siguiendo su mirada.

—Podemos llegar en unos días o tardar semanas, todo depende de lo que dure esta calma; la tormenta nos ha alejado de las corrientes que llevan a tierra. El Capitán confía en que cambie el tiempo. ¿Ve aquella línea clara del horizonte?

Babette se esforzó en mirar, pero no vio nada.

—Según dice —dijo Jacques—, es la señal inequívoca de que el viento soplará pronto.

Ella continuó observando las aguas quietas, serenas como las de un lago. Al cabo de un rato, dirigió una mirada insegura a Jacques y descubrió que la observaba fijamente, con un brillo de curiosidad en los ojos.

—Quería pedirle de nuevo disculpas por lo del otro día —Babette bajó la mirada hasta el entablado del suelo; el señor Bonnier conseguía desasosegarla con sus penetrantes ojos azules—. Le aseguro que me encuentro tremendamente avergonzada, yo no... no quiero que piense de mí...

El hombre no la dejó terminar.

—No hay nada que disculpar. Las tormentas trastornan más de lo que creemos. Además —remató—, suelo ser un poco irreflexivo cuando veo a una mujer bonita, y usted es muy hermosa.

Ella sonrió; hacía mucho tiempo que un hombre no le dedicaba un halago como aquel.

—Tengo una pregunta que hacerle, Jacques —dijo cambiando de tema. Se sentía tan avergonzada por lo que había sucedido que lo último que quería era recordarlo.

—Adelante —dijo él, colocando las manos entrelazadas tras la nuca.

—¿Cómo es su vida? ¿Qué hace? ¿Hay alguien que lo espere en algún puerto?

—Esas son tres preguntas.

Babette se mordió el labio con coquetería involuntaria para después dedicarle una amplia sonrisa.

—Contésteme la que prefiera de las tres.

Jacques sonrió a su vez; unos días atrás, se había jurado a sí mismo no volver a acercarse a la condesa de Mirecourt. La fascinación que la mujer ejercía sobre él era algo desconocido hasta el momento. No conseguía apartarla ni un solo instante de su cabeza y no estaba seguro de si volvería a saber retirarse a tiempo si una situación como la que se dio durante la tormenta se repetía.

—Pues me temo que no me espera nadie en ningún puerto. Quizá tenga que ver con que eso solo les ocurre a los marineros, y yo, si soy algo, entonces soy un bandido.

—Entonces es cierto que es usted un bandido.

Él la miró fijamente.

—Nunca he dicho lo contrario.

—Pensaba que solo era una bravuconería.

Jacques soltó un bufido.

—Condesa, me gusta mi vida, me gusta lo que hago. Además, no soy un desalmado.

Ella puso un mohín que lo obligó a apartar la mirada para no abalanzarse sobre ella y besarla allí mismo.

—¿Ah, no? ¿Y qué es lo que le hace a sus víctimas?

—Les aligero la carga justo lo necesario para poder llevar una vida cómoda y, si mi víctima es bonita, intento seducirla.

Ella rió de buena gana.

—¿Y tiene usted éxito?

—Esa respuesta prefiero guardarla para mí.

—No es usted un tipo mal parecido —insistió Babette—, me niego a creer que no haya un corazón roto esperando el regreso de Jacques Bonnier.

Jacques cruzó los brazos y la miró de tal manera que se le erizó el vello de la nuca.

—Siempre he tomado lo que he necesitado —respondió con gravedad—, y eso incluye a las mujeres.

Babette no se dejó intimidar.

—¿Y ha encontrado resistencia?

—Sé apartarme a tiempo si soy rechazado. Usted ya debería saberlo.

Ella notó como se ruborizaba hasta la raíz del pelo.

—Algo me dice que no está usted acostumbrado a que una mujer lo rechace.

Él volvió a sonreír, y el ambiente se distendió de un soplo.

—Pues se equivoca. Lo que sí es cierto es que ninguna de las que lo ha hecho ha significado nada hasta ahora.

—¿Hasta ahora? —preguntó, aunque creía saber la respuesta.

Jacques miró detrás de Babette. No había ningún marinero a la vista; exasperados por la inactividad debían de haber bajado al relativo frescor de la bodega.

—¿Le puedo hacer yo ahora una pregunta personal, Condesa?

Babette comprendió que el señor Bonnier no iba a contestar a nada más por el momento.

—¿Cómo de personal?

—Su historia me ha sorprendido. ¿Qué sucedió cuando supo que era nieta de esa duquesa?

Babette se quitó la cinta del cabello para atarla de nuevo sujetando los mechones que caían sobre su frente. Jacques no pudo evitar mirar su escote; profundo y delicioso, vibrando al compás de los brazos de su dueña. Esa noche había soñado con él.

—Fue una casualidad. Llevé a reparar la única joya familiar que poseía, una medallita de oro que me dejó mi madre como recuerdo.

La medalla colgaba de una cadena, y ella la sacó de su escote para mostrársela. Jacques estaba más interesado en el escondite que en el pedazo de oro que le mostraba.

—El joyero me informó que en ella estaba inscrito el emblema de los duques de Arginy —prosiguió ella sin percatarse del brillo que habían adquirido los ojos de Jacques—, y que era peligroso pasearme por París con una joya así en aquellos días inestables.

—¿Y solo con aquella prueba supo usted de su ascendencia? —logró articular él, apartando los ojos del escote de Babette.

—No solo con eso. Busqué la antigua casa de los Arginy en París y la encontré; había sido abandonada hacía muchos años, pero pude acceder a su interior. Todo era una ruina; habían saqueado hasta el último objeto de la mansión, pero había un cuadro que aún permanecía en su sitio; muy deteriorado, pero en él reconocí a mi abuela.

Jacques cambió de posición. Había estado siguiendo una gota de sudor que apareció tras la nuca de la Condesa y acababa de desaparecer entre sus pechos. Tuvo que dejar de mirar, pues empezaba a excitarse.

—Pensaba que no había conocido ni a sus padres ni a su abuela, que desde niña creyó que era hija de unos pescadores.

—Y así es —continuó Babette—, pero siempre me acompañó un sueño recurrente; una anciana descendía de una carroza y me entregaba la medalla. Cuando vi el cuadro, comprendí que no había sido un sueño, sino un recuerdo de cuando mi abuela vino a conocerme; por aquel entonces, yo no debía de tener más de cuatro o cinco años, la edad de mi hijo. Con esa información, acudí a tía Camille, que fue quien me crió y mi mejor amiga, y ella no pudo negarse a contarme toda la verdad.

—Una historia interesante.

Ella asintió; interesante y muy dura, la razón última por la que su amor con Arnaud no había podido consolidarse.

—¿Sabe usted cuál fue la razón de que mi marido me abandonara?

Él la miraba fijamente, comprendiendo que necesitaba soltar aquella carga de su interior. Algo que seguramente no había contado a muchos en su confortable vida palaciega.

—Tradicionalmente los condes de Mirecourt casaban a uno de sus hijos con una Arginy —prosiguió Babette—, y así estaba pactada la boda de mi madre desde que nació. Solo conoció a su futuro esposo al cumplir diecisiete años.

—Continúe —dijo Jacques.

—Quien debía casarse con mi madre era el hermano de mi marido, Louis, veinte años mayor que él. Era un joven impresionable y mi madre una mujer muy bella. El muchacho quedó fascinado por su futura esposa y solo vivía para cuando llegara la hora del matrimonio.

—Debió de ser hermosa, sí —dijo Jacques con ojos entornados.

—Pero mi madre ya estaba enamorada de uno de los trabajadores de la biblioteca de palacio, un joven judío que había pasado inadvertido a todos. Louis estaba desesperado, enloqueció y terminó por quitarse la vida. En aquella época, Arnaud no tenía más de seis años, pero su madre le hizo jurar que no dejaría sin venganza la muerte de su hermano. Cuando el niño, entre llantos, lo prometió, su madre se arrojó por una ventana.

Jacques se mostró horrorizado, cada día se sorprendía de la conducta humana. Era una historia terrible; obligar a un niño a cumplir una venganza de amor.

—El padre de Arnaud sabía de mi existencia y muchos años después, en su lecho de muerte, esperando aplacar los demonios del odio que separaban a dos familias, arrancó otra promesa de su ya destrozado hijo.

—¿Qué promesa era esa? —preguntó Jacques con curiosidad.

—Que me buscaría y se casaría con la única descendiente de la duquesa de Arginy, conmigo. Fue otra prueba terrible para él. Al final decidió acceder a la petición del moribundo; se casaría, sí, pero jamás consumaría el matrimonio ni vería a su esposa. Con ello cumplía las dos promesas que había hecho a sus padres, aunque con ello exterminara para siempre su felicidad y la mía.

Jacques bebía cada palabra, aunque también estaba atento a la cubierta del barco que se extendía detrás de ella. Seguía sin haber nadie a la vista y eso no le gustaba nada; aunque no hubiera viento, la tripulación tenía orden de permanecer en sus puestos.

—Y usted cree que yendo a buscarlo todo se arreglará —dijo Jacques con amargura.

—Sí, cuando me vea todo se arreglará.

—Está usted muy segura de su atractivo.

—Estoy segura de que mi marido me ama, sí.

Jacques estudió sus ojos un instante; era un mar alborotado, un cúmulo de sentimientos lo que se reflejaba en ellos.

—Y usted —dijo al fin—, ¿está segura de amarlo?

—¿Por qué dice eso? —Notó como se ponía a la defensiva.

—El otro día, durante la tormenta. Creo que usted disfrutó tanto como yo.

—Ya le he pedido disculpas por lo que sucedió, señor Bonnier. No estoy dispuesta a seguir hablando de aquel episodio vergonzoso.

—De acuerdo —dijo Jacques—, pero piense en lo que le he dicho. Hay veces en que las distancias no son solo millas marítimas.

* * *

Cuando Jacques reaccionó, ya era tarde. Escuchó primero un murmullo, seguido por el ruido de pasos en cubierta. Cuando pudo darse cuenta, estaban rodeados por un grupo de marineros armados con palos y cuchillos de cocina.

Jacques se colocó delante de la Condesa, intentando protegerla con su cuerpo. Con un movimiento rápido, extrajo un cuchillo de la bota, y se puso a la defensiva.

—Más vale que no se resista —dijo uno de los amotinados.

Miró a René, un tripulante con el que mantenía cierta relación de amistad, y este esquivó los ojos escrutadores de Jacques.

Se había formado un corro de hombres armados alrededor de ellos. Los miraban de modo amenazante, aunque sin atreverse a actuar, por el momento.

—Estáis cometiendo un error, amigos. El Capitán está seguro de que pronto tendremos buenos vientos y llegaremos a Nueva Orleáns. —Jacques sonrió, intentando convencerlos—. Sería estúpido poner la cabeza en juego por unas horas, unos días de retraso a lo sumo.

Los motines en el mar se castigaban con la horca, pero eso no parecía preocupar a aquellos hombres.

—El Capitán es quien nos ha llevado a este estado —dijo el que parecía el cabecilla, un hombre delgado y con cara de pocos amigos, que esgrimía un gran cuchillo de cocina—. Se ha desviado de las seguras rutas comerciales para ganar tiempo. Él es quien nos ha llevado directamente a la tormenta.

La puerta de uno de los camarotes se abrió de golpe. Cuando Jacques miró hacia allí, las pocas esperanzas de salir bien de aquello se esfumaron. Tres hombres traían al Capitán con las manos atadas a la espalda. Un hilo de sangre manaba de su nariz; al parecer se había resistido antes de que lo redujeran. Lo que más preocupó a Jacques eran los mosquetes que llevaba el último de los amotinados. Al parecer habían accedido a la armería; ahora eran de verdad peligrosos.

Empujaron al Capitán hacia donde ellos se encontraban. El hombre trastabilló y cayó al suelo, lo que provocó la risotada del cabecilla. Los demás se miraron unos a otros. Jacques vio que no todos estaban convencidos de lo que estaban haciendo, aún había una oportunidad.

—Amigos, todos estamos angustiados por la falta de vientos, pero en unas horas, en apenas un par de días, todo cambiará y arribaremos a puerto sin problemas.

El Capitán había conseguido ponerse de pie con dificultad y se ubicó junto a Babette.

—¿Eso quién nos lo garantiza? ¿Usted? ¿El Capitán? —dijo el cabecilla—.Ya ha muerto uno de los nuestros, y seguiremos muriendo mientras ella esté a bordo.

Babette retrocedió un paso asustada.

—Eso es ridículo, amigo. La señora no tiene nada que ver con todo esto. Esas son supersticiones.

—Lo supimos en cuanto la vimos subir. Una mujer siempre trae mala suerte.

Muchos de los amotinados asintieron.

—Ninguna mujer es capaz de atraer tormentas —dijo Jacques, aun sabiendo que no podía luchar contra las supersticiones de los marineros—, ni de alejar los vientos. Eso es solo una casualidad.

El cabecilla sonrió, dejando ver sus dientes ennegrecidos.

—Eso lo dice porque le paga bien por llevarla a puerto. Quizá incluso en especias. —Sus palabras fueron acompañadas por las miradas cómplices de los amotinados. Babette sintió que se ruborizaba, a pesar del miedo que estaba pasando.

—No tiene nada que ver con eso —dijo Jacques manteniendo la calma—. Tiene que ver con la cordura. Los motines se pagan con la horca. Aún se puede olvidar todo esto si dejáis las armas y volvéis a vuestros puestos.

Miró alrededor. Algunos de los hombres dudaron.

—Ya estamos hartos de palabrerías —dijo el cabecilla—. En cuanto lleguemos a puerto nos detendrán.

Se oyó un murmullo entre la tripulación.

—El barco es nuestro, y a partir de ahora nosotros decidimos qué hacemos.

Sus palabras fueron acompañadas por vítores.

—Es un error.

—Cállese —ordenó el cabecilla—. Tú —dijo a uno de sus hombres—, trae a la mujer.

Jacques la apretó contra su espalda, mientras con la mano libre blandía el cuchillo de manera amenazadora.

—Ni se te ocurra tocarla —dijo mordiendo las palabras, dirigiéndose al hombre grueso al que se le había ordenado tomar a la Condesa.

—Jacques, Jacques —dijo el líder de los amotinados con voz conciliadora—. Durante este viaje casi ha sido uno de los nuestros. No le conviene resistirse. Somos veinte contra uno. No hay posibilidades de éxito.

Jacques no lo pensó.

—Quien toque a la mujer es hombre muerto, y siempre cumplo con mis promesas.

El jefe de los sublevados hizo un gesto con la cabeza, y tres de los hombres se acercaron a él desde los tres flancos.

—Póngase entre el Capitán y yo —le dijo a Babette con un susurro y guardó el cuchillo en el cinturón.

—¿Por qué guarda el arma? —dijo ella angustiada.

—Es nuestro seguro de vida. Si malhiero a uno de ellos no podré protegerla.

Uno de los atacantes se acercó decidido cuando vio que Jacques quedaba desarmado.

Bel Frances

—Ni lo intentes, amigo —sentenció el bandido con una sonrisa.

El hombre se detuvo un momento antes de continuar. Era mucho más fornido y estaba respaldado por todos los hombres de la tripulación.

Dio un paso más y Jacques intervino. Con una velocidad endiablada, lo tomó de las mangas de la camisa y lo impulsó contra su rodilla. El hombre emitió un gemido y se llevó las manos a la entrepierna. Jacques aprovechó para darle un puñetazo en la mandíbula que lo dejó fuera de juego.

Los otros dos amotinados se acercaron a él desde atrás. Jacques se giró con rapidez y esquivó un golpe. Consiguió encajarle un puñetazo entre las costillas a uno de ellos, que hizo que sus nudillos crujieran, y otro en el costado al segundo.

Pronto se unieron dos hombres más, y otros dos.

Jacques despachaba golpes a diestro y siniestro y también recibía los suyos, pero los mantenía a raya. Con los puños siempre había sido bueno, al menos en las tabernas de los suburbios.

—Más vale que se detenga, Jacques —oyó detrás la voz del cabecilla. Se giró y la sangre se le heló en las venas.

Dos hombres tenían retenido al Capitán, uno de ellos lo tomaba por el brazo y el otro por los cabellos. El que hacía de jefe tenía tomada a Babette por la cintura, y una hoja de acero descansaba en su garganta. La presionaba con suavidad, pero cualquier vaivén del barco podría hacer que la hoja desgarrara la fina piel de la mujer.

Jacques bajó los brazos, y un puñetazo se incrustó en sus riñones. Cayó de rodillas a causa del dolor, pero no sin antes mirar a los ojos de Babette. Estos lo miraban asustados, aunque seguía percibiendo que la mujer confiaba en él, que lo veía como su única salvación. Esto hizo que su corazón latiera con fuerza. Tenía que sacarla de allí.

—Si le haces daño, te mato —dijo mordiendo las palabras.

Una patada en el costado hizo que se retorciera en el suelo. Allí recibió dos más, hasta que la sangre manó de su frente y su mejilla.

—Llevadlos al camarote. A él y al Capitán. Luego veremos qué hacemos con ellos.

—¿Y la mujer? —dijo uno de los amotinados—. Ella es la culpable de todo esto. Echémosla por la borda.

El cabecilla sonrió.

—Todo a su tiempo. Primero disfrutemos un poco de ella —dijo acariciando los pechos de Babette a través de la tela del vestido—. No siempre se tiene la oportunidad de gozar de una hembra así.

Jacques vio que el hombre intentaba besar el cuello de Babette, y como ella se resistía a pesar de la hoja que temblaba sobre su cuello. No pudo ver mucho más, ya que una nueva patada lo arrojó escaleras abajo.

* * *

—¿Se encuentra bien?

Jacques sacudió la cabeza, y todo dio vueltas a su alrededor.

—¿Se encuentra bien? —repitió el Capitán.

—¡Babette! —dijo de pronto, recordando lo que había sucedido.

Dio un salto desde el camastro y fue hacia la puerta.

—Estamos encerrados —dijo el Capitán—. Si han decidido amotinarse, no tardarán mucho en echarnos por la borda.

Pero a Jacques eso le daba igual. Lo único que le preocupaba era Babette. Cada vez que pensaba en lo que podía estar ocurriéndole en esos momentos...

—¿Cuánto tiempo he estado inconsciente?

El Capitán bebió un trago de ron, directamente de la botella.

—Media hora, quizá una hora. El tiempo pasa rápido.

Tenía que salir de allí. En una hora podía haberle sucedido cualquier cosa. Recorrió el camarote del Capitán. La puerta, efectivamente, estaba trancada desde fuera, y los dos ojos de buey habían sido sellados, igual que el del camarote de Babette. Se llevó la mano al cinturón; le habían quitado el cuchillo.

—¿Tiene algún arma? —preguntó al Capitán.

Este se encogió de hombros.

—Han vaciado la armería. No han dejado nada.

Jacques fue hacia uno de los ojos de buey y golpeó el cristal con los nudillos; era grueso, pero no lo suficiente. Buscó en la habitación algo con que romperlo.

El Capitán vio sus intenciones.

—Podrá salir, señor Bonnier, pero una vez fuera tendrá que vérselas con veinte hombres, muchos de ellos armados con pistolas.

—No pienso quedarme aquí a esperar a que decidan arrojarme por la borda —dijo, mientras sopesaba un candelabro de metal.

—Lo entiendo, pero después de una hora, la mujer...

Jacques lo miró con ojos fieros.

—Si le han puesto una mano encima, le aseguro que no quedará ninguno para contarlo.

Aun así, no tenía muchas esperanzas de encontrar a Babette a salvo. En una hora, podían haberla destrozado, mientras él permanecía inconsciente. Se maldijo por haberse dejado pegar, a lo mejor podía haberla defendido con más empeño.

Rasgó un trozo de sábana y envolvió con él la base del candelabro; eso amortiguaría el ruido de los cristales rotos. Con todas sus fuerzas golpeó la ventana, y el cristal estalló, dejando algunas puntas sujetas al marco. Con rapidez arrojó al mar los restos que habían quedado sujetos, y se guardó el trozo de cristal más afilado en el pantalón, protegido por un trozo de sábana.

Jacques se detuvo un momento a escuchar; todo se había desarrollado en silencio, no parecía que lo hubieran oído.

Hizo más jirones con las sábanas y los ató unos con otros, hasta probar que quedaba una soga resistente. Después rebuscó en uno de los cajones de la mesa del Capitán; allí solo encontró un par de tenedores de plata, pero le servirían. Dobló el extremo de uno de ellos hasta formar un gancho, y lo mismo hizo con el otro extremo, donde ató la cuerda de sábanas que había fabricado.

—Yo le sujetaré las piernas —dijo el Capitán, que había descubierto sus intenciones.

De un salto, Jacques se encaramó a la ventana, era amplia, lo suficiente como para salir por ella con facilidad.

El Capitán le sujetó las piernas, mientras él sacaba todo el cuerpo al exterior. Estaban bajo el castillo de popa, no le sería difícil sujetar el gancho en uno de los barrotes de la borda. Lo consiguió al tercer intento.

—Si todo va bien, pronto vendré por usted —dijo despidiéndose del Capitán.

—Aquí estaré —respondió el hombre con una sonrisa, sabiendo que las posibilidades de éxito eran más que escasas.

* * *

Babette se puso en guardia cuando escuchó ruidos tras la puerta de su camarote.

Hasta el momento había podido librarse de un destino peor que la muerte, pero estaba segura de que aquel individuo repugnante pronto bajaría a reclamar su trofeo, y ella no iba a dejar que lo tomara sin luchar.

Había arrancado una de las varillas de cobre de su sombrilla. Era suficientemente afilada como para convertirse en un arma, pero tendría que dar un golpe certero si quería defenderse.

La imagen de Jacques, encogido sobre sí mismo, sangrando por la nariz y en la mejilla, mirándola antes de que lo arrojaran escaleras abajo, acudía sin cesar a su mente. ¿Qué habrían hecho con él?

Por suerte, los hombres habían discutido cuando el jefe de los amotinados, aquel individuo sin escrúpulos, se había echado sobre ella para tomarla allí, en cubierta, a la vista de todos. Los marineros eran supersticiosos y no querían invocar más aún a la mala suerte. Al final, aquel ser despreciable había desistido, y la habían llevado a su camarote, hasta decidir qué hacer con ella. Pero Babette estaba segura de que no la dejaría con tanta facilidad; había visto un brillo aterrador en sus ojos.

El ruido volvió a producirse, y Babette se puso en guardia, apoyada en sus baúles, frente a la puerta.

Con un chasquido suave, la puerta se abrió.

BEL FRANCES

—Bien, Condesa —dijo el cabecilla con una sonrisa de dientes ennegrecidos cuando entró y cerró la puerta tras de sí—, ¿por dónde íbamos?

La respiración de Babette se aceleró, debía de estar un poco más cerca. Si no se ponía nerviosa, podría atravesarlo con la varilla, eso no le haría mucho daño, pero al menos le permitiría escapar a cubierta.

El hombre avanzó un paso. La miraba con ojos libidinosos y se pasaba la lengua por los labios, disfrutando de antemano del plato que iba a degustar en un momento; si la Condesa aparecía muerta, les quitaría un problema a sus compañeros, que no tendrían que decidir qué hacer con ella, y de paso disfrutaría un rato.

El hombre avanzó otro paso, hasta quedar suficientemente cerca de ella, entonces Babette atacó con todas sus fuerzas, pero no fue suficiente; el hombre la tomó por la muñeca y se la retorció, hasta que ella gritó, y el arma improvisada cayó de sus manos.

—Más vale que no se resista; si no, le aseguro que se arrepentirá. —Con un movimiento brusco, la arrojó sobre el catre y se echó encima, intentando besarla.

Ella gritó, pero una mano le tapó la boca mientras la otra subía sus faldas y tocaba sus muslos.

Babette se resistió con todas sus fuerzas, dando patadas, intentando arañar, morder, pero todo era inútil; el hombre era demasiado fuerte, y ella estaba a su merced.

—Más vale que se esté quieta, preciosa, o tendré que golpearla —dijo el tipo y le pasó la lengua por el cuello.

Babette se estremeció de repugnancia, y las lágrimas acudieron a sus ojos. Nunca había imaginado que el final de su vida pudiera ser así, violada salvajemente por un ser repugnante.

El hombre sostuvo sus dos muñecas con una sola mano, y dirigió la otra a su bragueta; estaba demasiado excitado para esperar más.

El ruido de los cristales rotos hizo que se detuviera a preguntarse qué estaba sucediendo. Antes de que pudiera reaccionar, Jacques ya había entrado en la habitación a través del ojo de buey y lo tenía sujeto por el aceitoso cabello.

Dio un tirón tan fuerte que el individuo emitió un grito de dolor y miedo, hasta quedar cara a cara con su oponente.

—Te lo advertí, si le ponías una mano encima...

El cabecilla intentó defenderse y sacó un cuchillo de su cintura, pero Jacques tenía la velocidad que le daba la furia y le clavó un trozo de cristal en el estómago.

Babette no pudo reprimir un grito. El jefe de los amotinados abrió mucho la boca, pero ninguna palabra salió de allí. Se sujetó el cristal, e intentó quitárselo, pero al hacerlo una bocanada de sangre acudió a su garganta, y se desplomó junto a la puerta.

Jacques no se preocupó por él y abrazó a Babette con fuerza.

—¿Está bien? ¿La ha...?

Ella rompió a llorar entre sus brazos.

—Estoy bien, estoy bien. Jacques, sáqueme de aquí.

Él la acurrucó en sus brazos y le besó la frente.

—No se preocupe, pronto estará a salvo —dijo, mientras oía como la tripulación, atraída por el ruido, bajaba precipitadamente las escaleras que daban a los camarotes.

*　*　*

Cuando al fin consiguieron abrir la puerta, no había nadie en la habitación, solo el cuerpo sin vida de su cabecilla, rodeado de un charco de sangre.

—¿Qué demonios...? —dijo uno de los hombres.

—La mujer ha escapado por el ojo de buey —dijo otro con el brillo del miedo en los ojos, señalando los cristales rotos.

Uno de los amotinados entró en la habitación con cuidado y lo miró todo.

—Será mejor que llevemos al Capitán y al señor Bonnier a cubierta. Hay que tomar una decisión.

*　*　*

Jacques ayudó a Babette a subir al castillo de popa. La mujer había trepado por la cuerda fabricada de sábanas detrás de él, con el cabo final atado a su cintura. Por el momento estaban a salvo.

—¿Qué haremos ahora? —dijo ella agachada junto a él.

104

Bel Frances

Jacques miró a cubierta. La mayor parte de los hombres había bajado al camarote, y unos cuantos montaban guardia a la entrada de la escalera.

—Debemos llegar a los botes de babor. Si conseguimos fletar uno de esos, podremos remar hasta que un barco nos encuentre.

Ella asintió y lo siguió hasta abajo. En silencio atravesaron la cubierta. Los vigías estaban demasiado entretenidos con lo que sucedía en los camarotes. Cruzaron el puente de mando y llegaron a los botes.

—Desate los cabos mientras yo acciono la polea.

Babette empezó a quitar nudos para dejar libre el bote, y Jacques empezó a girar con todas sus fuerzas la manivela que haría que este se elevara y cayera sobre las aguas. Quizá podrían escapar, pensó Babette. Quizá podrían llegar a la ciudad y olvidar todo aquello...

—Señor Bonnier, será mejor que deje eso —sonó una voz a sus espaldas.

Jacques se volvió, con el cuchillo que había quitado al muerto de la mano, dispuesto a todo con tal de salvar a la Condesa.

Allí estaban todos los hombres, y el Capitán entre ellos, con una pistola apoyada en la sien.

✳ ✳ ✳

Jacques miró al Capitán, quien tenía la mirada firme.

—No deje que lo convenzan, Jacques. Mi vida no vale nada.

—No sea estúpido, Jacques —dijo René, que ahora tenía la voz de mando.

No podrá salir de aquí con ese bote.

Él miró a Babette, que permanecía a su lado. Había recobrado la serenidad, a pesar de que todo estaba perdido, y lo miraba con confianza. Eso le dio nuevas energías.

—René, sabes que si continuáis con el amotinamiento terminaréis colgados de un palo.

—No tenemos otra salida, Jacques —dijo el hombre—. Deja el arma o nos veremos obligados a disparar.

Jacques dio un paso adelante.

—No habrá seguridad para vosotros en el mar. Lo mejor que podéis hacer es ir a Nueva Orleáns.

—No vamos a ir a Nueva Orleáns, nos dirigiremos al Sur —dijo René con decisión, buscando la mirada de aprobación de sus compañeros.

—Los Mares del Sur están plagados de piratas —continuó el Capitán, a pesar de tener la vida pendiente de un hilo—. No duraríais allí vivos ni el vuelo de una gaviota.

—Calle, Capitán, ahora este no es su barco. —El que lo tenía sujeto apretó más la pistola contra su cabeza, y una gota de sudor impregnó la boca del arma.

—Necesitamos al Capitán para leer las cartas de navegación —dijo uno de los hombres.

—Quizá tenga razón. Quizá deberíamos dejar las armas.

La muerte del cabecilla y responsable del motín había enfriado los ánimos. Si apretaba un poco más, quizá podría llegar a convencerlos de que desistieran.

—El Capitán dice la verdad; ir al Sur es un suicidio —dijo Jacques dando otro paso adelante.

—Eso a ti no te afectará —lo retó René, que intentaba mantener el control de sus hombres—, dentro de muy poco estarás en la panza de algún tiburón.

Una idea pasó fugazmente por la cabeza de Jacques; quizá...

—Os propongo un trato.

El nuevo cabecilla de los amotinados lo miró con sorna.

—¿Cree que está en condiciones de negociar?

Jacques tragó saliva. Ahora no podía mostrar signos de debilidad, la vida de todos, la vida de Babette dependía de ello.

—El Sur es la muerte —continuó—, y si vais al Norte no tardarán en atraparos; lleváis en el barco a una amiga personal de Napoleón. Él no os perdonará, y para los ingleses es un buen botín; ni uno ni otros os dejarán en paz hasta acabar con vosotros.

René miró a sus hombres. La duda se reflejaba en los rostros de muchos de ellos. Quizá Jacques tuviera razón; sin embargo, si se rendían, una muerte segura los esperaba nada más tocar tierra.

—Si deponéis las armas ahora, en este momento, el Capitán lo olvidará todo, y a la llegada a puerto tendréis cada uno una buena recompensa.

El Capitán asintió.

—¿Y de dónde sacarán el dinero para la recompensa? —se rió uno de los tipos que esgrimía una pistola—. Hemos revisado tu equipaje y el de la mujer y no hay nada.

—La Condesa no viaja con dinero. Cuando llegue a puerto podrá disponer de su capital a través de una oficina bancaria.

René lo pensó un momento y dio orden de que bajaran el arma que apuntaba a la cabeza del Capitán.

—¿De cuánto hablamos?

Jacques miró a Babette. Los ojos de esta no parecían asustados, pero sí muy preocupados. Ella asintió y Jacques comprendió que tenía libre el margen de maniobra.

—Cincuenta piezas de oro para cada uno. Con eso podréis retiraros para siempre y comprar buenas tierras en los Estados Unidos de América.

Un murmullo general se oyó entre los amotinados. La oferta era demasiado irresistible, pero no podían olvidar que esa calma marina los tenía a todos, a ellos mismos, trastornados y allí no funcionaba la sensatez.

El cabecilla miró a sus hombres, que mostraban gestos adustos.

—¿Y qué garantías tenemos de que cumplirá su promesa y no nos entregará a las autoridades en cuanto atraquemos?

En ese momento, de modo milagroso, sopló un golpe de viento y las velas se hincharon por primera vez en muchos días. Todos miraron hacia arriba; el milagro se había producido, volvían a navegar.

—Tienen mi palabra. Solo mi palabra, a la que no he faltado nunca. Ha llegado el momento; ahora deben decidirse.

Cuando los hombres depusieron las armas, Jacques miró a Babette. Esta le sonrió agradecida, y tuvo que sujetarse al bote que quedaba a su espalda para no desmayarse.

Bel Frances

Capítulo 3

NO PIENSO BAJAR SI USTED Y EL CAPITÁN NO LO HACEN CONMIGO —dijo Babette inflexible mirando a uno y a otro hombre.

—Condesa —el viejo marino dejó su pipa de espuma de mar sobre la mesa del camarote—, debe hacer lo que dice el señor Bonnier. No tiene que preocuparse por nosotros.

—Babette —Jacques la tomó por los hombros sin contemplaciones y la zarandeó para que le prestara toda su atención—, va a bajar ahora mismo al muelle. Si no lo hace, yo mismo la tiraré por la borda.

Ella lo miró muy seria y sonrió.

—De acuerdo, pero volveré...

—No, no volverá. Hasta que todo esto acabe no pasará a menos de media milla del barco.

Babette golpeó el suelo con un pie y puso un mohín de disgusto.

—¿Pero qué le hace pensar que una vez que tengan el oro cumplirán su palabra? Nada les impide asesinarlos y deshacerse de ustedes cuando lleguen a alta mar.

—Les he dado mi palabra.

—La palabra de un bandido —dijo ella furiosa. Tenía que convencerlos de que abandonaran el barco con ella, de que allí no estaban a salvo como rehenes de esos desalmados.

Jacques no contestó. La tomó con fuerza del brazo y la condujo a cubierta.

La luz del sol le molestó en los ojos y de pronto los ruidos del puerto de Nueva Orleáns se materializaron a su alrededor; los gritos de los marineros de otros barcos que tenían que ser descargados, las canciones subidas de tono de los estibadores, el ruido de las máquinas al alzar los pesados fardos.

—Tiene tres días, Condesa —dijo René, que la esperaba cerca de la rampa de descenso.

Babette lo miró con desprecio. El hombre llevaba una pistola en la mano, que disimulaba bajo su camisa mugrosa. Toda la tripulación estaba pendiente de ellos, dispuesta a echárseles encima ante la menor sospecha de que no cumplieran con el trato.

Jacques la ayudó a llegar a la rampa.

—Prométame que no volverá a acercarse al barco —le dijo en un susurro, intentando que René no los oyera.

—Pero...

—Prométamelo.

Le apretó tanto el brazo que sus facciones se transformaron en una mueca de dolor.

—Lo prometo... y también prometo que antes de tres días el oro estará aquí.

＊ ＊ ＊

Cuando al fin pisó tierra, los meses pasados en el barco se convirtieron en un espejismo lejano, y la cabeza de Babette solo se ocupó de buscar la manera de liberar a sus amigos.

En los últimos días, la tensión se había podido mascar a bordo. La tripulación no había accedido a deponer las armas ni había abandonado su actitud hostil hasta que no se les entregara el oro. Los habían confinado en los camarotes, ella en el suyo, y Jacques y el Capitán compartiendo el otro, y solo les permitían un paseo de una hora por cubierta al caer la tarde.

Hacía dos días que habían avistado tierra, pero aun así, el acceso al seguro puerto de Nueva Orleáns no fue una maniobra fácil.

BEL FRANCES

Aunque el barco parecía estar atracado en el muelle, en verdad la situación era muy distinta; todo estaba preparado para zarpar al menor problema, y alguno de los hombres había desembarcado con la intención —había deducido el Capitán— de comprar más armas.

Los amotinados solo la habían dejado desembarcar a ella, y tanto Jacques como el Capitán eran ahora sus rehenes, a la espera de que la condesa de Mirecourt volviera con el oro pactado.

Babette, antes de embarcar, había ordenado a su banquero de París, monsieur Dupont, que lo dispusiera todo para un largo viaje. Este debía entablar contacto con distintos colegas en varias ciudades estadounidenses para que respondieran con sus fondos de la fortuna de Babette, que debía ser entregada a la Condesa tras la presentación de las letras de cambio que esta les mostrara. Se suponía que todo había sido ejecutado a la perfección, aunque Babette tenía sus dudas de que en una ciudad pequeña como aquella hubiera algún hombre capaz de poseer el efectivo que ella necesitaba para comprar las vidas de Jacques y el Capitán.

El trajín en el puerto era casi tan bullicioso como en Brest. En verdad, Babette no sabía muy bien a quién pertenecía el territorio que estaba pisando. Según le había contado el Capitán en una de las conversaciones nocturnas de los últimos días, mientras paseaban por cubierta estrechamente vigilados por los amotinados, Nueva Orleáns había sido fundada por colonizadores franceses dirigidos por Jean Baptiste Lemoyne, Señor de Bienville, hacía cien años. El sitio había sido elegido por ser una planicie natural cercana al río Misisipi, y a una ruta de comercio de los nativos entre el gran río y el lago Pontchartrain, a cuyas orillas se encontraban ahora. Nueva Orleáns se había convertido en la capital de Luisiana, aunque la colonia había sido cedida al imperio español en una cláusula secreta del tratado de Fontainebleau. Solo en 1766 se nombró un gobernador español, pero los colonos franceses nunca lo aceptaron y continuamente solicitaron el retorno al control francés. En 1795, España había cedido los derechos de uso del puerto a los Estados Unidos de América, lo que generó un nuevo auge comercial en la ciudad. Como consecuencia de la invasión de España por Napoleón Bonaparte, Luisiana había regresado al control francés hasta hacía diez años, cuando fue vendida a los Estados Unidos de América. En la época actual —decía el Capitán—, no estaba muy seguro de si era francesa, española o estadounidense, aunque era una ciudad hermosa, repleta de orgullosos criollos, y cobijaba a más de diez mil almas.

—¿Su Excelencia la condesa de Mirecourt? —dijo de pronto un caballero que retorcía nerviosamente un sombrero entre las manos.

Babette se giró y lo miró sorprendida. No conocía a nadie en la ciudad, ni nadie esperaba su llegada. ¿Habría avisado madame Prudence a Arnaud y este la esperaba? Aunque ese modo de proceder no era habitual en su ama de llaves y amiga.

El hombre que tenía ante ella podía tener cualquier edad; era delgado y llevaba un traje anticuado, muy ajustado en los hombros, y algo atacado por el tiempo. Se ajustaba continuamente unas gafas muy gruesas que le daban un aspecto de topo de biblioteca y, sobre todo, desentonaba por completo en el ambiente portuario lleno de hombres rudos y corpulentos, canalla portuaria, que no le habían quitado el ojo de encima desde que descendió de la embarcación.

—Soy Roger Smith —dijo el hombre, nervioso, al ver que la dama no contestaba.

—Disculpe, pero no...

—Roger Smith, del Banco de Nueva Orleáns. Recibimos la carta de monsieur Dupont, su banquero de París, en la que nos anunciaba su llegada y nos rogaba que nos pusiéramos a sus órdenes. —El hombre se retiró el sudor que descendía por su frente—. Estábamos preocupados, Condesa, se esperaba su llegada para hace unas semanas. Esperamos que el viaje haya sido satisfactorio y sin incidentes.

Babette sonrió. El señor Dupont había sido tan eficiente como siempre. Ahora lo único que había que esperar era que el menudo señor Smith tuviera la cantidad de dinero en efectivo que ella necesitaba.

* * *

Dos días había tardado el meticuloso señor Smith en reunir la suma que la condesa de Mirecourt le exigía.

Durante ese tiempo, Babette había contado cada minuto y no se tranquilizó hasta que las relucientes piezas de oro brillaron amontonadas en los sótanos del banco, y ella firmó al fin las letras de entrega.

—¿Está cómoda en el hotel? —dijo el banquero guardando bajo llave los documentos que Babette le acababa de entregar.

Babette asintió. No tenía ganas de hablar, solo de que el oro fuera entregado y sus compañeros liberados.

—La buena sociedad de Nueva Orleáns estará encantada de contar con una dama de su posición entre sus visitantes.

Babette sonrió forzada.

—Hay muy buenas familias entre nosotros, Condesa; los Vallerent, los Sagette...

—Por ahora no deseo hacer vida social —dijo ella con voz suave, para no ofender al banquero—. Pero más adelante le agradeceré que sea mi anfitrión.

El hombre la acompañó a la planta superior del banco, donde estaba la salida.

—Uno de estos días, debería visitar las plantaciones más cercanas. Quizá encuentre alguna mansión interesante y se convierta en miembro permanente de nuestra ciudad.

Babette sonrió.

—¿El oro podrá ser entregado hoy mismo?

—Mañana a primera hora. En pequeños paquetes numerados. Todo se hará como usted ha indicado.

Llegaron a la puerta y Babette miró hacia su hotel. No estaba mal, pero era francamente incómodo. Echaba de menos su vida de París.

La calle donde se encontraba el banco era bonita y bulliciosa, y la temperatura perfecta. Se giró y su imagen se reflejó en el cristal de la puerta de entrada al banco; había perdido unos kilos y oscuras ojeras aparecían bajo sus ojos. Tenía que recuperarse antes de que Arnaud la viera con aquel aspecto.

—Señor Smith, ¿sabe cuál es la casa de mi esposo? —dijo al fin. Hasta ese momento no se había atrevido a hacerlo.

El hombre la miró sin comprender.

—El conde de Mirecourt, el de Lauvergne —repuso ella—. Tiene casa en la ciudad.

—Por supuesto, señora —dijo el hombre un poco asombrado—. Hay una plantación muy al norte que según dicen ha pertenecido a los vizcondes desde hace décadas, pero lleva años abandonada.

Ella lo miró alarmada.

—¿No tiene constancia de que mi esposo viva en la ciudad… o en sus alrededores?

El hombre arrugó el sombrero, nervioso.

—No controlamos a todos los que entran en barco en la ciudad, Condesa, pero le aseguro que el señor Conde no vive ni ha vivido entre nosotros en los últimos años.

Babette sintió un ligero mareo. ¿Cómo era posible? Su imagen volvió a brillar en el cristal y con ella algo pasó por su cabeza.

—Señor Smith, quizá una plantación no pero… ¿conoce alguna casa que se alquile en la ciudad?

*** * * ***

Por unas semanas, hasta que se recuperara del todo y descubriera el paradero de Arnaud, había decidido convertirse en ciudadana de Nueva Orleáns. La ciudad tenía mucho que ofrecer, y más después de la terrible travesía por mar.

Con la ayuda del señor Smith, que parecía conocer a cada habitante, ese mismo día había alquilado una casa en la zona más elegante de la ciudad, y un buen coche de caballos. También había contratado a tres doncellas, seis criadas y un cochero.

Siguiendo las órdenes de Jacques, no se había acercado a la embarcación, a pesar de que a cada momento la asaltaba una necesidad imperiosa de saber cómo se encontraban él y el Capitán. Jacques le había asegurado que si la veía por allí, él mismo la arrojaría por la borda, y estaba segura de que así lo haría. Lo cierto es que Jacques no se fiaba de los hombres y temía que una vez cobrado el rescate pudieran hacerle algún daño o tratar de retenerla a la fuerza para comerciar con su fortuna.

Bel Frances

A Babette le había sorprendido gratamente la discreción del señor Smith; a pesar de intentar inmiscuirla en algún negocio a cada comentario, no había hecho preguntas sobre el destino del oro, cosa que Babette agradeció, y en setenta y dos horas, cuatro empleados del banco entregaron el botín a los amotinados.

El silencio se había hecho en cubierta. Nadie movió un solo músculo hasta que los empleados del banco desaparecieron por donde habían venido. Entonces se abalanzaron sobre el botín como fieras, hasta que René y dos hombres de su confianza pusieron orden y repartieron el rescate por partes.

—La Condesa ha cumplido su palabra. Espero que tú también lo hagas.

René indicó a uno de sus hombres que cortara los cabos con que Jacques y el Capitán tenían atadas las manos.

—Estamos en paz. Pueden irse. Les recuerdo que nada de esto debe saberse.

—Este es mi barco —dijo el Capitán—. Yo no abandono.

—Ya no necesitamos estar embarcados en esta pocilga, Capitán. Esta noche podrá volver y llevarlo a las mismas puertas del infierno si quiere, pero ahora desembarque.

Jacques le indicó con una mirada que hiciera caso. No era seguro llevarles la contraria.

El Capitán asintió y bajó la rampa soltando maldiciones.

Jacques se acercó a René, que estaba un poco apartado de sus hombres, quienes bromeaban y contaban con bravuconadas lo que harían con tanto oro.

—Espero que lo emplees bien. Con ese botín podrás empezar de nuevo.

Los ojos del marinero brillaron.

—Y yo espero que usted consiga lo que busca.

—¿A qué te refieres?

—A esa mujer. He visto como la miraba. Tenga cuidado.

Jacques se dispuso a bajar la rampa.

—Eso no es asunto tuyo.

Cuando llegó a tierra miró a cubierta. No todos aquellos hombres eran unos maleantes. Algunos actuaban movidos por la necesidad, pero el brillo del oro, él lo sabía, tenía el poder de corromper el alma de cualquiera.

* * *

El Capitán cumplió su promesa y no interpuso cargos contra ellos, aunque sí les advirtió que no quería volver a ver a ninguno cerca y buscó una nueva tripulación para volver a Francia.

Cuando Jacques pisó tierra por primera vez, se sorprendió de que lo único que sentía era unas ganas locas de ver de nuevo a Babette.

Un cochero lo esperaba a la salida del puerto.

—Señor Bonnier, tengo orden de llevarlo —dijo el muchacho un poco asustado por el aspecto salvaje de Jacques.

Este lo miró de arriba abajo antes de decidirse a subir al carruaje.

El coche tomó la calle del puerto y atravesó las abarrotadas calles de la ciudad. Nueva Orleáns le gustó al instante; estaba llena de vida, de color, de peligros y de tabernas donde vaciar unos buenos vasos de ron. El carruaje tomó una curva a toda velocidad y se introdujo en una zona bordeada de jardines perfectamente cuidados que se dividían en senderos por los que se accedía a las mansiones. Se detuvo ante una de ellas, y antes de que Jacques tuviera tiempo de abrir la portezuela, el muchacho lo había hecho con una sonrisa simpática.

Ante él se abría un gran edificio de piedra blanca y ladrillo rojo, con un bonito jardín a la entrada y dos plantas construidas al estilo colonial; la segunda de ellas con una gran balconada fabricada con hierro forjado pintado de blanco.

Jacques miró al chico con curiosidad y este le indicó la entrada.

Avanzó por el sendero y, antes de que llegara, la puerta se abrió.

BEL FRANCES

—Señor Bonnier, acompáñeme —dijo una bonita muchacha mulata, con una sonrisa de dientes blanquísimos.

Él la siguió a través de un amplio vestíbulo, muy luminoso, donde habían colocado un gran jarrón de rosas frescas que aromatizaba toda la casa, hasta un salón que se abría a su derecha.

Allí, de pie, estaba Babette. Daba órdenes a un grupo de mujeres que intentaban decorar la sala con grandes ramos de flores blancas y fragantes.

—¡Jacques! —dijo ella con una gran sonrisa cuando se percató de su presencia. Corrió hacia él y le dio un fuerte abrazo, aunque él no pudo evitar darse cuenta de que se retiraba rápidamente—. ¡Me gusta esta ciudad! Es un buen sitio para vivir. Venga, le enseñaré su habitación.

Jacques la miró de arriba abajo; después de cuatro largos meses ataviada con un gastado vestido de viaje, ahora estaba radiante, con un ligero traje de algodón de corte imperio, bordado con pequeñas flores azules. Un lazo amarillo pálido bajo el pecho le realzaba el busto, y el cabello, que durante días había llevado suelto, estaba ahora recogido y tocado con dos rosas del mismo color que el lazo.

"Está deslumbrante", pensó Jacques. "Absolutamente deslumbrante."

Babette dio su visto bueno a la colocación de los floreros y tomó a Jacques de la mano.

—Ya me ha contado el señor Smith que nuestra deuda con la tripulación ha sido saldada y que se marcharán sin dar problemas —le dijo mientras lo acompañaba a la planta superior.

—Sus noticias han llegado antes que yo.

Ella lo miró con una sonrisa.

—Sí, el señor Smith sabe todo lo que sucede en esta ciudad antes de que acontezca. ¿Han tenido algún problema?

—Los muy bribones estarán ahora celebrando su suerte. Desaparecerán tan pronto como se les pase la borrachera. Espero que no los volvamos a ver, y que sepan emplear todo ese oro. La experiencia me dice que se lo gastarán en burdeles.

—¿La experiencia? —dijo ella con una sonrisa pícara—. ¿Allí es donde desaparecía el oro que usted robaba?

Él la miró molesto.

—Nunca he tenido necesidad de pagar por una mujer, Condesa. Tampoco le voy a decir que se lo haya dado a los huerfanitos.

—Algún día tendrá que contarme sus andanzas de bandido, deben de ser muy interesantes.

—No lo crea. Por lo poco que sé de usted, su vida supera con creces mi experiencia.

Ella soltó una carcajada.

—No sea modesto. Seguro que más de una mujer se ha desmayado al encontrarlo de noche en un camino oscuro.

Jacques notaba el calor de la mano de la Condesa sobre la suya, lo que le producía un agradable cosquilleo que le recorría la columna. Aun así, se sentía molesto.

—De noche, y en un camino oscuro, me las suelo arreglar de otra manera para conseguir que una mujer se desmaye, señora, y no creo que quiera saberlo.

Babette se ruborizó y soltó la mano de Jacques. Había notado como las suyas empezaban a sudar.

—¿Sabe algo de su esposo, Condesa? —preguntó Jacques cambiando de conversación. No quería decir más sandeces. La presencia de la Condesa seguía produciéndole aquellos extraños efectos.

Ella lo miró un momento y continuó el ascenso por las escaleras a la planta superior.

—Tiene plantaciones al norte, muy al norte, según me ha dicho el señor Smith.

Jacques se sentía enojado; no sabía por qué, pero algo dentro de él lo hacía sentir rebelde; por eso le había respondido así antes.

—¿Ha decidido cuándo vamos a ir a buscarlo?

Habían llegado a la planta superior y Babette se había detenido ante una puerta de madera pintada de blanco.

—No voy a dejar que me vea de cualquier manera. Primero quiero conocer esto, conocer a la gente de esta ciudad. Cuando esté preparada, iré en su busca, antes no. He cometido muchos errores, no quiero cometer uno más.

Jacques vio dolor en los ojos de la mujer a la que, aunque se lo negara cada día, lo empezaba a unir algo demasiado poderoso. Se sintió fatal por haber intentado hacerle daño con sus palabras. En esos tres días en el barco, sin ella, había llegado a la conclusión de que había cometido el mayor error de su vida embarcándose en esta aventura. Cuando la Condesa encontrara a su marido, ya no lo necesitaría más; ella sería feliz y él el hombre más desgraciado del mundo.

Babette abrió la puerta y ante Jacques se mostró una habitación grande y luminosa, con dos ventanales a la calle.

—¿Y esto? —preguntó sorprendido.

—Es su habitación. Yo dormiré en la planta de abajo, hay habitaciones de sobra. Esta es la mejor de la casa. Es una manera de darle las gracias por todo lo que está haciendo por mí.

Jacques evadió su mirada, que tenía el poder de taladrarle el corazón.

Sobre una percha había un traje impecable, con casaca azul, pantalones claros, camisa, pañuelo. Todo lo adecuado para un caballero.

—Es para usted. Espero que le esté bien, he tenido que calcular su hechura para comprar la talla adecuada. —Cuando dijo esto notó que se ruborizaba; había tenido que recordar el cuerpo de Jacques, palmo a palmo, para que le confeccionaran la ropa en un solo día.

El hombre miró a su alrededor y sonrió. Una casa, criados, buena ropa y una mujer preciosa a su lado. Sabía que todo era un espejismo, que dentro de unos días o unas semanas ella volvería con su marido, y él tendría que tratar de olvidarla. Aun así, decidió que valía la pena aprovecharlo, aunque solo fuera por unos días. A partir de aquel momento, se dedicaría a disfrutar de lo que la vida le ofrecía.

* * *

Definitivamente se encontraban en los Estados Unidos de América, independizados del poder británico hacía casi cuarenta años; ni en territorio francés ni en territorio español como decía el Capitán. Sin embargo, había nuevas guerras y se decía que los ingleses pensaban atacar el puerto de Washington en breve, y quizá también los puertos del Sur. El presidente James Madison se había dejado arrastrar por su partido a una segunda guerra de independencia contra Gran Bretaña por la conquista del Canadá y era precisamente en ese momento de convulsión política cuando Jacques y Babette habían llegado al nuevo país.

Quince millones de dólares era el precio por el que Napoleón Bonaparte había vendido toda Luisiana a los Estados Unidos de América, un precio ridículo quizá, pero que permitiría sufragar sus campañas en Europa y dejar los problemas trasatlánticos para sus enemigos británicos.

En Nueva Orleáns, los aires de guerra no se percibían aún, y la vida en la ciudad era tranquila y alegre, como sucede en las poblaciones con tanto futuro por delante, sin los anclajes que las encadenan al pasado.

Babette había pasado inadvertida solo en los primeros momentos; había quienes pensaban que se trataba de una burguesa adinerada, otros estaban seguros de que eran un matrimonio bien avenido del este de Francia, y hasta los había que habrían jurado ante la Biblia que el señor Jacques Bonnier era un afamado banquero descendiente de italianos.

Lo cierto es que el señor Smith, a pesar de ser perseguido, intimidado y sobornado, no soltó prenda de la verdadera identidad de su cliente, lo que alentó, más que calmó, las habladurías.

Cuando llegó una carta de París a la estafeta postal de la ciudad, todos supieron que la misiva estaba dirigida a la condesa de Mirecourt, la amiga personal del Emperador y la Emperatriz, y desde ese momento la discreción que Jacques quería mantener en su viaje desapareció para siempre.

* * *

Querida tía Camille:

Ayer llegó tu carta y hoy mismo te escribo, aunque probablemente cuando la recibas otras muchas cosas habrán sucedido.

BEL FRANCES

El viaje ha sido tumultuoso, más de lo que esperaba, aunque gracias al señor Bonnier hemos arribado al puerto de Nueva Orleáns sin tener que lamentar males mayores…

¡Echo tanto de menos a mi pequeño Bastien! Me has hecho feliz contándome sus aventuras, y le he hablado tanto de vosotros al señor Bonnier que me ha dicho que desea conoceros.

Aún no he encontrado a Arnaud; de hecho aún no lo he buscado. Me digo a mí misma que necesito serenarme, recuperar la seguridad, sentirme fuerte de nuevo. Sin embargo, sé que es el temor lo que me paraliza; el temor a que me rechace de nuevo una vez que he llegado tan lejos, el temor a que haya decidido al fin olvidarse de mí y de mi hijo, el temor al futuro.

Pero no quiero contarte tristezas, pues no estoy triste. He decidido conocer esta encantadora ciudad. Pero no te contaré detalles hasta que tú me cuentes cómo consigues que mi hijo se coma esa repugnante papilla de col con la que desayunábamos en casa… ¿Puedes creer que la echo de menos?

Te quiero,

Babette, condesa de Mirecourt

* * *

—¿No desea que tomemos el coche, madame?

Babette respiró una bocanada de aire fresco y abrió su sombrilla.

—Paseemos. Después de tanto tiempo encerrada en ese barco, tengo necesidad de caminar.

Ella y su criada salieron de casa, recorrieron el paseo rodeado de hermosos jardines particulares y se introdujeron en la vorágine de una de las calles principales de la ciudad.

Le llamó la atención que la mayoría de los transeúntes con los que se cruzaba fueran hombres. Las pocas damas que veía iban en carroza y la miraban sorprendidas detrás de las ligeras cortinas que cubrían las ventanillas.

El fragor de la calle hizo que se sintiera bien; necesitaba de nuevo el ruido de una ciudad, el alboroto de los vendedores de fruta, el jaleo de los cocheros buscando paso.

Babette se detuvo ante el escaparate de una tienda de tejidos. Había buen paño de algodón y la muselina tampoco parecía de mala calidad. Se disponía a entrar cuando una voz la llamó desde atrás.

—¿Desea la señora que la acompañe? No es costumbre que una dama deambule sola por aquí.

Babette se giró. Allí, a pocos metros de ella, había un muchacho de no más de quince o dieciséis años. Iba pulcramente vestido, como un caballero, pero a causa de la edad tenía el rostro lleno de granos y un ligero vello que crecía a su antojo por distintas partes de su semblante. Si no fuera por esto, hubiera sido un chico muy atractivo.

—Gracias. Sé cuidarme sola —dijo Babette y siguió mirando el escaparate. Necesitaría también un buen lienzo para hacer sábanas y...

—Insisto en acompañarla, señora.

Se volvió molesta, cerró la sombrilla y miró al chico directamente a los ojos. Este se fue ruborizando poco a poco.

—Joven, le rogaría que no me molestara. Ya le he dicho que sé cuidarme sola y si necesitara protección buscaría a alguien un poco mayor para que me la ofreciera.

Otros tres muchachos de la misma edad estaban cruzando la calle y se dirigían hacia ellos.

—¿La está molestando, madame? —dijo uno de los recién llegados, sacando pecho como un ave de corral en celo.

—Por supuesto que no. —Varios caballeros se habían detenido y miraban en su dirección para ver qué estaba sucediendo.

—Las calles son inseguras, madame, será mejor que la acompañe yo —dijo el chico que acababa de aparecer.

"Otra vez", pensó Babette. ¿Por qué todo el mundo quería acompañarla en aquella ciudad?

—Gracias, pero no necesito a nadie. Ahora os ruego que os vayáis. Ya hemos llamado suficiente la atención.

—¿Ves lo que has conseguido? —dijo uno de los muchachos empujando al otro. Has molestado a madame.

—Pide disculpas por lo que acabas de decir —contestó el muchacho de los granos empujándolo a su vez.

—Eso ni lo sueñes. El único que tiene que pedir disculpas a esta dama eres tú.

Babette soltó un suspiro y puso una mano en el hombro de cada muchacho, evitando así que siguieran empujándose.

—¡Basta ya! Ninguno de los dos me ha molestado, ni ninguno de los dos tiene que pedir disculpas. Ahora volved a vuestras casas y...

—Madame, será mejor que no se entrometa. Esto es cosa de hombres —dijo uno de los dos chicos.

—Será mejor que vuelva a su casa, madame. Si espera a que acabe con él, yo mismo la acompañaré —dijo el otro.

Ella los miró con la boca abierta, mientras los muchachos seguían empujándose en medio de la calle.

—Costumbres criollas —dijo una voz a su izquierda—. Son difíciles de entender por los extranjeros.

A su lado apareció el señor Smith, tan pulcramente vestido como siempre.

—Hay que detener a esos dos críos —dijo Babette—. Se harán daño si continúan peleándose.

—Tienen que saldar una deuda de honor. Lo harán con los puños y el ganador quedará satisfecho hasta que encuentre otra causa que crea correcto defender.

Babette lo miró asombrada. Se sentía fatal de pensar que aquellos dos muchachos iban a pegarse por culpa suya.

—Usted ha sido solo la excusa de hoy —dijo el señor Smith leyendo sus pensamientos—. Mañana pelearán por cualquier otra. Y dentro de unos años se retarán a duelo. Es todo un entrenamiento hasta convertirse en un auténtico criollo.

—Había oído hablar de estas cosas, pero francamente pensaba que eran exageraciones.

—Permítame, Condesa, que la invite a hacer una visita. Hoy es jueves y en la ciudad es costumbre visitar a los conocidos en este día. Yo he de encontrarme con un caballero para tratar de negocios en una plantación, y usted puede acompañar a su esposa. Son gente encantadora.

Babette solo lo pensó un momento antes de responder que sí. Tenía curiosidad por conocer esa extraña manera de vida, y el señor Smith era un perfecto anfitrión.

El coche del banquero estaba estacionado al final de la calle. Era un carruaje correcto, tirado por dos caballos y pulcramente acabado en madera pintada de negro. Ella tomó asiento junto a su criada, y el señor Smith lo hizo enfrente.

En pocos minutos, salían de la ciudad camino del campo. La vegetación era tan salvaje que casi ocupaba la calzada, y de vez en cuando oían el chapoteo de los cocodrilos que se lanzaban al agua empantanada, a los costados.

—¿Es usted criollo, señor Smith?

El hombre rió tapándose la boca.

—No, no lo soy. Nací en el Norte y tardé mucho tiempo en ser aceptado. De hecho, los caballeros más ancianos se niegan aún a recibirme. Esta sociedad es cerrada, sobre todo para los del Norte.

—Espero tener mejor suerte que usted.

—Es usted francesa, señora. Aquí todo lo que viene de Francia es bien recibido. Además es condesa, lo que es una ventaja, créame.

Pasaron por delante de una gran plantación. A lo lejos se veía una casa enorme, con grandes columnas blancas en su fachada.

—La plantación de Le Moullec, una de las mejores —dijo el banquero—. El año pasado se celebró una boda aquí. Durante el baile, el novio empujó sin querer a uno de los invitados y la cosa terminó en duelo. En un solo día, la feliz novia acabó siendo una viuda. Durante un año, no puede salir de casa y pasarán varios hasta que pueda estar disponible para encontrar un nuevo esposo sin que sea un escándalo. Para entonces tendrá más edad de la que requieren las buenas costumbres y terminará en casa de uno de sus hermanos o hermanas, cuidando de sus hijos.

BEL FRANCES

—Unas costumbres poco justas para las mujeres —dijo Babette mirando la casa a través de la ventanilla.

—Sí, lo son. Pero ya verá que la tradición es una ley entre los criollos.

Continuaron en silencio el resto del camino, hasta que el carruaje se introdujo en un sendero bordeado de rosales, hasta llegar a la entrada de otra gran mansión.

Se detuvieron a las puertas de la casa, y el cochero la ayudó a bajar a ella y a su criada.

—La casa Audubon —dijo el señor Smith detrás de ella—. Venga, creo que le gustará.

La puerta estaba abierta de par en par, y dentro se oía el rumor de conversaciones, acompañado por el entrechocar de copas.

Nada más franquear la puerta, un caballero alto y moreno se dirigió hacia ellos, tendiéndole la mano al banquero.

—Permítame que le presente a la condesa de Mirecourt.

El hombre apenas la miró, le besó la mano y llamó con la mirada a una mujer joven y atractiva, que había aparecido desde una de las habitaciones del fondo.

—Permítame que le presente a mi esposa. Ella sabrá atenderla en condiciones.

—Condesa —dijo la mujer haciendo una leve reverencia—. Es un honor tenerla en nuestra casa. Acompáñeme, únase a mis otras invitadas. Su criada puede tomar el refrigerio en la cocina si le apetece.

Babette miró a la muchacha, que asintió con una reverencia y acompañó a otro de los criados hacia una puertecita que se veía al fondo. Ella, mientras tanto, siguió a la mujer, y vio como el señor Smith y su anfitrión entraban en un salón donde había varios caballeros bebiendo y fumando. Continuaron atravesando una galería que daba al jardín hasta otra sala con una decoración bonita, aunque anticuada. Allí había cuatro damas que bebían el té sentadas en dos sofás tapizados con flores. Todas ellas la saludaron con amabilidad, aunque Babette percibió un dejo de desconfianza.

—Nos preguntábamos cómo sería usted —dijo la anfitriona, sirviéndole una taza de té y colocando unos dulces en el plato.

—Su visita ha sido el comentario de esta última semana, Condesa, ¿estará mucho tiempo con nosotros?

Babette sonrió; un salón, damas elegantes y civilizadas. Echaba de menos su vida en la corte. Esto no se parecía ni de lejos, pero al menos se sentía de nuevo en el mundo.

—Aún no lo sé. He de resolver unos asuntos que determinarán el tiempo de mi estancia.

Otra de las damas, la más anciana, la miró con curiosidad.

—Es usted muy hermosa, Condesa. Su esposo debe de sentirse orgulloso.

Babette bebió un sorbo de té y prefirió no hacer ningún comentario.

—¿Qué le ha parecido nuestra ciudad? —preguntó la anfitriona.

—Deliciosa. Es un lugar encantador para vivir.

—Supongo que demasiado provinciana para una dama de la corte, ¿verdad? —dijo otra de las mujeres.

—Estoy segura de que a la Emperatriz le fascinaría, y lo que le gusta a la Emperatriz le gusta a la corte —dijo Babette saliendo al paso con una respuesta estudiada.

—¿Seguirá a su esposo hacia el Norte? —La anciana no dejaba de observarla, analizando todos sus movimientos.

Babette notó como su mano temblaba ligeramente y el té se derramó apenas por el borde de la taza.

—Por supuesto. ¿Ha conocido a mi esposo, señora?

La dama asintió, con una sonrisa de víbora que hizo que Babette apartara los ojos.

—Hace meses. Un caballero admirable, aunque un poco triste. Estuvo apenas unos días con nosotros. Fue mi esposo quien lo ayudó a comprar las tierras. Él conoce estos campos tan a fondo como su fortuna.

La anfitriona notó el efecto que estas palabras causaban en Babette y acudió en su ayuda.

—¿Qué le parece su nueva casa? ¿Está todo a su gusto?

Babette se recompuso al instante. Sus años en la corte la habían preparado para que sus sentimientos se guardaran debajo de una buena sonrisa.

—Es pequeña, pero confortable.

—¿Ha conocido ya al gobernador?

—No he tenido el gusto. Hoy es el primer día que hago vida social. Apenas he tenido tiempo de visitar la ciudad.

—¿Por qué no da una fiesta? —dijo otra de las mujeres—. Sería la ocasión perfecta para conocerlos a todos. Nosotras nos encargaríamos de las invitaciones.

—Yo puedo ayudarla a preparar la casa. Mis criados pueden hacer milagros si están bien ordenados.

Babette sonrió. Era una buena idea y la manera perfecta de integrarse en aquella cerrada sociedad.

Aun así, había dos cosas que le habían llamado la atención: el hecho de que hubieran hablado de su marido y el hecho de que no hubieran dicho una sola palabra de Jacques. Prefirió no preguntar nada. Acababa de comprender que cuando estuviera preparada, no le costaría trabajo encontrar a Arnaud.

* * *

Jacques atravesó veloz el camino general y se introdujo por una de las calzadas secundarias. Necesitaba cabalgar, sentir el aire fresco en el rostro, aunque fuera por unas horas. Eso era lo único que conseguía alejar la imagen de Babette de su cabeza.

Los últimos días ella estaba radiante. Había decidido organizar una gran fiesta y su preparación la tenía entusiasmada. Él había aprovechado para conocer la zona, aunque de vez en cuando necesitaba cabalgar durante horas, sentirse libre, volver a tener la sensación de que era el bandido de antes.

Al girar en una curva, se extrañó de ver a lo lejos una carroza detenida a un lado del camino. Era una zona poco transitada y en más de una hora no se había cruzado con ningún carruaje.

Se acercó con precaución. El cochero no estaba en el pescante, y los caballos estaban atados a un árbol cercano.

Dejó su montura a varios metros; su experiencia como bandido le decía que debía de andarse con cuidado, aun en situaciones tan poco peligrosas como aquella.

Se acercó al carruaje sin hacer ruido; las cortinillas estaban echadas, por lo que no pudo atisbar en su interior. Decidió rodearlo antes de ver qué había dentro. Con paso sigiloso, teniendo cuidado de no pisar ninguna rama, bordeó la carroza. Una de las ruedas estaba rota, esa debía de ser la causa de que se hubieran detenido en pleno bosque. Aguzó un poco más el oído; sí, un ligero murmullo procedía del interior, como el sonido lejano de las olas del mar.

Había llegado el momento de saber qué había allí dentro. Giró con rapidez la manecilla de la puerta y la abrió de un golpe.

Sonaron gritos femeninos y vio como un rosario caía al suelo.

—¡Dios nuestro, Señor, protégenos! —dijo la mujer anciana haciéndose la señal de la cruz.

Jacques las miró sorprendido; se trataba de una anciana que rezaba el rosario, de ahí el murmullo que había oído, y una muchacha joven y bonita. Su cabello era rubio, casi blanco, y su piel tan clara que casi parecía transparente. Tenía unos grandes ojos azules que lo miraban sorprendidos.

—¿Tienen problemas, señoras? —fue lo único que se le ocurrió decir. En situaciones anteriores, en su época de bandido, hubiera sabido muy bien como actuar.

La anciana temblaba ostensiblemente, sin dejar de observarlo con terror.

—Hemos tenido un accidente. Una roca del camino. Nuestro cochero ha vuelto a casa en busca de ayuda.

Jacques miró a su derecha; el camino iba directo a la plantación de Le Moullec, debían de ser parte de aquella familia.

—Es peligroso estar solas aquí. En una hora se hará de noche. ¿Hace mucho que fue en busca de ayuda?

Poco a poco, el ama se había ido calmando.

—Sí, señor —dijo recuperando su rosario—. Llevamos aquí una eternidad. Este bosque emite sonidos aterradores.

Jacques observó el paisaje que los rodeaba, tan tupido que pronto todo se volvería negro. No podía dejarlas allí solas, no estaba seguro de que aquellos caminos fueran peligrosos, pero con la llegada de la noche, y sin una sola vela a mano, terminarían con un ataque de pánico.

—Aguardaré con ustedes a que regrese la ayuda. —Miró a la mujer mayor, que se frotaba las pantorrillas sobre el vestido—. Y será mejor que estiren las piernas.

Ayudó a descender a la anciana y después tendió su mano a la muchacha. Le pareció que lo miraba de una manera extraña, con una leve sonrisa casi imperceptible en la comisura de la boca.

—Es usted el caballero francés.

Jacques no contestó. Una cosa era acompañarlas hasta que acudiera ayuda y otra muy distinta hacer de niñera.

—Lo he visto un par de veces cerca de la plaza. Usted es el caballero que ha llegado con la Condesa —insistió la joven.

Jacques respondió con un gruñido y fue a comprobar el estado de los caballos. Tenían sed pero nada más. En cuanto repararan la rueda, las llevarían de vuelta sin problemas a la plantación.

La joven fue hacia donde él se encontraba, muy cerca, demasiado cerca. Jugaba con su rubio pelo y lo miraba sonriente.

—¿Siempre es usted así de callado?

Jacques la miró con las cejas fruncidas.

—Solo hablo cuando hay algo interesante que decir.

—Y nosotras no le parecemos lo suficientemente interesantes.

—Yo no he dicho eso. —Vio como la joven se bajaba el chal para dejarle ver un escote que apenas contenía la voluptuosidad de sus pechos—. Y será mejor que se cubra, hace frío.

La anciana había vuelto a su rosario y no prestaba atención a su pupila, que se acercó un paso más a Jacques.

Él no se apartó. La miraba a los ojos con el entrecejo fruncido, intentando discernir sus intenciones, aunque estas parecían suficientemente claras.

—¿Hasta cuándo podremos disfrutar de su presencia en la ciudad, señor...? —lo dijo desde tan cerca que Jacques notó su aliento a través de la camisa abierta.

—Por ahora creo que ya han estirado las piernas lo suficiente. Será mejor que vuelvan a subir a la carroza.

La muchacha lo observó fijamente; parecía no estar acostumbrada a que la rechazaran.

Desde lejos les llegó el sonido de cascos de caballos, y al momento doblaron la curva tres jinetes que se acercaron a ellos al galope. Uno debía de ser el cochero, el otro un mozo de las caballerizas y el más anciano tenía la pinta de ser el padre de aquella muchacha.

Desmontaron en cuanto llegaron al carruaje y, mientras los otros dos se dedicaron con presteza a reparar la rueda, el anciano fue corriendo hacia ellos.

—Adélaïde, ¿estás bien?

La jovencita echó una última mirada irritada a Jacques y corrió a los brazos del caballero. Desde lejos pudo ver como ella y el ama le daban explicaciones al hombre y como este, al final, se dirigía hacia él.

—Señor —dijo el caballero cuando estuvo cerca de él, tendiéndole la mano—, mi nombre es Ignace de Le Moullec. Tengo una deuda con usted.

—No tiene ninguna —dijo Jacques estrechándosela—, era mi deber socorrer a las damas. Soy Jacques Bonnier.

—Es usted nuevo en la ciudad —el hombre lo miró con simpatía—, permítame que lo invite a cenar a casa, le puedo ofrecer el mejor *cabernet* de todo el estado.

La muchacha se había acercado hasta ellos y tomó al anciano por el brazo.

—No puede usted rechazar la invitación —dijo mirándolo con coquetería—. Lo tomaríamos como un insulto personal.

El anciano se inclinó y le dio un largo beso en la boca.

—Será mejor que acompañes al ama. Empieza a anochecer y le tiene pavor a las sombras.

La joven se marchó camino del carruaje, no sin antes echarle una mirada cargada de insinuaciones a Jacques.

—No me queda más remedio que declinar su invitación, señor de Le Moullec. De todos modos, le presento mis respetos a usted y a su… esposa —dijo mirando a la mujer.

El caballero siguió la mirada en la misma dirección.

—¿Adélaïde? —Rió a carcajadas—. No señor. Mi esposa está en Marsella pasando una temporada. Adélaïde es una… amiga. Una buena amiga.

Jacques se despidió y montó en su caballo. Cuando llegó a la curva, miró un momento hacia el carruaje, que ya estaba casi reparado; la mujer estaba de pie junto a la carroza, y sus ojos lo analizaban de una manera muy especial.

* * *

Durante dos semanas, Jacques y Babette se veían tan a menudo como podían, aunque ella estaba muy ocupada preparando la fiesta, y Jacques quería conocerlo todo de esa ciudad cautivadora.

Mañana sería el gran día. Babette había invitado a todo el estado, y en unas horas los salones se llenarían de música, risas y el sonido de entrechocar copas de champaña.

La casa empezaba ya a brillar con las lámparas que se estaban disponiendo en las habitaciones y en la fachada, lo que la convertía en el centro de interés de la ciudad.

Incluso habían oído decir que las invitaciones de mañana por la noche a su casa se estaban vendiendo por auténticas fortunas; todos querían acudir a la fiesta y conocer de cerca a la condesa de Mirecourt, amiga muy cercana de Napoleón y de la Emperatriz y, por supuesto, escuchar de su propia boca las anécdotas que solo conocen los más íntimos.

Babette y Jacques solían encontrarse después de la hora de cenar, exultantes ambos, comiéndose las palabras uno a otro y conversando ya con cierta familiaridad sobre lo que habían hecho ese día, sobre la vida, el pasado y el futuro, en un pequeño balancín ubicado en el jardín, hasta que la luna estaba muy alta en el cielo.

—Pareciera que hemos llegado hace meses.

Jacques asintió y bebió un trago de ron.

—No es mal sitio este para vivir. Quizá, cuando todo acabe, empiece de nuevo una vida aquí.

Ella lo miró un momento y volvió sus ojos al brillo de la luna.

—Sí, cuando todo acabe. —Hubo un momento de silencio—. Podrías formar una familia, seguro que no tienes problemas para encontrar a una muchacha bonita que esté loca por ti.

Él la miró con una ceja levantada.

—No es esa mi imagen de la felicidad.

Babette sonrió.

—No me digas que vas a volver a las andadas, a asaltar caminos de nuevo.

—Esa vida me gustaba, pero no. No me apetece seguir huyendo de la justicia. Quizá encuentre algo serio con que ganarme la vida de manera más o menos honrada. Quizá podría fabricar ron, o comerciar con él.

Ella soltó una carcajada.

—Siempre al límite de la legalidad.

—Aún no lo sé. Lo que sí tengo claro es que no tendré una esposa pendiente de cada uno de mis actos.

Ella lo miró fijamente unos instantes. Su perfil duro y lleno de cicatrices se recortaba a la luz de la luna, y un mechón de pelo salvaje había escapado de su coleta y le tapaba parcialmente uno de sus profundos ojos azules.

—¿Te has enamorado alguna vez, Jacques?

Él miró el cielo estrellado y bebió otro trago de ron. Llevaba sus pantalones de montar y las botas, pero se había desprendido de la casaca y la ligera camisa de algodón la llevaba desabotonada en el cuello, dejando ver el rizado vello que le cubría el pecho.

—La última vez tenía doce años —dijo muy serio, mirando a las estrellas.

Ella era la hija de un capitán de húsares. No solo no me prestó atención, sino que su padre mandó darme tal paliza que decidí no enamorarme nunca más.

Babette soltó una carcajada deliciosa.

—¿Decidiste no enamorarte? Jacques, eso es imposible. No mandamos sobre nuestros sentimientos.

—¿Cómo que no? —la miró con cara burlona—. Estoy seguro de que tú puedes hacerlo. Eres una mujer inteligente, seguro que no te enamoras de nadie con rango inferior a conde, o marqués. Quizá ya vayas por duque, o por príncipe.

Ella se mostró falsamente ofendida; había captado el tono burlón de Jacques y le gustaba el juego.

—Te equivocas, señor Bonnier. Podría enamorarme de cualquier hombre, siempre que este mereciera la pena, por supuesto.

—¿Incluso de un marinero viejo y arrugado, con verrugas y llagas pestilentes?

Babette volvió a reír de esa manera deliciosa que tanto le gustaba.

—Sí. Estoy segura de que podría llegar a enamorarme de un hombre así.

—¿Incluso de un bandido? —preguntó Jacques bajando la voz hasta convertirla en un ronroneo.

Ella lo miró intensamente a los ojos, intentando captar alguna intención oculta.

—Incluso de un bandido —contestó en voz baja, arrastrando las palabras una a una.

Él apretó los dientes hasta que su mandíbula crujió. Se levantó de un salto ágil y le tendió los brazos para ayudarla a bajar.

—Mi querida señora, será mejor que entremos, empieza a refrescar y mañana nos queda un día muy duro —dijo con una sonrisa.

Ella dejó que la tomara entre sus brazos para ayudarla a descender del balancín. Con sus grandes manos la tomó por la cintura; esta era tan estrecha que sus dedos casi se tocaban unos con otros. La alzó sin dificultad y la atrajo hacia sí. Cuando estaban muy juntos, Jacques detuvo el movimiento. Sus ojos se encontraron, buscando algo, una señal que le permitiera salir de aquel camino de incertidumbre. Babette bajó la mirada al suelo y él la depositó suavemente en tierra. La soltó y se encaminó hacia la casa a paso lento, sin mirar hacia atrás.

Babette permaneció un momento observándolo mientras se perdía en la oscuridad.

—Incluso de un bandido —dijo en voz muy baja, cuando supo que nadie la oía.

✳ ✳ ✳

—El Gobernador de Luisiana —anunció el nuevo chambelán, tomando el nombre del visitante.

Babette le tendió la mano y el caballero hizo una reverencia.

—Condesa, es un honor tenerla entre nosotros.

—Le aseguro que el honor es mío, Excelencia. Es este un bonito país. Espero que usted y su esposa puedan aconsejarme qué debo ver.

Uno a uno, los invitados habían ido pasando ante su anfitriona, que les decía las palabras adecuadas según quiénes fueran.

Babette estaba espléndida; para la ocasión había elegido uno de los pocos vestidos que pudo traer de Francia. Se trataba de un traje de seda en un tono marrón muy oscuro, de moda esa temporada en París. Tanto los bajos del vestido como el escote estaban tachonados de azabaches diminutos que formaban flores y brillaban a la luz de los candelabros. El traje, sujeto por finos tirantes a su busto, se ajustaba al cuerpo y terminaba en una pequeña cola, lo que realzaba su forma. El efecto se completaba con unos deslumbrantes pendientes largos de azabaches y una pluma negra de avestruz que adornaba su tocado. El conjunto destacaba sorprendentemente la blancura dorada de su piel y sus ojos verdes.

Jacques había accedido a ponerse el traje que Babette había elegido para él, aunque a regañadientes; cuando se miró al espejo no se reconoció; fue una sensación extraña, aunque debía reconocer que no resultaba desagradable.

La fiesta era multitudinaria. Los salones de la casa relumbraban a la luz de cientos de velas encendidas, dos cuartetos de cuerdas, uno en el exterior junto al jardín y otro en el salón, tocaban la misma pieza, con lo que se creaba un ambiente mágico; había flores blancas y fragantes en cada rincón, y una legión de camareros atendía de inmediato, según había ordenado Babette, el menor deseo de cualquiera de los invitados.

No dejaban de llegar carruajes a las puertas de la casa, y orgullosos criollos acompañados de hermosas mujeres entraban en el salón principal deseosos de conocer de cerca a aquella anfitriona de la que tanto se había hablado durante las últimas semanas.

Babette, una vez que sus obligaciones de recibir a los invitados hubieron concluido, se dedicó a recorrer el salón y conversar brevemente con cada uno de los grupos que se habían ido formando.

Donde había militares, se mostraba muy interesada en las campañas recientes; ante los políticos, eran sobre las estructuras de gobierno sus preguntas, y ante las damas, no dejaba de halagar sus trajes y pedirles consejo sobre tal o cual asunto. En poco tiempo, era un miembro aceptado de aquella reducida sociedad, y Jacques no podía menos que sorprenderse ante la habilidad con que se movía en aquel ambiente. Efectivamente había nacido para aquello, se encontraba cómoda en un mundo que para él no dejaba de ser lejano y absurdo.

—Una fiesta brillante, Condesa. Nueva Orleáns hablará de ella durante años —dijo el señor Smith colocándose a su lado.

—Gracias —dijo Babette. Estaba exultante—. No hubiera podido hacerlo sin usted.

El hombre se ajustó las gafas y miró a ambos lados.

—De todos modos, debo advertirle que circulan rumores.

Ella lo miró preocupada.

—¿Qué rumores? —dijo en voz baja al ver como era analizada por muchos de los invitados.

Smith carraspeó y se aclaró la garganta con un poco de champaña.

—Hablan de su marido, del señor Bonnier, de los motivos de su presencia aquí.

—¿Y qué dicen exactamente sobre cada uno de esos puntos?

Un grupo de señoras que hablaban atolondradamente junto a la chimenea no le quitaban la vista de encima. Babette les dirigió una sonrisa y se dio la vuelta hacia los ventanales del jardín.

—Que su marido ha huido de usted, que el señor Bonnier es su amante y que está aquí para acabar con la vida del Conde y heredar su fortuna.

Babette no pudo evitar soltar una carcajada.

—Son absurdos —dijo con ojos divertidos—. Pero no dejemos de avivarlos.

Con la mirada buscó a Jacques entre la multitud. Este estaba en uno de los ángulos del salón y parecía realmente aburrido. Babette se sujetó el vestido y acudió a buscarlo.

Jacques, por su parte, no sabía muy bien qué hacía allí.

—Señor Bonnier —dijo una voz que le llamó la atención.

Se volvió y encontró a una dama de edad avanzada, que lucía una peluca empolvada ya muy pasada de moda y un traje lleno de lazos y cintas.

—Madame —correspondió Jacques haciendo una reverencia.

—Corre el rumor de que han sufrido un percance en alta mar. Que ese ha sido el motivo de tanto retraso en su llegada.

Jacques sonrió con naturalidad.

—En absoluto, madame. Hemos tenido mala suerte con los vientos. Eso ha sido todo.

—¿Y la generosidad de la Condesa con la tripulación? —continuó la señora—. Ha sido la comidilla de la ciudad durante estos días. Muchos dicen que jamás se ha gastado tanto oro en Nueva Orleáns como ahora han estado haciendo esos marineros que los trajeron.

Y era cierto. Algunos de aquellos gañanes habían permanecido en la ciudad gastando a manos llenas el capital que les hubiera servido para conformar una nueva vida en aquel país de posibilidades.

—La condesa de Mirecourt es generosa. Fíjese, madame, que les ha abierto sus puertas a unos desconocidos.

Jacques le hizo una nueva reverencia a la dama y continuó su camino.

En un ángulo de la sala le llamó la atención la muchacha rubia que había conocido unos días atrás mientras esperaba que repararan su carroza. Llevaba un bonito traje en blanco y negro, con un escote muy abierto por donde asomaba el busto casi en su totalidad, y el cabello recogido con una diadema en forma de flor. Vista así, a la luz de los candelabros, era muy hermosa; con unos brillantes ojos azules que mostraban su admiración ante la magnificencia de la fiesta y seguían con la mirada los movimientos de Babette por la sala.

Un camarero le ofreció una copa de champaña, que Jacques rechazó. A ratos llenaba su copa con buen ron antillano; esas bebidas espumosas no eran nada bueno.

La joven lo descubrió entre el público y lo miró con interés, mientras se humedecía los labios en champaña. Allí estaba de nuevo Jacques Bonnier; el misterioso acompañante de la condesa de Mirecourt. Por la ciudad, ya circulaban varios cotilleos sobre ellos dos, a los que, por supuesto, no había querido prestar atención. Decían que el señor Bonnier era el semental de la Condesa y que cumplía todos sus deseos, incluso los más obscenos. Desde luego, el señor Bonnier podría encajar perfectamente en aquel papel; era un hombre alto y atractivo, con un cuerpo que se mostraba formidable incluso a través del ajustado traje de ceremonia. Lo que más atraía de él eran los intensos ojos azules, en contraste con el cabello castaño. Pero no solo era atractivo, también era guapo, muy guapo, cosa que confirmó al ver como lo observaban otras invitadas.

Jacques le hizo una reverencia desde la distancia y se giró para buscar a alguien entre los invitados.

La condesa de Mirecourt apareció de pronto, lo tomó del brazo y le susurró algo al oído. Él asintió y la siguió hasta un grupo de caballeros, entre los que se encontraba el gobernador, y se los presentó uno a uno.

La muchacha suspiró. Al parecer era cierto que la Condesa tenía una gran ascendencia sobre aquel hombre; había poco que hacer.

Quizá las habladurías tuvieran fundamentos.

* * *

—¿A qué se dedica usted, señor Bonnier? —preguntó el gobernador, tomando otra copa del magnífico champaña francés que se servía.

—Digamos que hago transacciones comerciales, gobernador. Me encargo de que los pasajeros que atraviesan mi país no vayan excesivamente cargados de equipaje.

Babette se ruborizó levemente, pero no quiso intervenir en la conversación.

—Es entonces una especie de banquero, ¿no es así? —insistió el gobernador.

—Más o menos, señor. Así conocí a la Condesa.

Babette lo miró alarmada. ¿No iría a contar allí cómo se conocieron?

—La condesa de Mirecourt y yo nos conocimos mientras yo intentaba hacer una de aquellas transacciones. De ese encuentro nació mi vocación de servicio hacia su causa, que sigo devotamente.

La anciana dama que antes había hablado con Jacques se unió al grupo. Había bebido más de la cuenta, y la empolvada peluca se tambaleaba peligrosamente en su cabeza. Babette la reconoció al instante; era la misma que le había preguntado por Arnaud cuando visitó aquella plantación con el señor Smith.

—¿Es cierto que Napoleón se está replegando y debe defender París? —preguntó un general de largos bigotes blancos, como si ella fuera uno de los comandantes del Sire.

—Desconozco los últimos movimientos del Emperador, General —respondió Babette—. Pero estoy segura de que sabrá tomar las decisiones acertadas.

—¿Pero parece estar acorralado por la coalición, no es así? —insistió el General.

Algo de eso ya se rumoreaba en el exclusivo grupo de sus amigos de París. Sin embargo, se sabía embajadora del Emperador y no estaba dispuesta a dar el brazo a torcer.

—Napoleón ya sorprendió a todos en Austerlitz y en Marengo. Creo que en esta ocasión también tiene una carta en la manga.

La mujer de la peluca intervino entonces.

—¿Y qué tal es, madame, el mariscal Bernadotte?

Babette palideció, cosa que no pasó inadvertida a Jacques.

—Como todos lo mariscales de Francia, fieles y seguidores de Napoleón —contestó intentando que no se le notara la turbación.

—¿Es cierto —continuó la señora— que le han ofrecido el trono de Suecia?

Babette veía claramente hacia dónde se dirigía la mujer y que quedaría arrinconada en cualquier momento.

—Puede ser. Todo el mundo sabe de la amistad que une al Mariscal con el anciano rey de aquel país, que no tiene descendientes.

La fiesta había enmudecido a su alrededor, y Babette tomó conciencia de que su vida privada no era el secreto bien guardado que ella creía, sino algo público que se comentaba en las cantinas y el mercado. El único que se mostraba aturdido era Jacques. Su cara decía que no entendía nada, que no comprendía la tensión que en esos momentos paralizaba el ambiente.

—¿Ha traído, Condesa —dijo la mujer tomando una nueva copa de champaña—, el fabuloso collar de diamantes que dicen que le regaló a usted cuando le ofrecieron el trono?

—Querida —repuso el gobernador dirigiéndose a la dama—, será mejor que la acompañen a casa. Está un poco indispuesta.

La mujer continuó sin prestar atención.

—Debe de ser fascinante ser la amante del Mariscal, de uno de los hombres más poderosos de la tierra.

Babette estaba pálida y Jacques anonadado.

La amante de un Mariscal; la fabulosa historia de amor que ella le había contado, su vida desgraciada en busca de su marido, todo se tornaba ahora una gran mentira. Una mentira que confirmaba el rostro demudado de Babette.

El gobernador hizo una seña para que dos caballeros sacaran de la casa a la mujer, pero Babette los detuvo.

—Señora —dijo al fin—, el mariscal Bernadotte es un gran hombre, y como un gran hombre será un gran rey. Ahora le ruego que disfrute de la fiesta.

Con una amplia sonrisa abandonó el grupo y se dirigió a otro.

La mujer tuvo que sentarse, pues el champaña parecía querer salir por sus sienes, y el ambiente, poco a poco se distendió.

Jacques, en cambio, permaneció callado, aislado en medio de la fiesta, pensando que todo lo que le había contado Babette era mentira. Una sucia mentira que solo tenía por objeto dominar su voluntad para hacer con él lo que ella quisiera.

La imaginó en brazos del Mariscal, un hombre que todos conocían en Francia y que acaparaba el amor del pueblo, más incluso que Napoleón.

Se sintió defraudado y furioso.

La buscó con la mirada; allí estaba, como si nada hubiera pasado, conversando animadamente con un grupo de damas que la miraban con recelo.

Cuando volvió la vista, la preciosa joven del cabello rubio lo observaba con una sonrisa húmeda en los labios.

Él la correspondió, y fue a su encuentro.

* * *

—¿Dónde has estado? Llevo tres días buscándote.

Jacques no le hizo caso y se dirigió hacia las escaleras.

—Jacques —insistió Babette.

El hombre se detuvo y la miró con frialdad.

—Nuestro trato era traerte aquí y buscar a tu marido. En él no entraba que tuviera que darte cuenta de mis actos.

Babette avanzó unos pasos hacia él.

—¿Qué ha sucedido? ¿Qué ha cambiado entre nosotros?

Jacques continuaba allí, distante, separado por una barrera invisible más poderosa que cualquier muralla.

—Nada ha cambiado, Condesa. Entre tú y yo nunca ha existido otra cosa que un interés comercial. Yo cumplo con mi trabajo y tú me pagas. Así has querido que sea desde el primer momento, y así será.

Ella se atrevió a acercarse otro paso.

—Jacques, ¿qué ha sucedido?

Él la fulminó con la mirada.

—Creía en ti, Condesa. Creía que lo que me contabas era cierto, que confiabas en mí.

—Y es cierto todo lo que te he contado.

—¿Y el mariscal Bernadotte? —dijo al fin con ojos inyectados en sangre.

Los brazos de Babette cayeron a ambos lados. Su mirada suplicante se volvió serena, casi transparente.

—El Mariscal y yo fuimos amantes, sí. Esa mujer no ha dicho nada que no sea cierto.

—¿Y de eso cuánto hace? ¿Dos, tres meses? Seguramente tu piel aún olerá al Mariscal. Yo te tenía por una mujer sincera.

—Ese hecho nunca ha sido importante para mí, por eso no te lo he contado.

Babette se apoyó en la baranda de la escalera para no caer. Se sentía desvanecer y las piernas le temblaban. Jacques permanecía de pie, con los puños tan apretados que sus nudillos se habían vuelto blancos, y la miraba de modo acusador.

—¿Cuántos más ha habido antes de que decidieras que querías volver con tu marido? —dijo intentando herirla.

Babette respiraba con dificultad, y las lágrimas se agolpaban en sus ojos. Notaba como la intimidad que había conseguido con Jacques se había desvanecido por completo. Tenía que explicárselo. Tenía que hacerle comprender.

—No había otra manera de sobrevivir cuando Bastien murió y Arnaud fue recluido.

—Podías haber vuelto con tus tíos, si es que existen.

Ella sintió un dolor inexplicable que le atravesaba el corazón.

—Esa fue la única manera que encontré de ganarme la vida. De continuar con la vida que quería, con la vida a la que me había visto arrastrada.

—Engañaste a esos hombres, como a mí. Les hiciste creer que los amabas.

—Jamás les dije que los amaba, y tampoco era eso lo que ellos querían. Lo hice por dinero, por dinero y desesperación ante la inminente muerte de Arnaud en el frente.

—Eso tiene un nombre —dijo él escupiendo las palabras.

—Lo tiene, pero no, señor Bonnier, no eres nadie para juzgarme. No sabes lo que es tener un hijo y no tener nada que darle de comer. —Las lágrimas habían empezado a correr por las mejillas de Babette. Sentía como el alma se le partía en dos con cada palabra—. No eres nadie para juzgarme. Tú has llevado una cómoda vida de bandido, durmiendo como y con quien te placía, solo preocupándote de lo que harías la próxima hora o de a quién le robarías el próximo botín.

Él continuaba allí, mirándola con desprecio, haciéndole más daño con sus miradas que si la hubiera atravesado con mil espadas.

—Enhorabuena, señor Bonnier —dijo limpiándose las lágrimas del rostro—, yo no he tenido la suerte de llevar una vida tan cómoda. Cada plato de comida, cada traje, cada día, he tenido que pagarlo con un favor. No me juzgues porque haya decidido favorecer a los poderosos en vez de a los bandidos como tú. Me he equivocado, pero ni me arrepiento ni me enorgullezco de lo que he hecho. Simplemente no he sabido hacerlo de otra manera.

Jacques, a pesar de su orgullo herido, quería acudir a ella, besarla y decirle que todo había pasado, acunarla entre sus brazos y olvidar un pasado donde él no había estado. Incluso llorando era hermosa, más hermosa aún. Pero Babette tenía razón; ella había elegido a los poderosos, y él era solo un bandido.

Dio cuatro zancadas y subió las escaleras. Cuando estaba arriba se volvió de nuevo y le habló.

—He encontrado a tu esposo. Cuando quieras partiremos. En el momento en que te reúnas con él habrá terminado nuestro acuerdo, y no nos veremos nunca más.

142

Bel Frances

Entró en su habitación y dejó a Babette arrodillada al pie de las escaleras, llorando sobre las cenizas de su pasado.

Capítulo 4

S OLO EL SEÑOR SMITH SE ENTERÓ DE QUE LA CONDESA DE MIRE-court abandonaba la ciudad.

Jacques sabía que la mejor información se encuentra en las cantinas, y fue allí donde supo que Arnaud, el esposo de Babette, se hallaba cerca de St. Louis, subiendo hacia el Norte por el río Misisipi.

El señor Smith les había advertido que no debían abandonar el río, el único camino seguro, ya que las tropas estadounidenses estaban desplazando a los indígenas hacia el oeste del Misisipi, y las orillas podían resultar peligrosas.

Con ellos llevarían el personal de servicio justo, que consistía en una camarera y dos doncellas, y un guía, que debía llevarlos río arriba, hasta la ciudad.

Embarcaron en un pequeño barco fluvial alquilado por Babette. Se había preocupado por que tanto la embarcación, como el capitán y la tripulación fueran de confianza, y así se lo confirmó su banquero.

La relación entre Jacques y la Condesa era prácticamente inexistente. Se hablaban solo lo necesario y evitaban cualquier encuentro que no fuera estrictamente profesional.

El viaje hasta St. Louis duraría unos días y, una vez que encontrara a Arnaud, Babette estaba dispuesta a no ver nunca más a ese arrogante bandido que tan cara cobraba su ayuda.

Cada día que pasaba, más se acordaba de su hijo Bastien. ¿Cómo se encontraría? ¿La echaría de menos o se habría acostumbrado a vivir sin su madre? Todos aquellos años, Babette había estado alejada de su hijo y, aunque el pequeño disfrutaba cada vez que ella pasaba unos días con él, sabía que llegaría un momento en que podría llegar a serle indiferente.

También estaba preocupada por la situación política en Francia, de la que había estado hablando con el señor Smith unos días antes de zarpar. Este le había contado que luego de la derrota de Napoleón en Leipzig, la buena estrella del Emperador empezaba a eclipsarse. Si esto sucedía, su familia podía estar en peligro. Si había un cambio político, lo sufrirían los suyos, ya que todos relacionaban a la condesa de Mirecourt con la familia imperial y no perdonarían su fidelidad.

Ese era un motivo más por el que necesitaba encontrar a Arnaud cuanto antes y traer a los suyos hasta los Estados Unidos de América, donde podrían empezar una nueva vida sin miedo a represalias.

Sonaron unos golpes en la puerta de su camarote.

Una de sus doncellas abrió y se encontró con Jacques.

—Dígale a la Condesa que zarparemos en media hora. —Tras decir esto se dio la vuelta y volvió a cubierta.

La muchacha no tuvo que transmitir el mensaje, pues Babette lo había oído desde su escritorio.

* * *

Querida tía Camille:

Ya sé donde se encuentra Arnaud y parto hacia St. Louis a buscarlo.

Al contrario de lo que esperaba, cuanto más me alejo, más me acerco a mi pasado. Este, me doy cuenta ahora, se ha convertido en una muralla de piedra que obstaculiza cada paso nuevo que intento dar.

Son tantos los errores que he cometido, tantas las insensateces con las que he jalonado mi vida, que no sé si podré sortearlas algún día.

BEL FRANCES

Esta tierra nueva, llena de esperanzas, quizá me ofrezca la oportunidad de empezar de nuevo. En unos meses les escribiré para arreglar nuestro reencuentro, una vez que esté establecida.

Necesito urgentemente encontrarme con Arnaud, sin embargo también temo ese momento.

El señor Bonnier ha sido un buen guía y ha sabido estar en todo momento en su sitio. Lo echaré de menos; eso es lo malo de los cambios, que no siempre giran en la dirección que más deseamos.

Os quiero. Os quiero tanto que casi no soporto esta distancia.

Babette, condesa de Mirecourt

✳ ✳ ✳

Era una puesta de sol como solo podía haberlas en Audresselles. La bola de fuego acababa de tocar el borde del mar, y el cielo se había incendiado en mil tonos de rosa y naranja, tiñendo la panza de las nubes de todos los colores del universo, y el mar de un color tan plateado como el lomo de un jurel.

—¿Recuerdas nuestra primera puesta de sol? Era muy parecida a esta, aunque el mar se empeñaba en salpicarnos de espuma y sal —dijo tía Camille acercándose despacio hasta la orilla.

Su marido estaba allí, con las manos en los bolsillos y su vieja pipa de roble humeando entre sus labios.

Él no contestó. ¿Hacía cuánto, cincuenta años que se despertaba cada día para mirar aquel mar tumultuoso?

De lejos se oía el barullo del pequeño Bastien jugando con los hijos de su vecina.

Tío Etienne atrajo a su mujer y la abrazó por los hombros. Después depositó un largo beso en su pelo canoso y limpio que, de manera asombrosa, siempre olía a espliego y violetas.

—¿Ves aquel risco que sobresale entre esas rocas? —dijo señalando una lengua de tierra montañosa que se internaba en el mar.

Ella miró hacia allí y asintió.

—Allí estaba yo cuando te vi por primera vez. Tú eras apenas una mocosa que ayudabas a tu madre con la ropa limpia. —Le depositó otro beso suave en la frente—. Ese día supe que serías mi esposa y que terminaría mis días junto a ti.

Tía Camille lo tomó de la mano y se acurrucó más junto a él. Siempre que estaba cerca se sentía bien, como si comiera fresas en otoño.

—Y aquella es la boya que coloqué cuando Babette cumplió tres años. Lo recuerdo porque llegué tarde a casa, y tú estuviste una semana sin dirigirme la palabra.

Su mujer rió.

—Hace tanto de eso.

El hombre continuó señalando puntos distantes con su pipa humeante.

—Aquella pequeña bahía es donde hicimos el amor por primera vez, y en aquellos arrecifes que aparecen y desaparecen con el vaivén de las olas encalló mi barca el mismo año en que murió la duquesa. Hay tantos recuerdos.

—Quizá lo bueno de los recuerdos es que siempre serán nuestros.

El tumulto de Bastien llegó hasta ellos en forma de gritos desaforados.

—¡Tío Etienne!, ¡tío Etienne, ya está aquí el carruaje!

El hombre lo saludó con la mano y volvió la vista al mar.

—Cariño —dijo su mujer acariciando la curtida piel de su brazo—. Aún podemos cambiar de opinión.

Él la miró con los mismos ojos que la habían seducido cuando tenía dieciséis años y le sonrió con dulzura.

—Todo esto —dijo señalando con su mano ruda de marinero la bahía— no tiene importancia si no estoy con los míos, y si nos quedamos aquí, en casa, esperando a que vengan nuestros enemigos, puedo perderos a todos.

Ella lo abrazó y lo besó.

—¿Sabes una cosa? Lo mejor que me ha sucedido en la vida fue ir esa tarde a tender la ropa con mi madre.

Bel Frances

Él sonrió.

—Y a mí, tener a mano un catalejo para descubrirte. —Volvió a darle un beso en la frente—. Y ahora vayámonos. Habrá algún lugar en Francia donde podamos estar a salvo.

* * *

Ese día ni siquiera se habían visto. Ella desayunaba en el camarote y él solo, en cubierta. Babette solía comer con el Capitán, y Jacques apenas picaba algo de pie mientras conversaba con la tripulación.

Una de sus doncellas entró en el camarote trayendo la ropa limpia que había dejado secar en la popa del barco.

—Señora, traigo un recado del Capitán. Desea que se reúna con él en cubierta.

—¿Te ha dicho para qué? —dijo Babette dejando sobre la mesa el libro que estaba leyendo.

—No señora. Pero ha insistido en que suba lo antes posible.

Babette se puso un chal de lana sobre el sencillo traje de algodón blanco y salió a cubierta. Al girar para entrar en el puente de mando chocó de frente con Jacques.

—Lo siento, Condesa —dijo él sin apenas mirarla.

Ella asintió y ambos entraron en la sala.

El Capitán la recibió con una reverencia y estrechó la mano de Jacques.

—Deseaba hablar con ustedes —dijo el oficial cuando llegaron.

El Capitán era un hombre ya maduro, de aspecto pulcro y marcial, que hablaba de modo algo anticuado.

—Condesa, tengo malas noticias. Esta mañana temprano nos hemos cruzado con una embarcación de pasajeros que navegaba río abajo camino de Nueva Orleáns. Nos han informado que han sido atacados unas millas más arriba por piratas de río.

—Dios —exclamó Babette llevándose las manos a la boca.

—Han dado muerte a parte de la tripulación y a algunos de los pasajeros. Aun así, han tenido suerte, pues han conseguido escapar antes de ser abordados, de otra manera no podrían contarlo.

Jacques pensó inmediatamente en los truhanes que habían llegado con ellos desde Francia, los mismos que se habían amotinado tras la tempestad. Sabía que muchos de ellos habían malgastado el dinero en juego y burdeles. Era posible que ahora buscaran una nueva vía para financiarse, después de haber sido atrapados por el brillo del oro.

—El río no es ahora seguro —continuó el oficial—. Habrá que limpiarlo de alimañas.

—¿Qué ha pensado hacer, Capitán? —preguntó Jacques.

El hombre cruzó las manos a su espalda y lo pensó un momento antes de contestar.

—La embarcación atacada con la que nos hemos cruzado tardará unos días en llegar a Nueva Orleáns. Una vez allí debe formarse una patrulla que acuda en nuestra ayuda, lo que puede significar otros diez días. Mientras tanto estamos en peligro. Nada nos garantiza que esos malditos piratas no decidan descender río abajo en busca de presas y nos encuentren.

—¿No podemos defendernos? —dijo Babette, que auguraba la decisión del Capitán.

—Somos pocos, Condesa, y mal armados. Este es un barco de pasajeros, no de guerra. Si esas alimañas van tan bien equipadas como parece, nos reducirían fácilmente.

—¿Qué ha decidido entonces, Capitán? —Jacques prestaba toda su atención a las palabras del oficial.

—Volver sobre nuestros pasos hasta la ciudad. Una vez allí podemos zarpar de nuevo con una patrulla escoltándonos. Solo perderíamos unos días.

—O semanas —respondió Babette preocupada—. Somos la única embarcación que remonta el río. Si nos ponemos a salvo no tendrán que darse prisa en limpiarlo de piratas; incluso sería más cómodo esperar a que lo hagan desde St. Louis.

El Capitán frunció los labios.

—Esa es la decisión que he tomado y no me volveré atrás, Condesa. Espero que lo comprenda.

Babette asintió; era su deber y le gustaban las personas que cumplían con él. Sin embargo, eso desbarataba todos sus planes.

Sus ojos se oscurecieron y se mordió el labio inferior, pensativa. Por un momento, miró a Jacques. Este tenía la mirada clavada en ella, la observaba muy serio, con las manos a la espalda y el rostro inexpresivo.

—No le voy a impedir que haga lo que piensa que es lo mejor para todos —dijo Babette con calma—. Lo que le ruego es que nos permita hablar al señor Bonnier y a mí antes de dar la vuelta.

El hombre asintió con la cabeza, aunque la preocupación no abandonaba su rostro. Babette abandonó el puente seguida de Jacques. Atravesaron la cubierta y entraron en su camarote.

Era la primera vez que Jacques entraba al de Babette y se sorprendió por el tamaño que tenía. Estaba dividido en dos habitaciones y un pequeño gabinete. Su personal de servicio se alojaba en otros dos camarotes más pequeños que había al lado.

—¿Qué piensas de todo esto? —Babette se había apoyado en uno de los barrotes de su cama, cansada de tantas dificultades que se encontraba a cada paso.

Jacques estaba de pie, mirando por el ventanuco que daba a la orilla oeste del río, pensativo y con los brazos cruzados, mientras una de las doncellas terminaba de hacer la cama de la señora.

—Creo que el Capitán hace lo correcto.

—Estoy de acuerdo —dijo Babette—, pero no me puedo permitir este retraso. He de llegar a St. Louis cuanto antes.

Jacques estaba presente cuando Smith les contó la nueva situación política en Francia y sabía lo preocupada que estaba la Condesa. Solo se le ocurrió una cosa; era una locura, pero su obligación era que Babette lograra su objetivo.

—Podemos llegar a la ciudad por tierra. Será difícil, quizá tardemos tanto como si volviéramos a Nueva Orleáns, pero es una posibilidad.

Los ojos de Babette brillaron de nuevo.

—¿Piensas que podemos tener éxito?

—Eso espero, pero tendrás que dejar a bordo al personal de servicio; no podemos ser demasiados, si queremos atravesar los bosques a buena velocidad.

Babette asintió.

—¿Crees que el guía querrá acompañarnos?

Jacques sonrió ligeramente antes de volverse. Esa mujer era sorprendente; estaba feliz por emprender una aventura que era muy probable que los llevara a la muerte. Volvió a sentirse tremendamente desdichado; todo eso lo hacía por amor a un hombre, y ese hombre no era él.

—Nos acompañará. Y si no es así lo intentaremos los dos solos.

Babette tuvo que girarse para que Jacques no viera las lágrimas que acudían a sus ojos.

* * *

Querida Tía Camille:

Las cosas se han truncado y no sé cómo terminará esta búsqueda.

Si no tienes noticias mías en los próximos meses debes cumplir tu promesa.

Habla con mi administrador; lo dejé todo preparado antes de salir de Francia.

No olvidéis nunca que os quiero y consigue que mi hijo tampoco lo olvide.

Babette

* * *

—Le reitero mi opinión de que están cometiendo una locura —dijo el Capitán en el pequeño muelle donde habían desembarcado.

—Posiblemente, Capitán, pero esta es la decisión que hemos tomado. Le ruego que lleve a mi personal a puerto seguro.

—Señora —dijo una de las doncellas con los ojos brillantes.

—No te preocupes, Marie —Babette la tomó de la mano y le dio un beso en la mejilla—. Lleva esta carta al señor Smith, del Banco de

Nueva Orleáns. Son las disposiciones que debe mandar a Francia en caso de que nos sucediera algo.

La muchacha reprimió el llanto y subió a bordo con sus compañeras.

Desde que Jacques había comunicado al Capitán su decisión de bajar del barco y hacer el camino por tierra, este había intentado convencerlos de que desistieran de ese propósito.

Al final, había accedido a dejarlos desembarcar, aunque tuvieron que volver río abajo dos millas hasta el pequeño fondeadero de una hacienda privada, la del señor Foulon, donde podrían conseguir caballos para llegar a St. Louis.

En esta ocasión, Jacques no había tenido que decir nada. Babette había decidido dejar en el barco todo su equipaje y solo llevaba una pequeña bolsa con una muda de ropa; lo que necesitara ya lo adquiriría al llegar a la ciudad. El resto del equipaje eran materiales de supervivencia, agua y alimentos, y algunas medicinas.

El Capitán, después de hacer un último intento por convencerlos de que volvieran con ellos a Nueva Orleáns, subió al barco y dejó a los tres en el muelle.

—Que tengan suerte. La van a necesitar —dijo con voz ronca.

Jacques tomó el equipaje que le correspondía, que no era más abultado que el de Babette, y emprendió el camino.

—Debemos andar media milla por ese sendero hasta llegar a la hacienda. Será mejor que partamos ya; queda poco para que anochezca.

Babette asintió. Lo último que vio el Capitán desde el barco fue como sus pasajeros, con paso firme, se adentraban en la maleza.

* * *

Jacques fue el primero que lo detectó, antes incluso que el guía. Tras muchos años acechando el paso de carruajes por los caminos de Francia, sabía muy bien cuándo intentaban rodearlo.

—¿Qué sucede? —preguntó Babette caminando tras de él, al ver que se detenía a escuchar.

—Shhhh —dijo él llevándose un dedo a los labios.

No sabría decir qué debía oír, pero algo le decía que no estaban solos en la oscura espesura del bosque.

—Hay alguien ahí —dijo el guía en voz baja —. Dos, tres quizá.

No les dio tiempo a dar un paso más. Oyeron el sonido de un arma al ser amartillada y la sombra de un hombre se materializó delante de ellos.

—Alto ahí. ¿Quién va? —dijo una voz unos metros por delante.

Otros tres hombres aparecieron por entre la maleza portando armas de fuego, con caras de pocos amigos. Eran blancos, criollos por su aspecto. Jacques comprendió al instante de quién se trataba.

—Buscamos al señor Foulon —dijo en voz alta, intentando que lo oyeran.

Se hizo un silencio solo roto por la respiración entrecortada de Babette.

—¿Y quién lo busca? —respondió el hombre que tenían delante. Parecía el jefe de los otros, y su rostro solo se veía en sombras.

—Vamos camino de St. Louis. Necesitamos su ayuda.

De nuevo solo hubo silencio, hasta que el hombre dio un paso y salió a la luz. Bajó el arma y lo mismo hicieron los demás.

—Yo soy Athanase Foulon —los miró de arriba abajo y después hizo un gesto para que lo siguieran. —Será mejor que vengan a casa. Pronto se hará de noche y estas tierras son traicioneras.

∗ ∗ ∗

Aunque al principio no habían sido bien recibidos; el señor Foulon y sus hijos los llevaron a su casa y allí les enseñaron en qué consistía la hospitalidad sureña ante una mesa bien aprovisionada.

—Es una locura, caballero —dijo el anfitrión sirviéndole más vino.

Athanase Foulon tenía cinco hijos varones, que vivían en la plantación con sus mujeres e hijos. A la mesa había sentadas veinticuatro personas, muchas de ellas niños, que miraban a los recién llegados con ojos asombrados.

—Puede que así sea —Jacques tomó la copa de vino fuerte y aromatizado que le tendía su anfitrión—, pero eso es lo que vamos a hacer. ¿Tiene alguna indicación que darnos? Será bien recibida.

Uno de los hijos intervino, era el más joven, apenas habría cumplido dieciocho años; sin embargo, eran dos los retoños que les había presentado, y su mujer, una muchacha muy bonita y risueña, estaba visiblemente embarazada. El joven no había dejado de mirar a Babette desde que llegaron, por lo que Jacques había desarrollado una antipatía inmediata hacia él.

—Podría darles cien, mil quizá —bebió su vino de un trago y se sirvió más—. Si hay piratas más arriba, deben haber establecido una base en la orilla. Lo mejor es que se alejen de ella, que avancen en paralelo al río media milla hacia el interior. Con una brújula y un mapa no será difícil.

El guía, que había abierto la boca solo para comer, asintió.

—¿Podrían facilitarnos un mapa detallado de la zona? —preguntó de nuevo Jacques, que empezaba a preocuparse por las dificultades que presentaría la marcha.

—Por supuesto —dijo el señor Foulon—. No los dejaremos marchar sin que lleven todo lo necesario.

—¿A qué peligros nos enfrentamos? —Babette, que durante toda la cena había estado conversando con los niños, prestó atención por primera vez.

Athanase Foulon se limpió la boca con una servilleta que le tendió su esposa y se recostó en la silla.

—Para empezar, con el mismo camino. Habrá veces que ni siquiera existirá, por lo que deberán consultar continuamente el mapa y la brújula. También están las serpientes y otras alimañas, las hay muy venenosas, y si tienen la mala suerte de ser picados no podrán administrarles a tiempo un antídoto para el veneno. Por supuesto, deben tener cuidado con los indígenas. Las tropas estadounidenses los están desplazando cada vez más hacia el Oeste, lo que ha provocado que estén belicosos. Eso sin contar con que se pierdan, con que tarden más de lo que esperan y se les acaben los víveres, o con que los piratas los encuentren. —Bebió otro trago de vino amargo—. No, no será un viaje fácil, y es mejor que estén informados.

Jacques lo miró pensativo.

—Y eso sin contar con que se extienda la guerra.

—Así es. Esos malditos ingleses no dejan de molestar nuestras rutas y puertos.

Terminaron la comida en silencio, degustando los platos que habían preparado las mujeres de la casa.

—Gracias por todo, señora Foulon, la comida ha sido exquisita —dijo Jacques cuando terminaron los postres—. Será mejor que nos retiremos a dormir si mañana queremos salir al amanecer.

—Buenas noches, amigos —dijo el cabeza de familia—. Mañana a primera hora tendrán preparados mis tres mejores caballos.

* * *

—Tampoco usted puede dormir. —El joven apareció desde la galería y se apoyó en la gran balaustrada de madera podrida por la que se accedía a los dormitorios.

Se trataba del hijo menor del señor Foulon, el que no había dejado de devorarla con los ojos durante la cena.

—Es una noche maravillosa —sonrió Babette—, quizá la última noche segura en mucho tiempo.

Frente a ellos se alzaba la espesura del bosque, ocupada por el ulular de las aves nocturnas y el aleteo de los insectos; un paisaje fragante y oscuro que se desarrollaba a la luz de una luna creciente que ya empezaba a decaer en el cielo estrellado.

El chico permaneció en silencio, escuchando la melodía nocturna que los envolvía.

—¿Cómo se les ha ocurrido emprender este viaje? —dijo al fin—. Mi padre dice que es una auténtica locura. Que algo muy importante deben atender en la ciudad para hacer un viaje así.

Babette suspiró y se acurrucó dentro del chal que le había prestado la dueña de la casa. No hacía frío, pero el chal le daba seguridad.

—¿Cree que tenemos posibilidades de terminarlo con éxito?

El muchacho la miró a los ojos; había quedado fascinado por la belleza de la señora de Mirecourt hasta el punto de no poder dormir.

—Han de tener cuidado, mucho cuidado, y no fiarse de nadie.

—¿Qué quiere decir?

Él volvió la mirada a la arboleda, al follaje denso y oscuro que lo envolvía todo.

—Jamás he salido de esta plantación. Ni siquiera he ido a la ciudad o he bajado o remontado el río. A mi esposa la trajo mi hermano mayor desde Nueva Orleáns, y mis amigos son mis sobrinos y mis hijos. —El joven volvió a sonreír—. No me preste demasiada atención; hay veces que aquí nos sentimos demasiado solos.

Ella lo observó un momento y desvió otra vez la mirada; qué distintas eran las vidas que a cada uno le había tocado vivir. Cómo alguien podía ser dichoso con algo que hacía totalmente desgraciado a otro.

—Solo hay una cosa que explicaría un viaje así —dijo el chico mirando a la espesura.

Ella permaneció en silencio, atenta al canto de los grillos.

—¿Y qué es? —se atrevió a preguntar al cabo de un rato.

—Un sueño.

Babette se sintió trastornada. Se negaba a creer que Arnaud fuera solo eso, un sueño. Él era un hombre de carne y hueso, el padre de su hijo. No había atravesado medio mundo en busca de un sueño, no quería creerlo.

—Será mejor que vaya a descansar —dijo dando media vuelta—. Dentro de unas horas hemos de partir.

El chico asintió y la acompañó hasta la puerta de su habitación. Cuando llegaron permaneció allí, apoyándose alternadamente sobre uno y otro sus pies y arrugando el viejo sombrero entre las manos.

—Usted y Jacques son… —se atrevió a preguntar— ¿están juntos desde hace tiempo?

—Tengo mucho que agradecerle. Sin él jamás hubiera llegado hasta aquí —dijo ella con el rostro serio, entrando en la habitación—. Ahora será mejor que me retire.

El chico asintió.

—Buenas noches, señora.

Babette cerró la puerta y se tumbó sobre la cama, a la espera de un sueño que no acudiría esa noche.

Fuera, el muchacho volvió a apoyarse sobre la balaustrada y perdió la mirada entre las hojas oscuras del espíritu del bosque.

* * *

Tres de los hijos del señor Foulon los acompañaron durante la primera jornada. Uno de ellos era el joven que había estado hablando con Babette la noche anterior. Durante todo el trayecto, intentó no apartarse de ella, aunque esta no se mostraba muy comunicativa.

Un poco más adelante cabalgaban Jacques y los otros dos muchachos, precedidos por el guía.

—Deben de tener un asunto importante que atender en la ciudad para hacer este camino —dijo uno de los Foulon.

—Así es. —Jacques masticaba una brizna de hierba, disfrutando del aire fresco de la mañana.

—¿Sabe? Su esposa es una mujer muy valiente. Pocos se atreverían a adentrarse en estas tierras.

Jacques sonrió. "Su esposa." Decidió no contestar; ya era difícil explicar por qué estaban allí, como para tener que decirle ahora que Babette no tenía nada que ver con él.

—Cuando enciendan fuego, estén pendientes de los vientos —continuó el muchacho—. Con la espesura del bosque, no es posible que los localicen a causa del resplandor, pero sí por el humo.

Jacques asintió. Eso era algo de lo que siempre había tenido cuidado. El hecho de no haber terminado en la horca se debía a pequeños detalles como ese.

—¿Cuánto tiempo estima que tardaremos en llegar a la ciudad?

—Depende —dijo el chico rascándose la barbilla—. Si consiguen avanzar a buen ritmo, un par de semanas, eso contando con que no se pierdan.

Jacques lo miró un momento para saber si lo había dicho en broma, pero la cara circunspecta del muchacho le dijo que hablaba muy en serio.

—Mire aquel árbol —dijo señalando las ramas de un ejemplar frondoso que se alzaba unos metros más adelante.

Jacques miró sin ver nada.

—La segunda rama de la derecha. ¿La ve?

La localizó al momento. Estaba disfrutando de un único rayo de sol que penetraba en el follaje, y parecía dormida. Era tan verde como el tronco del árbol, y su piel de escamas muy apretadas tenía un brillo tenue que la hacía apenas perceptible.

—Esa serpiente es de las más venenosas de estos alrededores. Están en los árboles y su picadura no tiene cura. Eviten molestarlas.

Jacques asintió y miró hacia atrás. Babette no la había visto; mejor, no sabía cómo reaccionaría ante el animal.

Una sonrisa apareció en los labios de Jacques; era una mujer valiente. La admiraba por su tesón y su carácter decidido. Era exactamente el tipo de mujer con el que siempre había soñado, con la mala fortuna de que vería como se entregaba a los brazos de otro hombre cuando llegaran a St. Louis.

Continuaron cabalgando durante toda la jornada, y comieron apenas un poco de pan con carne, montados a caballo. Los hijos del señor Foulon les hicieron compañía hasta que el sol empezó a declinar en el horizonte. Entonces los dejaron en un claro; un lugar seguro donde podrían pasar la noche.

—Aquí pueden encender fuego sin peligro de que los vean desde el río, hay poco viento —dijo el mayor de los muchachos, el que había hablado con Jacques.

Estamos a más de media milla del Misisipi y es zona segura. Deben seguir hacia el noreste, sin desviarse del camino. Solo podemos acompañarlos hasta este punto. Suerte amigos, espero que les vaya bien.

Jacques y Babette se despidieron de los tres hombres, mientras el guía empezaba a montar el campamento.

Los tres jinetes se perdían ya entre el follaje, cuando Jacques se dirigió a su compañera de viaje.

—Has cautivado a ese joven.

Babette lo miró asombrada y le sonrió por primera vez en muchos días.

—Es solo un niño.

—¿Un niño? Te aseguro que yo con su edad ya tenía mucha experiencia con las mujeres.

Ella sonrió y empezó a desatar la silla del caballo.

—Por lo que veo has sido prematuro en muchas cosas.

Jacques soltó un gruñido y dejó su silla de montar en el suelo; sería una buena almohada.

—No te burles —dijo de mal humor—. Ese muchacho ha quedado prendado de ti.

Babette lo miró con ojos entornados.

—Estás celoso.

Jacques estaba desatando el equipaje y mostraba las cejas fruncidas.

—¿Celoso yo? —Escupió a un lado—. Será mejor que cenemos algo antes de dormir. Va a ser una noche muy larga.

De cena tomaron carne en conserva que les había dado la señora Foulon y prepararon mantas en torno a un fuego que crepitaba alegremente en el centro. La noche era deliciosa, ni fría ni demasiado calurosa, aunque los sonidos que provenían de todas partes hacían que Babette se sobresaltara a cada instante.

Cuando terminaron de cenar, acordaron los turnos de vigilancia; Jacques y el guía se sucederían cada dos horas. Babette quiso participar, pero Jacques fue inflexible.

Cuando el fuego se convirtió en rescoldos, Babette intentó quedarse dormida sobre el suelo, cubierta con una manta y con su exiguo equipaje como almohada. Antes de que el sueño la venciera, tuvo un pensamiento para los suyos; tenía que escribir a Tía Camille. Cuánto necesitaba estar en la tranquilidad de sus brazos, en la seguridad de su vieja casa. Debía escribirles en cuanto llegara a St. Louis y decirles que todo iba bien… y el sueño la venció.

* * *

—¿Es cierto? —dijo tía Camille mirando fijamente la cara de su esposo.

Etienne desmontó del caballo sin decir una palabra y dejó que el mozo de la posada se hiciera cargo de él. Cuando quedaron de nuevo a solas, tomó a su esposa por la cintura y emprendieron el camino a su habitación, en silencio.

La posada era apenas una casucha en medio de un camino poco transitado; un lugar más o menos seguro para quien no quisiera ser encontrado. Su habitación era un cuarto con dos camastros rellenos de heno y pulgas, una jofaina con agua turbia y un ventanuco desvencijado por donde entraba el frío de la noche.

Apenas había amanecido, y el pequeño Bastien dormía profundamente cubierto por un grueso chal de tía Camille. La mujer fue hacia él, le dio un beso en la frente y se sentó en el otro camastro junto a su marido.

—¿Es cierto? —repitió.

El hombre la miró y luego apartó los ojos hacia el suelo.

—He podido cabalgar sin ser visto hasta Calais. La ciudad es un tumulto de gente que intenta huir de Francia, incluso me ha parecido reconocer a algún ministro del Emperador.

—¿Y las noticias? ¿Son ciertas las noticias que corren?

El hombre tomó a su mujer de la mano y la besó con ternura.

—Según he podido saber, las victorias de la coalición creada contra Napoleón han comenzado a ser habituales, y hay quienes dicen que los aliados están ya en Francia, a punto de entrar en París. De ser así, al Emperador no le quedará más remedio que abdicar.

Tía Camille permaneció callada, con la mirada perdida más allá de la ventana.

—Entonces todo lo que predijeron nuestros enemigos se ha cumplido.

Etienne asintió.

—Quienes nos han tenido por privilegiados estos años estarán ahora brindando con sangre.

—¿Qué vamos a hacer?

El hombre suspiró.

—Debemos huir de Francia. Se acerca una nueva época de tumultos, y no estaremos seguros en este país.

—Pero Babette…

—Aún no sabemos nada de ella, Camille. Sabes que las cartas tardan meses en llegar. Lo único que ella desearía es que su hijo esté a salvo y eso es lo que haremos.

Hubo un silencio entre los dos.

—¿A dónde iremos? —dijo la mujer con ojos vidriosos.

—El camino es seguro. Iremos a Calais. Allí podremos esperar hasta tener certeza de que todo se ha perdido. De que Napoleón ha sido derrotado.

—¿Y Babette?

El hombre la miró con ojos duros.

—Seguiremos sus pasos. Además, ella tampoco podrá volver. Le hemos hecho una promesa. Si no ha logrado encontrar a Arnaud, si ha…

—No lo digas, por favor.

—Si ha muerto debemos reunir al niño con su padre.

Se miraron y la mujer se secó las lágrimas que empezaban a correr por su mejilla.

—Entonces no esperemos —dijo con firmeza—. Vayamos a los Estados Unidos de América.

* * *

Al cuarto día de marcha, Jacques estuvo completamente seguro de que los seguían.

Se lo comentó al guía; este ya se había dado cuenta desde la última vez que se habían detenido a descansar. Aun así, decidieron no

Bel Frances

decirle nada a Babette, extremar las precauciones y descubrir de quién o de quiénes se trataba antes de actuar.

Con la excusa de que había olvidado su petaca de ron en el campamento donde pasaron la noche anterior, Jacques volvió sobre sus pasos. Anduvo un par de millas bordeando el camino, sin hacer ruido, hasta llegar al lugar donde acamparon.

Allí estaba la confirmación; la tierra removida mostraba huellas de un cuarto caballo, y dos monedas semienterradas que había dejado junto a la hoguera como cebo habían desaparecido.

Terminó por convencerse de que era mejor no decirle nada a Babette y seguir el camino. A partir de ese momento, el guía y él tendrían especial cuidado con cada paso, y sobre todo debían encontrar una oportunidad para descubrir quién o quiénes se estaban moviendo a su alrededor.

La oportunidad la encontraron dos días después, cuando llegaron a un arroyo que, más adelante, debía confluir con el Misisipi.

Babette les pidió un poco de intimidad, pues deseaba asearse; eran muchos los días de viaje sin que apenas pudiera lavarse las manos y la cara, y el sudor y el cansancio hacían mella en su cuerpo.

—Ten cuidado —dijo Jacques tomando su caballo por las riendas.

Ella sonrió.

—Después de las serpientes que he sorteado, los caimanes de los que me he librado y los insectos que he tenido que soportar que corrieran por mi piel, nada de lo que contengan esas aguas puede asustarme.

Jacques le guiñó un ojo y arreó los caballos fuera de su campo visual. El guía había decidido montar el campamento un poco más arriba, al otro lado de una suave colina cubierta de árboles. Eso dejaría a Babette la suficiente intimidad como para darse un baño a solas.

Ella miró alrededor, el bosque desprendía un fragante aroma a tierra húmeda y hierba, los pájaros cantaban en las copas de los árboles y el arroyo emitía un sonido que hacía olvidar cualquier pesar; se sintió libre y casi feliz.

Sin cuidado, se deshizo de las rudas botas de montar que le había dado el señor Foulon para el viaje.

Se desató el cabello, que llevaba sujeto con una cinta en una cola baja, y la melena se liberó sobre su espalda.

Por último miró a ambos lados, como si pudiera haber alguien por allí, en un paraje tan remoto como el final del mundo, y se deshizo de la ligera blusa interior.

Su cuerpo desnudo era un espectáculo; estaba más delgada, pero el pecho no había perdido su volumen, lo que resaltaba aún más sus rotundas formas de mujer. Las sombras que proyectaban los árboles dibujaban figuras caprichosas sobre su piel blanquísima, dándole un aspecto misterioso, de ninfa de los ríos que acudía a su cita diaria con los dioses.

Babette anduvo hasta la orilla por un tapiz de hojas secas y entró en el agua. Estaba fría y la ligera corriente hacía que se formaran burbujas a su alrededor. Durante un buen rato permaneció sumergida, con los ojos cerrados, sintiendo como sus músculos se desentumecían y la suciedad y el sudor abandonaban su piel. Con un poco de jabón, pudo asearse más profundamente, masajearse con lentitud cada rincón de su cuerpo mojado, lo que le dio un profundo placer. La espuma acariciaba su cuerpo y su cabello, formando algodones blancos a su alrededor. Aún después de haberse lavado en profundidad, permaneció otro rato en el agua, disfrutando del baño.

Solo cuando tuvo frío decidió que era hora de volver al campamento.

Estaba saliendo del arroyo, con el agua cubriéndola a la altura de las rodillas, cuando un forcejeo a escasos metros, en la otra orilla, la hizo girarse. Lo que vio la dejó anonadada; allí estaba Jacques, revolcado en el suelo, luchando con otra persona que intentaba desasirse y escapar. Era una pelea cuerpo a cuerpo que empezaba a espantar a los pájaros de los árboles y enturbiaba el agua del río. La lucha de los dos hombres levantaba una polvareda alrededor y las maldiciones que salían de sus bocas rompían el hasta ahora sagrado silencio del bosque.

Babette no podía apartar los ojos de la masa blancuzca que formaban los dos hombres. A ratos era Jacques el que se revolcaba debajo, dando puñetazos a diestro y siniestro, para ser luego su atacante el que ocupaba su lugar, intentando escapar.

De entre la maleza apareció entonces el guía, con un tronco de árbol entre las manos. Tuvo que esperar un momento hasta localizar la cabeza del intruso, entonces lo golpeó con fuerza y el individuo quedó inconsciente sobre el polvo de la orilla.

—Ufff —dijo Jacques limpiándose el polvo de las manos—. No debías haberlo golpeado. Ya era mío.

Se incorporó tambaleante, cubierto completamente de polvo blancuzco, y le dirigió a Babette una sonrisa de dientes ensangrentados, ladeando la cabeza como un niño que ha dicho bien su lección.

—Lo hemos atrapado. Lleva varios días siguiéndonos.

Babette se había quedado petrificada, pero entonces recordó que estaba completamente desnuda ante la mirada de los hombres.

El grito que profirió fue suficiente para que Jacques comprendiera que debían volver al campamento sin demora y pensar en una buena disculpa.

* * *

—¡Me has utilizado! —gritó Babette furiosa.

—Bueno, es una manera de verlo. —Jacques intentaba desensillar su caballo—. Si en algún momento hubiera creído que era peligroso, no te habría dejado sola.

—Pero he sido utilizada, como un gusano de pesca. Quién sabe cuánto tiempo estuvo mirándome desnuda. Eso por no contar el tiempo que tú y el guía estuvisteis haciendo lo mismo.

Jacques sonrió a sus espaldas, sin decir nada. Era cierto que se había entretenido más de lo esperado observándola nadar solo vestida de agua, aunque no había sido algo premeditado; cuando la vio así, su cuerpo dejó de responderle.

Un gemido los atrajo hacia el hombre que descansaba apoyado en el tronco de un árbol; aún no había recobrado el conocimiento, el golpe había sido fuerte. Ahora parecía que empezaba a volver en sí.

Se trataba del hijo menor del señor Foulon, el que había estado rondando a Babette desde que llegaran a la hacienda. Estaba cubierto de polvo y un resto de sangre seca le bajaba por el cuello.

Jacques le volcó una cantimplora sobre la cabeza. El muchacho abrió los ojos con dificultad y se llevó la mano a la herida.

—No es nada —dijo el guía—. La herida solo ha roto la piel.

De un salto, el muchacho se puso en pie y miró a los dos hombres, que lo observaban con las manos en las caderas.

La primera que reaccionó fue Babette; recorrió los pocos metros que la separaban de él y observó con detenimiento la herida de la cabeza.

—¿Seguro que no es nada? —dijo preguntando al guía.

—Yo he tenido decenas como esa, en un par de días ni siquiera se acordará.

Y entonces Babette le estampó al muchacho una bofetada en la mejilla.

—Cerdo.

—Yo no… —balbuceó el chico.

—¿Cómo has podido seguirnos todo este tiempo con la lujuriosa intención de espiarme?

Jacques rió para sí, lo que molestó aún más a Babette.

—Yo no pretendía hacer eso, señora. Solo avisarles.

—¿Avisarnos? —dijo Babette—. ¿De qué? Podías haberlo hecho antes de que me desnudara.

El chico sonrió y Jacques se puso muy serio.

—¿De qué querías avisarnos? Habla.

El muchacho lo miró dubitativo; quizá ahora había hablado demasiado, quizá le buscara problemas a su familia. Sin embargo, decidió advertirles del peligro que corrían.

—Nosotros, los Foulon, estamos seguros en estas tierras alejadas de todo porque los ayudamos.

Jacques y Babette lo miraban sin comprender.

—Por eso mi padre no les ha develado nada, si llegaban vivos a St. Louis podrían contarlo.

—¿Qué nos intentas decir? —preguntó Babette sintiendo como su espalda era recorrida por un escalofrío.

—Si no dan la vuelta y regresan, pueden tener problemas. Problemas muy graves.

—No lo entiendo —dijo Babette mirando a Jacques.

—Aclárate, muchacho, o te dejaremos atado a ese árbol para que te devoren las hormigas.

Los ojos de Jacques decían que no hablaba en broma.

El chico miró a ambos lados. Le había parecido oír el piafar de un caballo; después de toda una vida viviendo en aquella zona era capaz de percibir el más mínimo cambio a su alrededor, cambios que escaparían a cualquier otro, incluso a un explorador experto como el que acompañaba a aquellos viajeros.

—Tienen que estar alertas y bajar hasta el río. Desde allí deben encaminarse de nuevo a nuestra plantación.

—Pero, ¿y los piratas? —dijo Babette con inquietud.

—Es más fácil escabullirse de los piratas que seguir este camino. De ellos no hay manera de escapar una vez que te han descubierto.

El muchacho miró alrededor. Quizá fuera cosa suya, pero de nuevo le había parecido oír el paso de caballos al otro lado de la colina.

Jacques se cansó, avanzó los dos metros que los separaban y tomó al chico por la solapa.

—Ya está bien, muchacho. Deja de dar rodeos y dinos lo que hayas venido a decir.

El chico tragó saliva y volvió a mirar asustado a la espesura.

—Nosotros, los Foulon, estamos seguros porque intercambiamos pieles y hacemos lo posible para que no sean molestados, pero ustedes corren peligro de muerte. Esta zona está plagada de…

No pudo continuar, pues una flecha emplumada le atravesó el corazón. El muchacho abrió mucho los ojos, intentó decir algo, pero nada salió de su boca, y cayó pesadamente al suelo.

* * *

Babette gritó y acudió a socorrer al muchacho, que había perdido cualquier hálito de vida.

—Está muerto —dijo Jacques tomándola por los hombros y mirando alrededor.

Babette se inclinó sobre el chico, le tocó la cara, le buscó el pulso en el cuello. Nada, la vida lo había abandonado.

—Será mejor que nos agrupemos —dijo Jacques en voz baja tirando de Babette hasta el centro del claro.

Los caballos estaban atados entre los árboles, lejos de donde se encontraban. No había nada que les sirviera de protección. Iban a ofrecer un blanco fácil a sus atacantes, pero no había nada que hacer.

La mujer se resistió; quería socorrer a aquel muchacho, hacer algo, aunque de sobras sabía que todo estaba perdido.

Fue todo tan rápido que apenas tuvieron tiempo de reaccionar.

El claro se llenó de caballos que relinchaban asustados por el olor de la sangre que manaba del pecho del muchacho caído.

Los gritos de los jinetes eran aún más aterradores; seres humanos mitad hombres, mitad caballos, con largas melenas y cabezas emplumadas. Lo más terrible eran sus rostros, pintados con tintas de colores que daban una sensación de brutalidad y fiereza. Los jinetes blandían pequeñas hachas fabricadas con piedra muy pulida, que en sus manos debían de ser mortales. Otros portaban arcos preparados para disparar, y se sujetaban a las cabalgaduras sin silla solo con las piernas, dejando los brazos libres para el ataque.

Babette los miró espantada, petrificada en el centro del claro.

—Jacques —fue lo único que se atrevió a decir.

—No te separes de mí —le gritó él por encima de todo aquel estruendo.

Ella obedeció en el acto y se pegó a su espalda, dejando que el guía la protegiera por detrás.

Los jinetes se iban acercando a ellos en círculos, gritando y blandiendo las armas. Cabalgaban a una velocidad endiablada, como demonios montados a caballo. Parecía que querían disfrutar del final de sus víctimas; todo hubiera sido tan fácil como disparar tres flechas tan certeras como la que había matado al hijo del señor Foulon, sin embargo no se decidían a atacar; como si les tuvieran preparado un final más trágico, más terrible aún.

Jacques sacó su machete, un arma inservible ante cinco indígenas perfectamente preparados para la guerra, y abrió las piernas para cubrir aún más con su cuerpo el de Babette.

—Acérquese más —le gritó al guía, girando la cabeza—. Proteja con su cuerpo a la Condesa.

El hombre estaba aterrado, miraba a todos lados, buscando una salida que le permitiera salvar su vida.

En un momento dado, los jinetes se agruparon formando un solo cuerpo de ataque, dispuestos a descargar toda su furia contra los intrusos.

El guía aprovechó el flanco abierto y echó a correr, intentando dar alcance a la escasa seguridad del bosque; si conseguía llegar a la parte más tupida no podrían seguirlo con los caballos, y entonces tendría una oportunidad de escapar.

Antes de que llegara al primer árbol, varias fechas se le clavaron en la espalda, saliéndole por el pecho.

El hombre cayó muerto al instante, y el claro se llenó del grito asustado de Babette.

Sus asaltantes estrechaban más y más el cerco, agitando al aire sus armas de madera y piedra, como una manada de lobos hambrientos acechando a su presa.

Jacques mantenía una mano alrededor de la cintura de Babette, que estaba muy pegada a su espalda, y miraba con furia a sus atacantes. Sabía que no había nada que hacer, pero no se iba a dejar matar, y menos dejar que le hicieran daño a Babette sin pagar algún precio por ello.

Los indígenas ya estaban a apenas un par de metros de ellos. Con solo acercarse un poco, sus hachas podrían descargarse con facilidad sobre las presas acorraladas.

—Babette —dijo Jacques entre el estruendo—, tengo algo que decirte. Te he mentido.

Ella no entendía bien sus palabras, ni por qué pretendía revelarle algo en una situación como aquella, en la que estaba segura de que iban a morir en unos instantes, o tal vez algo peor.

—Jacques... —Fue lo único que atinó a decir, aterrada como estaba.

—Te quiero, te amo. Te he amado desde el primer momento en que te vi. No quería irme sin que lo supieras.

El cielo se llenó de flechas que volaban en todas direcciones, pero Babette solo escuchaba la voz de Jacques.

—Te quiero, amor mío —continuó el hombre—. Te quiero, te quiero, te quiero.

Fue lo último que escuchó.

Las flechas continuaban silbando en sus oídos, venían de todas partes, más flechas de las que eran capaces de lanzar aquellos pocos indios.

Jacques entonces se lanzó hacia delante profiriendo un grito de guerra.

Lo último que vio Babette antes de perder el conocimiento fue como Jacques apuñalaba a uno de sus atacantes y como una de aquellas poderosas hachas de piedra descendía a gran velocidad sobre su cabeza.

CAPÍTULO 5

*S*í. EL DOLOR ERA AGUDO Y LACERANTE. COMO SI UN MAESTRO EBA-
nista tallara florituras dentro de su cabeza. Abrió los ojos y tuvo
que cerrarlos de nuevo; los rayos de luz dolían como si se tratara de
clavos incandescentes traspasando algún punto distante de su cerebro.
Apretó los párpados hasta que se mitigó, e intentó incorporarse, pero
de nuevo el dolor fue tal que tuvo que desistir. Se quedó muy quieto,
esperando que todo aquello pasara, intentando recordar. Cuando se
serenó, volvió a intentarlo. La claridad lo golpeó de nuevo, pero ahora
con menor contundencia. Después de un rato, pudo llegar a resistir el
dolor y permanecer con los ojos abiertos.

Se encontraba a cubierto, en el interior de una especie de tienda
construida con cuero animal. Tanteó el suelo, y descubrió que estaba
recostado sobre una piel mullida. La estructura de la tienda se mantenía con palos que se unían en la parte superior. Allí arriba había un
orificio por donde entraba la luz del atardecer, y a su izquierda otra
piel cubría la entrada por donde se debía acceder a la tienda.

Con mucho cuidado intentó incorporarse de nuevo. Consiguió
quedar sentado, aunque la cabeza le daba vueltas y el dolor continuaba
siendo lacerante.

Se tocó la zona dolorida; estaba vendada y a través de la tela
notó la inflamación. Debían de haberlo golpeado con saña.

Fue entonces cuando comprobó que estaba desnudo, salvo por
un ligero taparrabos de dos piezas; dos trozos estrechos de piel muy

fina, uno delante y otro detrás, que apenas le tapaban los genitales y que se sujetaban a la cintura con un cordón también de piel.

"¿Qué es todo esto?", se preguntó Jacques.

No tendría más remedio que salir de la tienda para descubrirlo.

A gatas y con mucho cuidado, ya que a cada movimiento su cabeza parecía estallar, llegó hasta la entrada y alzó la piel que la cubría.

Fuera, la luz, aunque dorada y mortecina, lo hirió en los ojos, que tuvo que proteger con la palma de la mano. Cuando se acostumbró a ella pudo comprobar que la tienda estaba levantada en una suave pradera, rodeada de muchas otras tiendas iguales a la que lo cobijaba.

También había un gran trajín allí; niños que corrían, mujeres que preparaban alimentos al pie del fuego y grupos de hombres que conversaban tranquilamente sentados en corro a las puertas de las tiendas. Todos eran indígenas. Las mujeres llevaban largas faldas de piel decoradas con cuentas de vivos colores y chaquetas sin mangas, también en piel. Los hombres iban ataviados como él, aunque algunos lucían tocados de plumas y pectorales de cuentas perforadas.

En su cabeza se fueron formando entonces las imágenes, fue tomando forma el concepto de que no estaba muerto, de que había sido apresado por los indígenas, golpeado sin miramientos...

—Babette —dijo con voz queda, una voz tan gutural que no reconoció como suya.

Babette había acudido de pronto a su cabeza.

—Babette —repitió intentando recordar la última vez que...

Un dolor aún más terrible se apoderó de Jacques, de su cabeza, de su cuerpo, que se había ido llenando lentamente de la imagen de Babette; la primera vez que la vio bajo la lluvia, su sonrisa, sus enfados, el sabor de sus labios, el olor a flores de su cabello.

Como pudo, apartó la cortina de piel y salió tambaleante de la tienda.

La luz del sol le era terriblemente dolorosa, y todo a su alrededor giraba.

La actividad se detuvo de pronto a su alrededor; los niños dejaron de jugar y observaron al extranjero, las mujeres lo miraban con curiosidad, y las conversaciones en los círculos masculinos se detuvieron.

Pero a Jacques todo eso le daba igual. Solo quería saber qué había sido de Babette, cuál había sido su suerte. No le importaba lo que le hicieran a él, solo lo que le hubiera podido suceder a ella.

Ahora lo recordaba mejor; el bosque, los caballos rodeándolos, los monstruos con el rostro pintado. Recordó las flechas, una lluvia de flechas y el cuerpo tendido del guía sobre un charco de sangre.

Avanzó un paso hacia uno de los grupos que se encontraba más cerca, pero el dolor en el interior de su cabeza se hizo insoportable, como si a cada paso algo se rompiera allí dentro.

—¡Jacques! —sonó una voz a su derecha.

Jacques giró la cabeza y la vio correr en su dirección con cara preocupada. Entonces sonrió, pues antes de perder de nuevo la conciencia, había comprobado que la mujer que amaba se encontraba bien.

* * *

Lo despertó un dolor agudo.

—Tranquilo. Solo será un momento —escuchó que le decía una voz suave y conocida.

Abrió los ojos y sonrió.

—¿Estás bien?— dijo con voz ronca, una voz que le sonó extraña incluso a él.

Babette terminó de limpiarle la herida y aplicó de nuevo la venda, hecha con jirones de sus enaguas. Si lo que parecía decir el curandero era cierto, se había librado de la muerte por muy poco; el hacha había impactado sobre el hueso y estuvo a punto de destrozar el cráneo.

—Señor Bonnier, estás consiguiendo una buena colección de cicatrices —dijo ella con una sonrisa, dando por acabado su trabajo.

Jacques la miraba con ojos brillantes. El dolor había desaparecido de pronto, incluso la tienda, el mundo, solo ocupado por la deslumbrante imagen de Babette.

—¿Y eso? —dijo señalando sus ropas.

Ella también iba vestida al estilo indígena; con una falda de piel curtida muy ajustada, ribeteada de cuentas rojizas, y una especie de sostén decorado, confeccionado en piel. El cabello le caía por los hombros, fragante y sedoso, y bajaba hasta rozarle a él el pecho.

—Debes descansar. He temido por tu vida —dijo ella con una sonrisa dulce en los labios.

—Pensé que todo había terminado. —Jacques no podía apartar sus ojos de Babette.

Ella se inclinó con cuidado y le dio un beso ligero encima de la ceja, en el único espacio que no cubría la venda.

—Has sido muy valiente. Nunca olvidaré lo que hiciste por mí.

Jacques volvió a cerrar los ojos; estaba agotado, el simple hecho de abrirlos ya era un esfuerzo que acababa con sus fuerzas, pero ese beso suave le impartía fuerzas y ganas de vivir.

Babette se puso en pie y fue hasta la entrada de la tienda.

—Todo lo que dije era cierto —dijo Jacques antes de que ella saliera.

Babette lo miró de una manera extraña.

—Debes descansar. Aún no estás bien. El curandero me ha indicado que quizá mañana puedas pasear.

Y tenía razón. Cada vez que intentaba un movimiento todo giraba a su alrededor.

—No te vayas aún. Quédate conmigo un rato.

Lo dudó un momento; tenía que descansar, recobrar fuerzas. Su presencia solo podía empeorarlo, y el peligro aún no había pasado.

Aun así, volvió a su lado y se sentó junto a él.

Jacques siguió hablando sin abrir los ojos.

—¿Qué sucedió, Babette? ¿Cómo es posible que estemos vivos?

Ella le retiró el cabello de la cara y le puso una mano en la frente. La fiebre había desaparecido, eso ya era suficiente después de lo que había sucedido.

—Fuimos atacados. Solo nosotros dos sobrevivimos.

Él abrió los ojos y la miró muy serio.

—El joven Foulon, y el guía…

—Murieron. Ni siquiera se dieron cuenta. No he dejado de rezar por ellos.

Hubo un silencio entre los dos; Jacques lo sentía enormemente por el guía, pero el muchacho tenía la vida por delante, una esposa encantadora y esperaba un hijo en breve. Él en cambio no tenía a nadie que lo esperara, nadie lo echaría de menos, ni siquiera Babette una vez que encontrara a su esposo.

—Recuerdo que algo me llamó la atención —empezó a contar ella, como quien canta una nana a un niño pequeño para que se duerma—. Había flechas surcando el cielo, demasiadas flechas para el pequeño grupo que nos atacaba.

Él intentó recordar, pero solo acudían a su mente los rostros fieros de los guerreros ataviados con los colores de guerra.

—Entonces me di cuenta de que provenían de la arboleda —prosiguió ella—, y de que el blanco de esas flechas no éramos nosotros, sino nuestros atacantes.

Jacques la miró fijamente; estaba disfrutando de la caricia que la mano de Babette ejercía sobre su sien.

—¿Quién nos defendió?

Babette continuó sin escucharlo.

—Dos cayeron y los otros tres lograron huir entre los árboles, llevándose nuestros caballos. Entonces la explanada se llenó de más indígenas a caballo y yo estuve segura de que todo había terminado.

—¿Te han hecho daño? ¿Te han…?

Ella sonrió.

—No, no me han forzado.

Él pareció quedarse más tranquilo.

—Eran muchos, demasiados —prosiguió Babette—. Yo no entendía nada, solo sabía que tú estabas desvanecido en el suelo, posiblemente muerto, como todos los demás, y que a mí solo me esperaba un final terrible. Pero no sucedió nada. Dos hombres con el rostro pintado con colores de guerra se bajaron de los caballos y comprobaron el estado de los caídos. Dejaron allí al hijo del señor Foulon y a nuestro

No te fíes de un bandido

guía, así como a los dos indígenas caídos. Sin embargo, a ti te subieron al lomo de un caballo. —Babette se apartó el cabello de la frente.

Después me tendieron la mano para que subiera a la grupa de uno de ellos. Y yo lo hice.

—¿Por qué lo hiciste? Podrían haberte... —preguntó Jacques temeroso.

—No lo sé; el hecho de que te llevaran, algo en mi interior...

De nuevo el silencio. Los ojos de Jacques intentaban adivinarlo todo escrutando su rostro. Era tan hermosa, deseaba tanto besarla...

—Son nuestros anfitriones. —Babette sonrió y le pasó un paño húmedo por el rostro—. Han cuidado de nosotros todo este tiempo. Si no fuera por ellos, tú posiblemente...

—Estaría muerto.

—Así es.

—¿Cuánto tiempo llevamos aquí?

—Dos semanas.

—¿Llevo dos semanas inconsciente? —se alarmó, intentado incorporarse de nuevo.

—Hemos temido seriamente por tu vida, Jacques. Estabas muy mal.

Él la miró, sorprendido.

—Dos semanas... pero, ¿y tu viaje? ¿Tu marido?

Babette se inclinó y le dio un ligero beso en la mejilla.

—Eso no importa ahora. Lo único importante es que te pongas bien. Ahora descansa.

Salió de la tienda, y Jacques miró el cielo nocturno, a través de la abertura del techo, esperando que pasara una estrella fugaz.

* * *

—Está bueno —Jacques masticaba unas hojas rellenas de una pasta espesa que Babette le metía en la boca.

Aún no le permitía incorporarse, aunque se sentía bastante mejor.

—Te sienta bien el estilo indígena —dijo y dio por acabado el almuerzo.

Ella soltó una carcajada; el sostén de piel le quedaba demasiado ajustado, y tenía la sensación de que en cualquier momento el pecho podría escapar de él, y la falda se apretaba a sus caderas más de lo que estaba acostumbrada, por lo que había tardado un tiempo en aprender a caminar y no sentirse desnuda con aquella ropa.

El caso de Jacques era diferente; él sí estaba desnudo, a excepción de su parte íntima que apenas se cubría con un pedazo de piel.

—¿Qué han hecho con nuestra ropa?

—Estaba hecha jirones. Los primeros días me puse lo poco que había en mi equipaje, pero era imposible llevar esta vida con un traje de muselina blanco, así que cuando me ofrecieron estas prendas pensé que era buena idea ver qué tal me quedaban.

Él se miró de arriba abajo, y ella volvió a soltar una carcajada.

—Tu caso es diferente. Hubo que cortarte la ropa para curarte. Yo me he encargado de las curas y pensé que no estarías cómodo desnudo.

—Así que tú eres la responsable de mi aspecto de indígena.

Ella rió de buena gana.

—Sí, me temo que sí.

Jacques la miró con ojos brillantes. Verla reír hacía que algo desconocido le hiciera cosquillas en su interior.

—¿Pues sabes lo que te digo, Condesa? Que cuando vuelvas a París este estilo hará furor.

Ella suspiró, se aseguró de que las vendas estaban bien y se incorporó para salir.

—¿Ya has terminado tu visita?

—Sí. Ahora debes descansar.

Jacques intentó incorporarse; se encontraba bien y la cabeza ya le dolía menos, pero Babette lo detuvo e hizo que se inclinara de nuevo.

—Debes esperar a que el curandero venga a verte esta noche. Es un hombre sabio. Ha utilizado hierbas para sanar la herida y velado cada día por tu restablecimiento. Hazme caso.

Jacques bufó como un niño pequeño y volvió a recostarse sobre las pieles.

—Necesito darme un baño. Te aseguro que ya he olvidado el contacto del agua en mi cuerpo.

—Muy pronto podrás volver a lavarte solo, y no puedes tener quejas de la barba; yo misma te la he afeitado cada semana —dijo Babette volviendo a tomar los utensilios de la comida.

—¿Lavarme solo? —preguntó Jacques extrañado—. No entiendo.

—Durante todos estos días he sido yo quien te ha aseado. La fiebre te hacía sudar y el curandero insistió en que era importante extremar la limpieza.

Jacques la miraba con ojos muy abiertos.

—¿Todo? —preguntó—. ¿Todo…, has lavado todo mi cuerpo?

Babette le tocó de nuevo la frente con la mano libre; hacía días que la fiebre no aparecía y el color había vuelto a sus mejillas. En un par de días estaría totalmente restablecido.

—Descansa un poco —dijo ella apartando la piel que cubría la puerta para salir—. Y no te preocupes, no es la primera vez que toco a un hombre desnudo.

"Estúpido", se dijo Jacques para sí al notar que el color subía a sus mejillas. Había estado con decenas, cientos de mujeres, y ahora se ruborizaba como un adolescente al pensar que las manos de Babette habían recorrido su cuerpo… y él no había estado despierto para disfrutarlo.

* * *

El anciano le escrutó el rostro con ojos vidriosos; eran tan opacos que muy posiblemente la luz del sol no llegaría hasta ellos, sin embargo se movía con tanta seguridad y delicadeza como un gato en la noche.

Con cuidado retiró la venda que cubría la herida y acercó la nariz. Jacques permanecía muy callado, siguiendo en silencio el ritual que el curandero llevaba a cabo cada mañana y cada noche. Pero ese día fue diferente; el anciano no volvió a colocarle el apósito, ni restregó la herida con la apestosa emulsión de hierbas hervidas. En cambio la limpió con agua, la secó y dijo algo en su lengua incomprensible.

Jacques asintió y el hombre lo dejó solo en la tienda.

Dos días después, Jacques podía caminar con normalidad, aunque la cabeza seguía molestándole.

Lo primero que descubrió asombrado, una vez fuera de la tienda, fue que los indígenas no le prestaban la menor atención. Al pasar por su lado, lo saludaban con una inclinación de cabeza y volvían a sus tareas.

No terminaba de acostumbrarse al taparrabos; no solo le resultaba extraño el ir prácticamente desnudo, sino que el pequeño trozo de piel curtida cumplía mal su misión, lo que era realmente incómodo.

También sintió un poco de vergüenza al andar por ahí en taparrabos; se sentía desnudo y tenía la sensación de que la parte que intentaba cubrir el trozo de piel, aparecía y desaparecía por los lados a cada paso.

Cuando llegó al final de la aldea, cerca de donde empezaba de nuevo el bosque, vio a Babette jugando con un grupo de niños.

Jacques sintió como se ruborizaba al verla; estaría ridículo andando así al aire libre, pero pronto se dio cuanta de que lo extraño hubiera sido estar allí vestido de europeo; entonces sí que sería extraño.

—¿Crees que nos entregarán nuestras ropas? —le preguntó acercándose a ella.

Babette se volvió y sonrió al ver que estaba recuperado del todo.

—Se encargaron de lavarlas cuando llegamos. Tardarás en acostumbrarte, pero estas son mucho más cómodas para este tipo de vida.

Babette evitó mirarlo directamente; para ella también resultaba extraño verlo así, con cada uno de sus poderosos músculos expuestos al sol.

Él asintió. La mujer estaba completamente integrada en aquella sociedad. Apenas desentonaba su cabello dorado entre las melenas oscuras de las demás indígenas.

—¿Has aprendido a hablar lo que quiera que hablen estas gentes? —dijo con una sonrisa—. Parece que te... te entiendes con ellos a la perfección.

Ella esbozó una sonrisa y lo tomó del brazo.

—Nos entendemos por señas. Ya verás lo rápido que te acostumbras.

Esa misma mañana dieron algunos paseos por la pradera, llegaron hasta un río cercano. Dos días más tarde ya trotaron sobre unos nerviosos caballos que el jefe les entregó, con indicaciones de no internarse en el bosque. Tuvieron que montar sin silla, cosa que Babette sabía hacer sin problemas.

—¿Por qué crees que no nos mataron? —preguntó Jacques al cuarto día, cuando volvían de regreso de uno de sus paseos.

Babette arreó su caballo hasta llegar junto a él. Estaba preciosa con el cabello salvaje y los pies descalzos.

—No lo sé; no me lo han explicado ni yo me he atrevido a preguntar. Pienso que se trataba de tribus enemigas. Quizá rivales. También es posible que estos indígenas no sean belicosos, tenemos una imagen distorsionada de ellos y, sin embargo, somos nosotros quienes les estamos arrebatando sus tierras.

—Daría cualquier cosa por poder vivir así —Jacques miraba la pradera verde y hermosa que se extendía ante sí—, como ellos, libres, sin tener que dar cuentas ante nadie, ni respetar otras leyes que no sean las que impone la naturaleza.

Babette se retiró un mechón de pelo de la boca; también ella había disfrutado cada instante desde que llegaron al poblado. La sensación de libertad era tal que a veces había olvidado por qué estaba allí.

—¿Sabes? Pocas veces tenemos la oportunidad de descubrir qué es realmente importante en la vida.

Jacques la miró y acarició las orejas de su caballo.

—¿Y qué es importante para ti?

Ella lo pensó un momento. Una suave brisa traía los aromas del bosque, y desde lejos veían el ajetreo tranquilo de los indígenas haciendo sus faenas.

Bel Frances

—Todo aquello a lo que antes apenas prestaba atención; mi hijo, la vida tranquila, disfrutar cada instante, estar cerca de aquellos que nos quieren.

—Eso te hace feliz.

Ella asintió.

—Antes pensaba que la felicidad era una especie de recuerdo —prosiguió—, un estado único en la vida para el que era necesario que se reunieran muchas cosas.

—¿Cosas como qué? —preguntó él con una sonrisa.

—Como el dinero, la salud, el amor.

Él rió por lo bajo.

—Creo que has tenido todo eso. Has debido de ser una mujer muy feliz.

Ella suspiró.

—En absoluto. La felicidad no tiene nada que ver con todo eso.

Continuaron cabalgando, hasta que Jacques preguntó.

—¿Con qué tiene que ver entonces?

Estaban llegando a los lindes de la aldea y, como cada día, se estaba preparando una comida comunal.

—Con nuestra postura ante la vida, con la manera que tenemos de afrontar el día a día.

—¿Y ahora eres feliz? —preguntó él con voz ronca.

Ella lo miró y sonrió.

—Solo he dicho que sé en qué consiste.

Y arreó su caballo hasta llegar al poblado.

* * *

Dos días después, cuando llegaron a la aldea tras dar un paseo, estaba anocheciendo, y notaron que algo extraño sucedía.

Las mujeres se habían puesto sus mejores ropajes, y los hombres estaban ocupados engalanándose y pintándose el cuerpo con vivos colores.

Al desaparecer el último rayo de sol, empezaron a sonar tambores, y la hoguera que ocupaba el centro de la aldea se alimentó para que las llamas subieran al cielo.

Babette se acercó a una de las mujeres, la misma que le había entregado la ropa que llevaba, y le preguntó con gestos qué sucedía.

La mujer dijo algo en su lengua ininteligible y les señaló el centro de la aldea, donde la hoguera empezaba a alcanzar proporciones descomunales.

Todos estaban tomando asiento alrededor de las llamas, y Babette y Jacques también lo hicieron, como unos miembros más de la tribu.

El ruido de los tambores era cada vez más intenso, y pronto empezaron a pasar de mano en mano cuencos llenos de comida que compartían unos con otros; sabía a naturaleza, a hierbas hervidas y fruta del bosque.

Ellos se dejaron llevar. Sentían como la música, el ritmo constante del tambor retumbaba en su interior y tocaba alguna fibra sensible que los hacía sentir exultantes.

Un nuevo cuenco empezó a circular entre todos. Cuando llegó a manos de Jacques, miró a Babette y sonrió. Después bebió un largo trago del brebaje, que era amargo y fuerte como el ron nuevo y le quemó la garganta y las entrañas. Lo pasó a Babette, pero ella decidió no probarlo.

El ritmo de la música se intensificó; se unieron nuevos instrumentos, y muchas mujeres empezaron a cantar con un ritmo cadencioso y subyugante que hacía que la sangre burbujeara en las venas más que el champaña y mandaba impulsos nerviosos a todo el cuerpo para que se moviera.

Varios hombres se incorporaron y empezaron a bailar. Era una danza rítmica, en consonancia con la naturaleza. Daban vueltas alrededor del fuego, marcando con los pies el sonido de los tambores.

Babette se sorprendió cuando Jacques se puso de pie y se unió a la danza. Al principio intentó imitar a los otros hombres, pero pronto la música entró en él y marcó su propio ritmo alrededor de la hoguera.

BEL FRANCES

Ahora eran las mujeres las que se incorporaron a la danza, saltando con los pies juntos y balanceando el cuerpo como un junco de río.

Babette estaba fascinada y feliz. Jacques tenía razón, eran libres, libres de hacer o decir lo que quisieran.

Jacques pasó ante ella como una exhalación y le dedicó una sonrisa. Babette contempló su cuerpo hermoso, de anchas espaldas y músculos suavemente marcados, y una extraña sensación le invadió el estómago.

Impulsada por una desconocida fuerza interior, se puso de pie y empezó a bailar. Primero torpemente, imitando a las demás mujeres, después sus piernas y sus brazos tomaron vida propia y la música hizo el resto.

Sus caderas se balanceaban al son de la música y sus brazos alzados dibujaban formas etéreas en el aire. Cuando se cruzó con Jacques, permanecieron danzando frente a frente, sintiendo que la vida era lo más maravilloso del mundo y bailando, bailando, hasta que cayeron agotados.

* * *

Jacques no podía dormir. No sabía si era debido a la bebida que había ingerido, a la excitación del baile o a lo cercana que había estado Babette aquella noche.

Todo había terminado tal y como empezó, con un último toque de tambor cuando la luna estaba ya baja en el cielo. Después algunos se quedaron dormidos donde habían caído agotados, y otros volvieron a sus tiendas, al calor de las pieles tendidas para dormir.

Ellos también habían caído rendidos, y permanecieron mirando las estrellas hasta que la suave brisa empezó a enfriar los rescoldos.

Jacques la sentía tan cerca, al alcance de su mano, que intentaba no pensarlo.

—Una estrella fugaz —dijo Babette señalando un punto en el cielo.

—¿Has pedido un deseo?

No te fíes de un bandido

—Sí, siempre pido el mismo.

—¿Y se puede saber cuál es?

Ella suspiró y se estiró sobre la hierba fresca del prado.

—Que se cumplan mis deseos.

Jacques sonrió.

Los rescoldos de la hoguera crepitaban bajo la luna, en un último intento por mantenerse encendidos.

Jacques señaló otro punto luminoso que cruzaba el cielo.

—Ahora me toca a mí.

—¿Y qué has pedido?

—Que se cumpla uno solo de mis deseos.

Ella sonrió y se sentó en la hierba.

—Empieza a hacer frío. Buenas noches —dijo en un susurro.

Él vio como se marchaba a su tienda, como desaparecía en su interior.

Como otros muchos, permaneció un rato más bajo las estrellas, sintiendo el aire frío que, ahora que la hoguera se apagaba, empezaba a recuperar su reino nocturno.

Un poco después, solo, tumbado sobre la piel de lobo del interior confortable de su tienda, pensaba en ella como no había dejado de hacerlo desde que la conoció. Sabía que no había nada que hacer, que el corazón de Babette no le pertenecía. Sin embargo, estaba dispuesto a sufrir con tal de verla feliz, de hacer que se cumpliera su deseo de reencontrarse con su marido, con su hijo, con su destino.

Sí, todo eso era noble y heroico, pero había otra realidad; sufría de deseo, tenía dolores reales en su cuerpo de tanto desearla y no poder tenerla.

Desesperado, se incorporó de nuevo y salió al exterior. Ya no quedaba nadie fuera de las tiendas y el frío se extendía con una suave brisa helada.

Anduvo sin rumbo por la aldea, y sus pasos lo llevaron hasta la orilla del pequeño arroyo cercano.

Se sobresaltó al ver una figura que permanecía erguida al borde del agua, cubierta por una piel de bisonte.

—Babette.

BEL FRANCES

Ella se giró y lo miró con sus sorprendentes ojos verdes.

—No podía conciliar el sueño.

Jacques llegó a su lado. Su intención era pasear, alejarse de ella y volver a su tienda; sin embargo, sabía que no podría hacerlo.

—No sé si lo conseguiré —dijo enfrentado las aguas oscuras.

Lo miró sin contestar, hasta que Jacques se encontró con sus ojos.

—No sé si podré resistirme por más tiempo a besarte.

Ella abrió los labios para contestar y él se acercó un paso más.

La respiración de Babette se volvió entrecortada; Jacques estaba tan cerca que su pecho rozaba su piel caliente.

El hombre puso sus enormes manos sobre sus caderas y la atrajo hacia sí, soltando un suspiro. La piel que la cubría cayó al suelo y Babette notó la excitación que palpitaba en su vientre.

—No sé si podré soportar no poseerte.

Lentamente bajó la cabeza hasta su cuello. Ella sintió como sus labios le recorrían la clavícula para detenerse tras la oreja. Sin quererlo, soltó un suspiro que excitó aún más a Jacques. Sus labios eran tan jugosos como los recordara de aquella vez en el barco, unos labios expertos para hacer gozar y aplacar cualquier resistencia.

Una de las manos del hombre subió lentamente por su cadera hasta posarse en el pecho. Allí lo masajeó, hasta detenerse en la roja corona que empezaba a endurecerse tras la fina piel.

—Babette —dijo en un susurro ronco, separándose en busca de sus labios.

Ella, sin saber por qué, lo esperó con los labios separados hasta que sintió el contacto fresco de su lengua, que se introdujo en el interior, buscando.

Jacques la apretó aún más contra sus caderas, como si intentara traspasarla con su miembro, que ya había alcanzado toda su dimensión, y siguió besándola hasta que el aire faltó en sus pulmones.

Babette emitió un suspiro ahogado; notaba como su cuerpo reaccionaba vulnerable a las caricias, como su boca se hinchaba y recogía esos labios y esa lengua, jugaba con ellos y buscaba dentro de él con insistencia, sentía como sus senos se erguían y buscaban el suave roce del vello oscuro que cubría su pecho, como se alzaba sobre las puntas de los pies para notar toda la proporción del hombre entre sus muslos.

—Jacques, no —dijo entre suspiros.

Pero él no le hizo caso; esta vez no. La tomó entre sus brazos como si no pesara y la tendió sobre la hierba. Ella intentó incorporarse, pero ya era tarde; el peso del hombre descansaba sobre ella y la boca de él se movía excitada sobre la suya.

Con un movimiento rápido, Jacques le desató el sostén y sus pechos quedaron al descubierto. Él se detuvo un momento y bajó los ojos, deleitándose con la visión. Después acudió allí con la lengua, recorriendo el contorno de cada pecho, mientras con sus dedos ágiles jugueteaba con los pezones. Estos respondieron endureciéndose de manera casi dolorosa, hasta que Jacques acudió a ellos y los refrescó con su boca experta.

—Babette —dijo de nuevo entre suspiros, apretándose sobre ella, removiéndose sobre sus caderas.

Babette se descubrió arqueando la espalda para estar más cerca, para recoger el calor abrasador del hombre sobre su cuerpo.

Él bajó entonces hasta el vientre plano de Babette, recorriendo con la lengua la forma del ombligo.

Babette imaginó lo que él pretendía y apretó las piernas.

—No, Jacques, por favor…

—Shhh —susurró él levantando la estrecha falda de piel hasta dejarla ajustada a sus caderas y separar sin dificultad sus piernas.

Una vez allí abajo acarició el borde dorado de su sexo, y besó la cara interna de sus muslos, lo que desató en ella una corriente de placer que empezaba en la parte baja de la columna.

Con dos de sus dedos, separó despacio la piel rosada, coronada apenas por un suave vello, hasta dejar al descubierto el botón diminuto que lo coronaba. Jacques suspiró y dirigió allí la lengua, que lo recorrió de arriba abajo, deteniéndose en la parte más protuberante, chupando y absorbiendo hasta que pequeñas convulsiones en las caderas de la mujer le indicaron que Babette estaba a punto.

Bel Frances

Subió de nuevo hasta quedar cara a cara. El tremendo placer había avivado el rostro de Babette, que ahora se mostraba arrebolado. Él, en cambio, no podía soportar más; notaba un dolor insoportable en sus genitales, incapaces de contenerse por más tiempo.

Aun así, volvió a detenerse, buscando alguna señal en los ojos de Babette. Cuando ella los cerró, supo que estaba preparada.

Escupió en su mano y se lubricó el miembro. Despacio apoyó la punta del glande sobre la entrada y empujó suavemente. Ella emitió un suspiro quedo y se retorció entre sus manos, mientras Jacques apretaba las caderas, hasta que poco a poco entró por completo dentro de ella.

—No, Jacques, por favor… —murmuró ella echando la nuca hacia atrás y estrechándose más aún contra el hombre, sintiendo que no podía soportar más placer.

Él empezó a moverse, lentamente al principio, hasta comprobar que no le hacía daño, y con más energía después.

Babette llegó al clímax entre sus brazos, y entonces él se desbordó en su interior con un gemido ronco y prolongado.

Jacques tuvo la seguridad de que todo lo que había hecho en su vida, cada pequeña cosa, cada gesto, estaba dirigido a que esos pocos minutos de amor se consumaran.

Permaneció allí dentro, mientras su respiración entrecortada volvía a la normalidad. Después salió despacio y la miró a los ojos.

Los ojos de Babette brillaban de una manera especial, y sus labios hinchados permanecían entreabiertos.

Él se puso de rodillas y la tomó entre sus brazos como si no pesara.

—Aún no he terminado contigo —le dijo al oído.

Y se encaminó hacia la tienda.

* * *

Babette estiró los brazos cuando el hombre la tumbó sobre las cálidas pieles de animales.

—¿Estás bien? —dijo él en un susurro, mirándola desde arriba, con las manos apoyadas a ambos lados de la cabeza.

Ella no contestó, pero un suspiro casi imperceptible escapó de su garganta.

Jacques alargó una mano y la sujetó por las muñecas, haciendo que sus brazos quedaran extendidos. Después se inclinó lentamente hasta llegar a la boca. La besó con suavidad, mordisqueándole los labios, jugueteando con su lengua, durante tanto tiempo que el mundo desapareció para ellos.

La mano libre de Jacques empezó a recorrer su cuerpo sin dejar de besarla. Se detuvo en las puntas de sus senos, para rodearlas con suaves masajes circulares de su dedo índice, avanzó después por el costado, intentando abarcar cada centímetro de piel. La mano era tan grande que, abierta sobre su cuerpo, parecía envolverla, poseerla completamente. Babette se retorció e intentó liberarse, pero Jacques apretó aún más las muñecas y estiró hacia arriba hasta que su cuerpo se arqueó.

Ella lanzó una serie se gemidos entrecortados cuando la mano del hombre llegó a su sexo y se posó allí. Su dedo corazón acarició despacio la puerta de entrada, ejerciendo la presión justa.

Babette se mordió el labio inferior y abrió los ojos. Allí estaban los de Jacques, increíblemente azules, observándola fijamente. Ella lo miró con asombro, y él soltó sus manos.

Con un movimiento de su cuerpo, hizo que Jacques cayera a un lado, riendo, y entonces ella pudo subirse encima y sujetarle las manos sobre el suelo cubierto de pieles. Sabía que él se había dejado vencer, y los ojos guasones de Jacques lo confirmaban. Lo besó ligeramente en los labios y bajó hasta su pecho. Estaba cubierto de un suave vello oscuro que descendía por el vientre hasta la ingle. Babette siguió ese camino hasta llegar más arriba del ombligo, allí abrió la boca y abarcó con ella la excitación del hombre. Jacques emitió un suspiro sordo y movió las caderas, incapaz de contenerse. Ella continuó allí unos momentos, intentando darle tanto placer como él le había dado.

—Babette, detente o me…

Ella subió de nuevo hasta su boca, y él aprovechó para tumbarla con un solo movimiento sobre la espalda. Después cayó sobre ella y volvió a poseerla. Esta vez fue mucho más lento. El tiempo se detuvo entre gemidos y suspiros, hasta que, con un último estertor, Jacques cayó sobre ella, y sus cuerpos sudorosos se unieron en un abrazo.

* * *

Cuando Jacques despertó, se sentía feliz. Sabía que era una felicidad fugaz, que solo duraría hasta que Babette abriera los ojos y, como sucedió en el camarote del barco que los trajo a ese continente, se arrepintiera de lo que había sucedido esa noche. Aun así, se sentía tremendamente dichoso.

Ella continuaba entre sus brazos, profundamente dormida. La observó en silencio, sin moverse, deseando que aquel instante durara el resto de su vida.

Fuera ya se oían los ruidos propios de la aldea, con los que ya se había familiarizado; cacharros de barro entrechocando, gritos de niños y conversaciones quedas.

Babette suspiró profundamente y abrió los ojos. Observó alrededor confundida, hasta que sus ojos se cruzaron con los de Jacques, que la miraba sereno y serio.

—Hola —dijo ella con una sonrisa en los labios, se apretó más a su cuerpo y hundió la cabeza en su pecho.

Él sonrió dichoso y se atrevió a abrazarla. Babette se revolvió entre sus brazos, y sus labios se encontraron de nuevo.

Cuando salieron de la tienda, tomados de la mano, el sol ya estaba alto en el cielo, y sus anfitriones se preparaban para comer. Babette se cubría con la piel de bisonte, aunque nadie les prestaba atención.

—Necesito un baño —dijo ella.

Jacques la besó de nuevo y la llevó hasta el arroyo.

En unos minutos retozaban en el río, sin prisas, sin miedo, disfrutando de su complicidad.

* * *

La cabeza de Babette descansaba sobre el vientre desnudo de Jacques.

Habían decidido pasar el día a la orilla de aquel río.

—¿Sabes lo que pensé la primera vez que te vi? —dijo Jacques masticando una brizna de hierba.

—Lo sé: "Qué se habrá creído esta malcriada" —dijo Babette imitando su voz.

Él rió con ganas.

—Pensé que no podías ser verdad. Que algo había fallado en mi cabeza o en mi corazón y me había transportado a otro mundo lleno de cosas hermosas.

Ella se giró para mirarlo a los ojos y lo besó en los labios.

—¿Sabes lo que pensé yo?

—Pues claro —dijo él—, que acababas de encontrar al hombre de tu vida.

Ella soltó una carcajada.

—Pensé que eras un entrometido arrogante y demasiado seguro de sí.

—Vaya, no me ha gustado demasiado esa respuesta —bromeó Jacques.

—Pero al día siguiente —continuó Babette—, me di cuenta de que pensaba en ti. Algo debía de tener el señor Bonnier para haberme impactado así. Eso fue lo que pensé.

—No ha sido un camino fácil. —Jacques observaba el revoloteo de los pájaros en la copa del árbol, únicos testigos de su presencia allí.

—Aun así —dijo Babette— me he sentido segura en cada momento.

—Te dije que conmigo podías estarlo. Los bandidos somos gente seria.

Ella volvió a reír.

—El mérito de la elección es mía, no lo olvides.

Jacques tomó una brizna de hierba y se la metió en la boca.

—¿Por qué te hiciste bandido? —preguntó Babette.

—Es una pregunta difícil de contestar.

Ella sonrió.

—Inténtalo.

Jacques permaneció callado un momento, observando las formas luminosas que se dejaban ver a través de las hojas de los árboles.

—En mi familia éramos tan pobres que les teníamos envidia a las ratas. Aun así, mi padre, que era un viejo lobo de mar, tuvo claro que no quería ese futuro para mí, que yo merecía algo más, y destinó parte del escaso dinero que conseguía a proporcionarme una educación.

Babette estaba atenta a cada palabra. Sabía lo difícil que era para un hombre duro como Jacques hablar de aquellos recuerdos lejanos.

—Los años de estudio no fueron fáciles, mis compañeros eran los hijos de los ricos del pueblo, la diferencia era abismal y lo que hacía mi padre no solo era reprobado por ellos, a quienes no agradaba que el hijo de un pescador estudiara junto a los suyos, sino por los mismos pescadores, que veían en el gesto de mi padre un acto de traición.

Jacques soltó la brizna y buscó otra a tientas.

—Mi maestro, que creía en mí tanto como mi padre, decidió que podría tener un buen futuro como letrado y así lo comentó en casa. Tendría que ir a París, alojarme y estudiar allí, algo que estaba completamente fuera de nuestras posibilidades, pero ni mi padre ni mi madre lo dudaron un momento y una semana más tarde ingresé en la Sorbona.

—Deben de ser gente muy especial.

Jacques permaneció callado por unos momentos.

—Volví al pueblo cuatro años después, con un título flamante que me capacitaba para ejercer como letrado, pero mis padres ya no estaban.

—¿Qué les había sucedido?

—Para correr con mis gastos habían pedido un préstamo sobre su casa y sobre su barca de pesca. Al no poder hacerle frente, los perdieron y nadie los ayudó. Murieron de hambre, ¿sabes?, y nadie movió un dedo por ayudarlos. Antes de morir, mandaron una carta a mi antiguo maestro, que por aquel entonces estaba lejos del pueblo, pidiéndole que se hiciera cargo de mi educación y que no me dijera nada de lo que había sucedido. Yo me enteré cuando llevaban dos años enterrados en una fosa común.

Jacques chasqueó la lengua.

—Esa es mi historia.

—Y decidiste hacerte bandido.

—Bueno, ejercí un tiempo de letrado, hasta que me di cuenta de que no había mucha diferencia entre eso y asaltar caminos, y lo segundo se me daba mejor.

Ella sonrió y lo besó en los labios.

Continuaron conversando mientras pasaban las horas, hasta que Jacques se atrevió a preguntar aquello que no desaparecía de su mente ni por un momento, a pesar de los acontecimientos de los últimos días.

—Babette, ¿qué sucederá ahora?

Ella miró al cielo y suspiró.

—No lo sé, Jacques.

—¿Seguirás buscando a tu marido?

Babette se incorporó sobre la fresca hierba y formó un pequeño ramo de flores silvestres.

—No hace mucho, ¿recuerdas? te enfadaste conmigo a causa de mi pasado.

—Eso fue… —intentó decir Jacques.

—Y tenías razón. Lo único que me ha guiado hasta ahora ha sido el orgullo y la ambición. Gracias a ellos, he conseguido tener todo aquello que se puede comprar en la vida, pero solo he sido feliz en muy breves momentos, en unos instantes que podían haberse dilatado.

Jacques contemplaba su hermoso perfil de labios carnosos, temblando al enfrentarse a sus sentimientos.

—Solo me han hecho feliz mi hijo y mi esposo —continuó Babette—. Y al primero prácticamente no lo he visto, mientras que al segundo solo he conseguido que se aparte poco a poco de mí.

Tomó aire y emitió un suspiro.

Bel Frances

—Y ahora tú, Jacques Bonnier. ¿Y qué debo hacer? ¿Dejarlo de nuevo todo y huir contigo? ¿Seguir buscando a mi esposo, a quien estoy segura de querer, y continuar aquello que no pudimos construir en el pasado? La respuesta no la sé, por eso creo que lo mejor es continuar como estamos, disfrutar el presente y esperar una señal.

Volvió a tumbarse en la hierba y a recostar su cabeza de rizos dorados sobre el vientre de Jacques.

Él permaneció callado, mirando como el viento mecía las hojas del árbol que los cobijaba, sabiendo que Babette, aun sin comprenderlo, ya había elegido, y no era él el afortunado.

∗ ∗ ∗

Llegaron al poblado cuando el sol aún estaba en el cielo y una mujer se dirigió a ellos indicándoles por señas que la acompañaran.

Se miraron entre sí y siguieron a la muchacha hasta una de las tiendas. Había dos hombres apostados a la entrada, que les abrieron la cortina para que pudieran pasar.

Era la mayor tienda del poblado, la tienda del jefe, donde se solían reunir los hombres para tratar los temas que afectaban a la tribu y donde, en una sola ocasión, Jacques había sido invitado, para fumar de una pipa hermosamente decorada que pasó de mano en mano.

El cambio de la aún radiante luz del sol a la oscuridad de la tienda los dejó cegados por unos instantes. Cuando se acostumbraron a la penumbra, vieron que en la tienda no solo estaba el anciano jefe y el curandero que había salvado a Jacques, sino que muchos otros hombres se agrupaban en círculos mirándolos con curiosidad.

Se sentaron sobre pieles, cerca de la puerta, mientras los ocupantes conversaban en voz baja unos con otros, ajenos a los visitantes. Permanecieron así durante un rato, en lo que parecía una deliberación, hasta que el jefe levantó la mano para demandar silencio.

Entonces el curandero se acercó y se sentó frente a ellos, en el suelo de tierra batida que ocupaba el centro de la gran tienda.

Les habló en su idioma, ininteligible para ambos, mientras dibujaba formas en la arena.

Habían aprendido a comunicarse con los indígenas mediante signos hechos con las manos o dibujados en la arena; un idioma rudimentario y universal. Babette, sobre todo, había demostrado una aptitud natural para la comunicación que le permitía mantener largas conversaciones con las mujeres y los niños usando solamente este rudimentario sistema.

El anciano chamán dibujó una figura serpenteante, que identificaron con el río Misisipi, y más a su izquierda un grupo de dibujos triangulares en los que Jacques creyó ver el poblado donde se encontraban.

Entonces el hombre tomó la mano de Babette, su dedo índice, y trazó en la arena formas que podían ser mujeres. Hizo lo mismo con la de Jacques, aunque dibujando hombres, mientras seguía hablando en su hermosa lengua de palabras ancestrales. Siguió haciendo trazos alrededor de esos hombres y mujeres; caballos, carros, niños.

Después esbozó una gran línea que venía del Oeste y llegaba hasta las orillas del río. En la orilla dibujó tiendas como en la que se encontraban, muchas, juntas unas con otras, y remató una de ellas con el símbolo de la cruz.

—Está dibujando colonos. Colonos que regresan a St. Louis.

Jacques asintió. Él también lo había comprendido.

La señal que Babette esperaba acababa de producirse.

BEL FRANCES

Capítulo 6

ACQUES TERMINÓ DE COLOCARSE LAS BOTAS. HACÍA TANTOS DÍAS que no llevaba ropa encima que se sintió extraño. Durante aquellas semanas que habían pasado en el poblado, ni siquiera se había preocupado por saber dónde estaba su equipaje. Esa mañana, al explicar con gestos al curandero y al jefe indio que partirían en busca de los colonos, les trajeron un hato con sus escasas pertenencias.

Permaneció un rato pensativo, sentado sobre las mismas pieles que habían recogido su amor el día anterior. Después agitó la cabeza y emitió un suspiro profundo y ronco.

Cuando salió de la tienda, Babette ya lo esperaba. Estaba despidiéndose de algunas mujeres y niños con los que había entablado relación. Ella también había vuelto a sus ropajes occidentales; un traje de algodón blanco cortado bajo el pecho, bastante deteriorado, y el cabello recogido en un moño bajo. Jacques sabía lo incómoda que se encontraría sin ropa interior; la había hecho jirones para curar su herida de la cabeza; otra nueva cicatriz que sumar a su ya abultada colección.

Un pequeño grupo de guerreros los acompañaría hasta que se cruzaran con la caravana, distante varias millas de donde se encontraban, y los dejaría muy cerca de la orilla occidental del río Misisipi.

Antes de montar en los caballos, el jefe de la tribu salió de su tienda seguido del curandero. Llegó hasta ellos y emitió una larga letanía en su extraña lengua, mientras el chamán permanecía con los ojos cerrados, recitando un canto arcano y profundo en voz muy baja. Por último, el jefe entregó a Jacques un hacha de piedra de la que pendían dos plumas de águila, y a Babette un collar de cuentas de colores.

Babette lo aceptó e hizo una reverencia; era la única manera que conocía de presentar sus respetos a aquel pueblo sabio y libre que los había acogido con hospitalidad.

Cuando partieron a caballo, Jacques se dio cuenta de que los ojos de Babette estaban húmedos; por un momento, imaginó que no era por abandonar a sus nuevos amigos, sino porque su historia de amor había terminado para siempre.

* * *

—Allí —dijo Jacques en voz baja, señalando con el dedo—, ese debe de ser el jefe de la expedición.

Babette observaba atentamente, ocultos tras un arbusto, como les habían enseñado a hacer los indígenas.

A varios cientos de metros, en una explanada, estaba acampada la caravana, formando un círculo con las carretas. En total había unas doce, cubiertas por tela blanca, en una perfecta elipse protectora. Muy cerca habían construido de modo rudimentario un cercado donde descansaban los caballos, y un grupo de mujeres se disponía a preparar el fuego para calentar la noche que ya se avecinaba. En el grupo, como les había informado el jefe de la tribu, había también niños, y varios soldados que los estarían escoltando desde algún fuerte lejano, en tierras indómitas.

Notaron un ligero movimiento a sus espaldas y apenas tuvieron tiempo de ver a los guerreros que los habían acompañado, que se alejaban silenciosamente, sin que las hojas de los arbustos siquiera los rozaran. Montaron en sus caballos y dieron la vuelta por donde habían venido, dejándoles el par de monturas que les harían falta.

—¿Preparada? —dijo Jacques con el entrecejo fruncido.

Babette miró hacia atrás, por donde ya se perdían sus silenciosos anfitriones, después dio un suspiro y miró a Jacques.

—Preparada. Vamos allá.

Bel Frances

De un salto, Jacques subió a su caballo y ayudó a Babette. Salieron de la maleza cabalgando muy despacio, dejando tiempo a los colonos y a los soldados para que los vieran y se aseguraran de que no eran ningún peligro.

Hubo un revuelo en el grupo cuando los descubrieron a la distancia; las mujeres corrían hacia el círculo protector que proporcionaban las carretas, llevando a los niños a rastras, y los hombres empuñaron sus fusiles.

Un grupo de cinco soldados subieron a sus caballos y galoparon a su encuentro, con las armas de fuego en la mano, listos para disparar.

—Será mejor que guardes ese collar —susurró Jacques en voz baja cuando los soldados se acercaban.

Babette obedeció al instante y, al igual que su compañero, ocultó el presente indio en el pequeño hato donde estaban sus pocas pertenencias.

Los soldados llegaron cerca de ellos y se detuvieron a unos metros de distancia, asegurándose de que no había peligro en aquella pareja de extraños que aparecían de pronto, no se sabía de dónde. Los observaron con interés antes de que el que parecía el jefe se dirigiera a ellos.

—¿Quiénes son ustedes? —El soldado era un hombre de no más de cuarenta años, con el cabello corto y rubio canoso, tocado con largas patillas que le llegaban a la mandíbula. Mantenía la cabeza inclinada, visiblemente extrañado de verlos aparecer.

—Mi nombre es Jacques Bonnier, y ella es la señora de Mirecourt. Venimos desde Nueva Orleáns y nos dirigimos a la ciudad de St. Louis.

—¿Quiere decir que han hecho el camino a caballo? —volvió a preguntar el militar, extrañado.

—No señor. —Babette permanecía a su lado, callada—. Zarpamos en barco y remontamos el Misisipi. Tuvimos que desembarcar varias millas antes para evitar el ataque de unos bandidos. Nuestra embarcación dio la vuelta, y nosotros decidimos continuar el camino.

El hombre los miró con curiosidad. La historia le parecía bastante increíble, sin embargo, no parecían peligrosos.

—¿Y esos caballos? Son indios.

Jacques asintió; no solo los delataba la raza de los animales, sino también la ausencia de silla de montar.

—Hemos tenido problemas. Éramos cuatro y fuimos atacados por un grupo de indígenas. Dos de los nuestros han caído y nuestros caballos también. Hemos tenido que robar estos animales para poder continuar la marcha.

Efectivamente, el hombre no creía una sola palabra, pero ya tendrían tiempo de decir la verdad ante un tribunal de St. Louis si fuera necesario.

—Mi nombre es sargento Scott, y doy protección a este grupo de colonos hasta St. Louis.

—¿Regresan del Oeste? —intervino Babette por primera vez.

El hombre la miró de arriba abajo antes de contestar.

—Las cosas no marchan muy bien allí. Algunos han decidido volver.

—¿Se ha extendido la guerra?

El Sargento tardó en contestar. ¿Hasta qué punto eran de confianza esos extraños?

—Aún no, pero no tardará en hacerlo. Ahora será mejor que nos acompañen y tomen algo caliente. La noche está a punto de caer.

A paso lento, se encaminaron hasta el campamento, donde poco a poco fueron apareciendo los colonos desde sus escondites.

—¿Tiene noticias de Europa, Sargento? —preguntó Babette antes de llegar.

El hombre volvió a mirarla de manera acusadora; le resultaba extraño ver a una mujer como aquella en compañía de alguien que no era su esposo.

—Al Oeste no llegan muchas noticias, señora. Lo que sí es cierto es que los días de Napoleón están contados.

Cuando entraron en el campamento, Babette volvió a mirar hacia atrás; el futuro, ahora, sí que era algo incierto.

* * *

El grupo de colonos estaba formado, en su mayoría, por puritanos de la Costa Este, según les informó el Sargento. Habían sido pioneros en la colonización del Oeste, y ahora volvían a casa sin que ninguno de sus sueños se hubiera cumplido.

La llegada de Jacques y Babette fue acogida con bastante indiferencia, y apenas hablaron durante la cena, que consistió en un sabroso caldo y en verduras asadas. No se sintieron totalmente cómodos con el recibimiento; aquella gente parecía desesperanzada. Posiblemente habían puesto todos sus anhelos en un viaje fallido que ahora tenían que hacer de regreso, y con las manos vacías.

Después de comer, los colonos se retiraron en grupos, reuniéndose delante de cada carreta, y los soldados que no tenían que montar guardia se pusieron a jugar a las cartas sobre un tronco cortado.

—Bien —dijo Jacques cuando quedaron solos—, en unos días, estaremos en St. Louis.

Ella miraba el fuego y sorbía de una taza metálica un poco de té aguado.

—Sí, nuestra aventura está llegando a su fin.

Jacques permaneció silencioso un buen rato; eran tantas las cosas que le gustaría decirle, tantas las palabras que saldrían en aquel momento de su boca y su corazón, que lo paralizaban. Era consciente de que todo había terminado entre ellos, de que el beso fugaz que se dieron antes de entrar en la tienda del jefe indio había sido el último. Sin embargo, algo muy dentro de él le impedía resignarse a perderla, a no volver a saborear el aroma dulce de su piel, el frescor de su boca. Daría cualquier cosa por detener el tiempo, por hacerlo retroceder unas horas, las justas que le hubieran permitido montar a caballo, alejarse de la aldea, vivir juntos para siempre.

—¿Existe alguna posibilidad...? —No se atrevió a terminar. Quizá porque prefería no oír de sus labios la elección.

—Sé que todo esto lo has hecho por tu hijo, y por Arnaud.

Ella no contestó. Jacques apartó la vista del fuego para encontrarse con su perfil; las llamas ondulantes proyectaban sombras sobre su rostro, triste y demudado.

—Hagas lo que hagas, sea cual sea tu decisión —dijo Jacques con voz ronca—, será lo correcto. Mereces ser feliz.

Babette lo miró entonces y se encontró con sus maravillosos ojos azules; esos ojos que había besado con pasión hacía solo un día.

—¿Lo crees así?

Jacques asintió y le regaló una sonrisa.

Después la dejó sola junto al fuego, y se fue a conversar con los soldados.

Babette sentía como los pensamientos, los sentimientos, viajaban de su corazón a su cabeza en un tránsito imposible que la tenía aturdida. Quería a Arnaud, pero... ¿qué sentía entonces hacia Jacques?

—¿Puedo sentarme? —preguntó una voz.

Babette se giró y vio a una mujer de su misma edad, con una abultada melena pelirroja y un vestido muy escotado en tonos rojizos que ya le había llamado la atención cuando llegaron al grupo.

—Por supuesto —dijo Babette con una sonrisa y señaló un hueco a su lado, en el mismo tronco caído que hacía de asiento.

—Le advierto que conversar conmigo puede hacer que mis compañeros de viaje la repudien.

Babette miró a la mujer y luego alrededor; era cierto que se habían convertido en el centro de atención de casi todos los grupos, que las miraban atentamente, como esperando una reacción por parte de Babette.

—¿Le apetece un poco de té? —fue todo lo que dijo.

La mujer asintió y tomó la taza que Babette le ofrecía.

—¿Sabe? —dijo la mujer pelirroja—, hace mucho tiempo que no hablo con una mujer. Ya he olvidado qué vestidos se llevan y cuáles están anticuados, he olvidado hablar de hombres, de sus defectos y virtudes, quejarme de los males de amor, o simplemente tomar una taza de té con una amiga sentada al lado, mientras contemplamos como se consume el fuego.

Babette observó con más detalle a la mujer que tenía a su lado. Era muy bonita, aunque para su gusto excesivamente maquillada, sobre todo para un viaje como el que debían de haber realizado. Sus ropas tampoco eran adecuadas; un traje que podía tener diez o quince años, demasiado llamativo y demasiado adornado.

Empezó a hacerse una idea de por qué esa mujer era rechazada en la comunidad y por qué, en cambio, era admitida en la caravana.

—¿Cómo te llamas? —preguntó.

—Lucile —dijo la mujer mirándola con ojos transparentes.

—¿Sabes, Lucile?, creo que tú y yo vamos a ser buenas amigas.

* * *

—Señora de Mirecourt —la llamó una mujer cuando Babette volvía de asearse en la zona acotada donde lo hacían las puritanas.

Esa misma mañana, se había dado cuenta de que, sin haber hablado aún con nadie, todos sabían su nombre, un nombre que para aquellas gentes no significaba nada, e incluso la historia que había contado Jacques al Sargento.

La mujer no debía de tener más de treinta años; tenía la piel ajada por el trabajo a la intemperie y la rodeaban cinco niños de mirada apagada y seca. Llevaba un vestido de color gris oscuro, abotonado hasta el cuello y sin ningún corte que lo realzara. Más bien parecía confeccionado para ocultar cualquier parte hermosa de su cuerpo. El cabello lo llevaba oculto bajo un gorro almidonado atado en la barbilla, aunque una mecha furtiva que escapaba de la patilla lo descubría como de un bonito color trigueño.

Babette la miró con curiosidad.

—¿Puedo ayudarla? —preguntó sin saber muy bien qué necesitaba.

—Señora de Mirecourt, ¿puedo hablar con usted?

Babette asintió.

—Por supuesto.

—Acaba usted de llegar y no conoce nuestras costumbres, debe de ser eso, no tiene otra explicación. —La mujer tenía las manos cruzadas en el regazo y la miraba de manera compasiva, igual que los pequeños, que no se habían apartado de su lado.

—Creo que no la entiendo.

—Esa mujer. Esa tal Lucile. No es bueno que se relacione con ella. Es una mujer impura.

—Sigo sin comprenderla, señora —contestó Babette, que empezaba a sentirse molesta.

La mujer miró a ambos lados y bajó la voz, sin importarle demasiado lo que oyeran los niños.

—Es una prostituta. Una ramera. Nadie de aquí la trata ni se relaciona con ella, solo puede traer desgracias. Los soldados la usan para saciar sus necesidades, pero la comunidad sufre por este desacato a la ley de Dios. Le ruego, en nombre de mis hermanos y hermanas, que se aparte de esa mujer impura.

La voz de Babette sonó fría como el hielo.

—Lo que cada uno haga en su casa, lo que cada uno haga con su cuerpo no es asunto mío, señora. La señorita Lucile ha reclamado mi amistad y no suelo desoír esas llamadas.

La mujer pareció escandalizarse y atrajo a sus hijos contra sus faldas, como si la presencia de Babette pudiera contaminarlos.

—Está cometiendo una equivocación, señora de Mirecourt. No olvide que somos nosotros quienes les damos cobijo.

Babette la miró desafiante.

—No lo olvido, señora. No dude en comunicármelo cuando nuestra compañía deje de serles grata.

Sin decir más, dio media vuelta y se dirigió en busca de Jacques.

Por el camino se dio cuenta de que todos la miraban; tenía la sensación de que esa conversación no había sido un hecho aislado, más bien era la voz del grupo la que había salido de los labios de aquella mujer.

* * *

Jacques comprendió que algo extraño sucedía en cuanto se pusieron en marcha.

Se había quedado en la retaguardia, conversando con los soldados. Al parecer las tribus indias estaban siendo desplazadas hacia el Oeste, lo que ocasionaba continuas revueltas.

Bel Frances

La caravana formaba una larga hilera; los carros, conducidos lentamente por los caballos, ocupaban el centro, y alrededor, a pie, se diseminaban los colonos acostumbrados a la dura marcha.

Jacques avanzó hacia la cabecera, donde se encontraba el jefe del destacamento. Se cruzó con muchas caras demacradas, ancianos que casi no podían mantenerse en pie y niños que eran transportados por sus madres sobre el regazo, sujetos por un trozo de tela.

Descubrió algo aún más alarmante; había mucha gente enferma tumbada dentro de las carretas, que tiritaba de frío pese al calor del día y a estar cubierta por mantas.

Cuando llegó a la cabecera de la caravana, se lo comentó al Sargento.

—Hace un mes que no enferma ninguno —dijo el hombre—. Por eso volvemos a casa.

—Perdone que lo contradiga, Sargento. Acabo de ver a más de diez personas enfermas en las carretas, eso sin contar con la apariencia demacrada de la mayoría de los colonos.

El militar asintió con la cabeza.

—¿Sabe, señor Bonnier, por qué volvemos a St. Louis?

Jacques negó con la cabeza.

—No es por los indígenas, ni siquiera por la guerra. Hace tres meses empezaron a aparecer los primeros afectados. Cursaban la enfermedad con dolores abdominales, fiebre y diarreas. Eso solo fue el principio.

—¿Qué sucedió?

El Sargento se adelantó un poco con el caballo para que los demás no los oyeran hablar; seguía siendo un tema tabú entre sus soldados.

Creemos que todo empezó a partir de una partida de caza. Salimos a cobrar piezas a los pantanos y trajimos un gran botín de aves acuáticas. Unos días después empezamos a enfermar.

Jacques lo escuchaba atentamente desde su montura.

—Una vez que empezaban los síntomas —continuó el Sargento—, la mayoría fallecía antes de diez días. Los que lograban superar ese periodo siempre sobrevivían, aunque tardaban bastante en recuperarse del todo. Solo unos pocos no hemos contagiado la enfermedad; entre ellos yo.

—¿Las personas que están en los carros son los enfermos?

—Ellos ya la han pasado y han dejado de ser contagiosos. —El hombre se quitó el sombrero para volver a colocárselo—. Somos los que quedamos de una población de doscientos habitantes. Ha muerto más del ochenta por ciento.

—Lo lamento, de verdad —dijo Jacques afectado.

—Pronto descubrimos que la enfermedad solo es contagiosa los primeros diez días. Si se logra pasar de ahí, no solo se consigue sobrevivir, sino que el mal no vuelve a contagiarse. Todos los que vamos en esta caravana la hemos pasado o la hemos resistido.

—¿No hay nadie que corra peligro de enfermar?

El Sargento negó con la cabeza.

—Hemos tenido cuidado de emprender la marcha solo aquellos que pasamos la cuarentena.

—¿Qué quiere decir con eso?

El hombre lo miró con desdén y espoleó su montura.

—Que las autoridades de St. Louis no nos dejarían entrar en la ciudad si pensaran que somos portadores de una plaga.

* * *

—¿Por qué decidiste ir al Oeste? —le preguntó a Lucile.

Andaban detrás de la última carreta, aisladas de las demás, que no se acercaban a ella ni le habían dirigido la palabra en todo el día.

—Supongo que por amor. —Lucile se ayudaba a caminar con una gran vara de madera, con la que marcaba el paso—. Hace tres años que mis padres murieron durante una batalla; mi casa quedaba dentro del campo de tiro, y tuvimos la mala suerte de que el enemigo tuviera buena puntería.

—¿Tienes hermanos, o hermanas?

—Solo tenía a Charles; un soldado del ejército con el que había hablado algunas veces. Era un buen muchacho. Creo que hubiera sido feliz con él.

—¿Solo lo crees?

Lucile se encogió de hombros.

—Bueno, nunca supe si estaba de verdad enamorada.

—Eso no puede ser —contestó Babette con una sonrisa—. Estoy convencida de que cuando nos enamoramos lo sabemos al instante.

Lucile asintió.

—Puede que tengas razón, pero soy torpe con los sentimientos. Nunca estoy demasiado segura de nada.

Babette la miró con simpatía; se parecía demasiado a ella.

—Cuéntame lo de ese joven, ese tal Charles.

La mujer se paró un momento para tomar aire; después de tantos días de caminata, apenas le quedaban fuerzas.

—Charles había sido destinado a un fuerte pasando el río Misisipi y me pidió que partiera con él. Yo estaba sola, no tenía a nadie y decidí acompañarlo. Pensé que no me quedaba nada que perder y, en cambio, había una nueva y maravillosa vida esperándome allí.

Babette la miró con curiosidad. Le parecía percibir que los ojos de Lucile brillaban cuando hablaban de aquel hombre.

—¿Qué sucedió?

—Charles murió en una escaramuza con los indios.

Hubo un silencio respetuoso entre las dos mujeres.

—Lo siento —dijo Babette en voz baja.

—Ni me dejaron ver el cuerpo. —Babette estaba segura de que los ojos de Lucile brillaban más de lo habitual—. Yo no estaba casada, así que perdí todos los derechos en el fuerte. Tuve que buscar alguna manera de ganarme la vida. Eso es todo.

Babette pasó un brazo por los hombros de Lucile, la atrajo hacia sí y la besó en el espeso cabello rojizo.

—Estoy segura de que en St. Louis encontrarás la felicidad. Yo te ayudaré.

Lucile sonrió.

—¿Y cómo podrás tú ayudarme? Quizá la tengas delante y no quieres verla.

Babette la interrogó con la mirada; no entendía lo que su amiga parecía estar insinuando.

—¿Qué quieres decir?

Pero Lucile no pudo contestarle, aquejada por un repentino vómito rojo.

* * *

—Tiene la enfermedad —dijo el Sargento saliendo del carromato donde descansaba Lucile con una cataplasma de mostaza cubriéndole la frente.

Todos los reunidos soltaron una exclamación. Desde que abandonaron el fuerte, nadie había vuelto a contraer la enfermedad, y los que seguían enfermos mejoraban día a día.

—No puede ser —comentó en voz alta un hombre de larga barba—. Ella ha estado en contacto con los demás todo este tiempo, la enfermedad no debía de haberla atacado.

—Es un castigo de Dios —dijo otro—. Dios castiga a las mujeres lujuriosas.

La explanada se llenó de murmullos, críticas a la conducta moral de Lucile, que, según ellos, les había traído la desgracia.

Jacques apartó al Sargento del grupo hasta un árbol un poco distante, donde se apoyaba Babette. Había acompañado durante toda la noche a Lucile, limpiando los continuos vómitos que no podía contener, y se encontraba no solo agotada, sino asustada por su amiga.

—Sargento —dijo Jacques—. ¿Se pondrá bien?

El militar estaba mortalmente pálido.

—Estamos a dos jornadas de St. Louis. Durante diez días el peligro de que la enfermedad acabe con ella es enorme.

Los miembros de la comunidad se habían ido acercando hasta apiñarse de nuevo a su alrededor.

—No tenemos muchas opciones —continuó el Sargento—. No podemos entrar en la ciudad con una infectada capaz de transmitir la enfermedad. Solo podemos esperar aquí los diez días necesarios para que Lucile se recupere o suceda lo que Dios quiera…, o…

El hombre se calló, incapaz de continuar.

—¿O…? —preguntó Babette.

Bel Frances

—O dejarla aquí para que acarree con su destino —gritó una mujer de entre la multitud.

Babette palideció al instante.

—No pueden hacer eso.

—Es una mujer impura. Ella es la causante de nuestras calamidades —gritó otro hombre enfurecido.

—Es una hija de Belcebú, una aberración.

Los gritos se sucedieron y pronto todos esgrimían argumentos que se basaban en la manera que había tenido Lucile de no morir de hambre, cuando sus hermanos y su Dios la habían abandonado y sus vecinos no quisieron ayudarla.

El Sargento exigió silencio y todos callaron.

—Está decidido —dijo el militar, mortalmente pálido—. Lucile se quedará aquí y nosotros continuaremos el camino hasta St. Louis. Queda en las mejores manos, en las manos de Dios.

Babette habló entonces con una voz potente y profunda, que la impresionó incluso a ella misma.

—Yo me quedo con ella. Su Dios ya la abandonó una vez, su amiga no lo hará ahora.

Todo era silencio alrededor. El Sargento avanzó un paso, permaneció un momento en silencio, y después miró a Jacques.

—¿Qué dice usted, señor Bonnier?

Jacques ni lo pensó.

—Donde esté ella estoy yo.

—Bien —terminó el militar—. Que así sea. Les dejaremos lo necesario para que puedan sobrevivir unos días.

* * *

El puerto estaba repleto de pasajeros que intentaban llegar a los barcos atracados en el muelle. Era una marea humana de gente angustiada que huía de Francia ante el cambio de gobierno; antes les había tocado a los monárquicos. Ahora que Napoleón había sido derrotado, les había tocado el turno a los que le habían sido fieles y no tenían el poder suficiente para comprar su seguridad.

—Sus mariscales se han negado a continuar combatiendo —dijo un hombre entre la multitud, hablando con otro caballero que hacía esfuerzos por llegar a un carguero a punto de zarpar.

Tío Etienne apretó al pequeño Bastien contra su pecho. Notaba detrás el cuerpo nervioso de su mujer, agarrada a su cintura mientras él se abría paso entre la multitud. Debían llegar a su barco, un navío modesto atracado al final del puerto.

—Al parecer —respondió otro hombre abriéndose paso a codazos—, su propuesta de renunciar a sus derechos en favor de su hijo también ha sido rechazada. Napoleón Bonaparte ya es historia.

Una mujer ataviada con un sombrero elegante y que portaba un perrito diminuto entró en la conversación.

—Las últimas noticias dicen que ha tenido que abdicar.

Tío Etienne continuó avanzando, a paso muy lento entre la muchedumbre. Si en ese momento surgiera cualquier alarma, sería una catástrofe, y eso que solo habían podido acceder a los muelles aquellos que mostraron sus boletos de embarque.

—Al parecer —dijo otro caballero justo detrás de tía Camille— le van a permitir conservar el título de Emperador.

—Sí —dijo el primero que habló—, pero otorgándole el gobierno de una isla ridícula, la isla de Elba.

En ese momento sucedió. El perrito que llevaba la dama cayó de sus brazos y desapareció entre la multitud.

—¡Corinne, Corinne! —gritó la mujer haciendo aspavientos.

Los nervios crispados hicieron el resto; la muchedumbre confundió los gritos de la mujer con una señal de alarma. La gente empezó a correr, empujándose unos a otros. Asustados por algo que desconocían. Los que caían al suelo ya no se levantaban más, pisoteados por aquella turbamulta humana dispuesta a saltar a los navíos.

—¡Etienne! —gritó tía Camille asustada, aunque el pétreo cuerpo de su marido soportaba aún los empujones de la masa.

—No te separes de mí. Sujétate fuerte —gritó él.

Pero no era fácil; una corriente humana la empujó con fuerza, y ella no tuvo más remedio que soltar las manos. Poco a poco, se fue separando de su marido, en la dirección contraria a donde esperaba el barco.

—¡Camille! —gritó Etienne angustiado.

Tendió una mano para sujetar la de ella, que se alejaba a una velocidad endiablada, pero en ese momento, otro grupo de personas histéricas empujaron en la dirección contraria, y el pequeño Bastien desapareció de sus brazos.

Fue tan rápido que ni siquiera supo cómo; de pronto había desaparecido de su vista, ya no estaba agarrado a su cuello.

Gritó su nombre con todas sus fuerzas, pero fue en vano; la multitud se había tragado al pequeño, y con él todas sus esperanzas.

* * *

Durante dos días, la fiebre no solo no había desaparecido, sino que continuaba subiendo.

El estado de Lucile era lamentable; vomitaba todo lo que comía, y los temblores hacían que la pequeña tienda donde se refugiaban pareciera que se iba a derrumbar de un momento a otro.

Los habían abandonado con provisiones para cinco días y la tienda desmontable donde dormitaba Lucile.

Babette atendía día y noche a su amiga, teniendo cuidado de que no se ahogara en sus propios vómitos y aplicándole paños fríos en la frente para intentar bajar, sin conseguirlo, la fiebre que la aquejaba.

Lucile alternaba los estados de inconsciencia con breves periodos de lucidez en los que no paraba de llorar. Esa mañana había perdido el conocimiento, y la fiebre le había quitado peso a una velocidad que se apreciaba a ojos vista.

Jacques se encargaba de todo lo demás; iba al arroyo por agua, preparaba la comida y cuidaba de la seguridad de las dos.

Por las noches, él y Babette dormitaban a la intemperie, muy juntos, sobre una manta. Ella se acurrucaba en sus brazos, y el sueño la vencía al momento, aunque en cuanto sentía que Lucile se movía más de la cuenta o tosía, acudía en su ayuda, lo que le impedía dormir mucho tiempo seguido, y empezaba a desmejorarse.

Jacques estaba preocupado. No lo había hablado con Babette, pero podían quedar contagiados con esa enfermedad terrible y fulminante.

Pero aun sabiendo que ponían sus vidas en peligro, estaba convencido de que hacían lo correcto; en el poblado indio había llegado a la conclusión de que debía ofrecer a la vida lo mismo que nos ofrecía a nosotros. Solo el hecho de poder abrazar a Babette por las noches, de ver como el sueño la vencía mientras intentaba contarle sus preocupaciones, era suficiente para él.

Esa tarde, Babette estaba preparando un nuevo emplasto para bajarle la fiebre, que seguramente sería igual de inútil que los anteriores.

—¿Charles? —dijo Lucile atrapada por los fantasmas de la fiebre—. ¿Eres tú, Charles?

Se encontraban en el cuarto día desde que los dejaron solos, y Jacques había marchado al arroyo por agua fresca.

—Tranquilízate, Lucile. Te pondrás bien —Babette le acariciaba el cabello, húmedo y desaliñado. Había sido una mujer muy bonita, sin embargo, solo en cuatro días, la enfermedad se había cobrado su lozanía.

—Charles —dijo de nuevo en un susurro.

Babette notaba como las lágrimas se empeñaban en acudir a sus ojos.

—La fiebre bajará. Te pondrás bien —repitió con poca convicción.

Pero nada de eso era importante para Lucile. Estaba cerca de las puertas de la muerte; ese momento en el que solo importan las cosas verdaderamente primordiales.

—Charles, dime que estás junto a mí.

Babette notó como las lágrimas bajaban por sus mejillas y las limpió con el borde del vestido.

—Sí, he vuelto, Lucile —dijo con la voz quebrada por el llanto—. Debes luchar, recuperarte pronto.

—No vuelvas a dejarme, no vuelvas a ausentarte por más tiempo.

Algo invisible aprisionaba las cuerdas vocales de Babette y le dificultaba hablar. La vida no había sido justa con aquella mujer y ahora la obligaba a enfrentarse a la muerte en un país desconocido, con unos desconocidos a su lado, sin nada que le recordara los pocos momentos felices de su vida.

—Lucile, ponte bien, por favor —no era solo un deseo, era una imploración, una súplica angustiada hacia su amiga.

—Charles, ¿podrías darme un beso? —dijo de nuevo con voz queda.

Las lágrimas corrían sin control por las mejillas de Babette; habían sido días fatigosos, días en los que había tenido que controlar sus emociones, atenta solo a la salud de su amiga. Ahora pensaba en lo que le había contado, en cómo la vida había pasado por ella como un caballo desbocado. Pensaba en qué hubiera sido de Lucile si Jacques y ella no hubieran estado allí; la habrían abandonado de igual modo, a su suerte, quizá hubiera sido devorada por las alimañas mientras llamaba desesperada a un muerto que una vez creyó amar.

En las pocas conversaciones que había tenido con Lucile, esta le dijo que había creído amar a un hombre llamado Charles. Babette pensaba ahora que Lucile había conocido el amor sin reconocerlo, que lo que ella estaba segura de que se trataba de un espejismo era un hecho rotundo que ahora, cuando las fuerzas le fallaban, acudía a su mente nublada como la soga de los ahogados, como el único momento feliz que había pasado por su vida.

Babette se limpió las lágrimas de la cara con las manos temblorosas.

—Lucile, aquí estoy—. Se retiró el cabello de la cara y, despacio, se inclinó hasta estampar dulcemente un beso sobre los labios de su amiga.

* * *

Cuando Jacques llegó, supo lo que había sucedido.

Babette estaba sentada sobre un tronco caído. Mirando al horizonte.

Dejó las alforjas llenas de agua en el suelo y corrió a su encuentro.

Sin decir nada, la abrazó con fuerza y fue entonces cuando ella se derrumbó. Lloró sobre su hombro mucho tiempo, hasta que los pájaros volvieron a los árboles para pasar a salvo la noche.

Cuando se calmó un poco, abandonó los brazos de Jacques y pudo mirarlo a los ojos.

—Ha muerto.

El hombre acarició su cabello, pero ella lo apartó, pues un vómito acudió a su garganta. Cuando se recuperó y abrió los ojos, cuando siguió la mirada espantada de Jacques, pudo ver que el suelo estaba cubierto de sangre.

* * *

Jacques había cavado con sus propias manos la fosa de Lucile; había elegido la sombra de un gran árbol, un lugar seguro que le habría gustado a la muchacha, desde donde se divisaba un horizonte lejano y lleno de color.

Tampoco se apartaba del lado de Babette. Había dejado de comer para que ella pudiera alimentarse, pero era inútil, todo lo que entraba en su cuerpo volvía a salir inmediatamente. Ni siquiera se atrevía a ir al arroyo y dejarla sola.

El cuarto día de enfermedad tuvo que buscar agua fresca, y el tiempo que tardó en bajar y subir del cauce había sido el peor rato de su vida.

Los síntomas que había visto en Lucile se repetían uno a uno en Babette; la fiebre era muy alta, los vómitos constantes y deliraba todo el tiempo.

Ni siquiera le molestó que algunas veces lo llamara Arnaud. Solo quería que mejorara, que si alguno tenía que morir allí, fuera él y no ella.

—Jacques —dijo Babette con un susurro en uno de los pocos momentos de lucidez.

—Dime, amor mío.

Ella intentó sonreír sin conseguirlo; era hermoso oír esas palabras en momentos difíciles como aquellos.

—Me temo que nuestro viaje acaba aquí.

Jacques le apartó el cabello de la frente.

—No digas eso. Estamos muy cerca. Arnaud está a solo dos días de camino, y el pequeño Bastien necesita a una madre que lo vea crecer.

Los ojos de Babette se llenaron de lágrimas.

—¿De veras lo crees?

—Ahora no puedes abandonar —continuó Jacques—, debes mejorar, ponerte bien, hazlo por ellos.

Ella cerró los ojos y permaneció callada unos instantes.

—¿Y tú? —dijo mirándolo de nuevo y clavando en él unas pupilas llenas de dolor.

—Yo estaré bien si tú lo estás, seré feliz si tus ojos me dicen que tú lo eres.

—Pero St. Louis está a solo dos días de camino. Cuando lleguemos allí, lo nuestro habrá terminado para siempre.

Él le besó la frente y luchó porque Babette no percibiera su dolor.

—Tu vida empieza ahora, yo ya formo parte de tu pasado. Ahora duerme y ponte bien.

Ella asintió, reprimiendo una nueva arcada que subía por su garganta.

—Eres un buen hombre. Qué suerte tendrá la muchacha que consiga cazarte.

Jacques sonrió con tristeza; la única mujer que había inundado su corazón se estaba muriendo entre sus brazos.

—Si nos hubiéramos conocido en otro lugar —dijo Babette intentando formar una sonrisa—. En otro tiempo…

Pero el cansancio la venció. Cerró los ojos y rogó a Dios que pudiera volver a abrirlos.

* * *

El undécimo día Babette sonrió.

Se sentía muy cansada, y Jacques era feliz.

* * *

—¿Cuánto tiempo hemos perdido? —Era la primera vez que podía salir de la tienda y andar por sí sola.

—Eso no importa. Ahora debes recuperarte.

Babette miró a su alrededor, hasta localizar una tosca cruz de madera bajo un árbol.

Interrogó a Jacques con la mirada, y este asintió. La tomó en brazos y la dejó al pie de la cruz.

Babette se agachó, y tomó un puñado de tierra entre sus manos.

—Amiga mía, yo no te olvidaré.

Permaneció al pie de la tumba mucho rato. Después caminó despacio hasta reunirse con Jacques.

—¿Partimos?

—Sí —dijo él terminando de desmontar la tienda; nunca se sabía si tendrían que utilizarla de nuevo—. Pronto estaremos en St. Louis.

Babette se dio cuenta de que no tenían el caballo.

—Solo nos dejaron un animal —dijo él —, y necesitábamos proteínas para que te recuperaras. Vamos a tener que hacer el camino a pie.

Ella lo miró asombrada; no había dudado en sacrificar al caballo, su único medio para salir de allí, para que ella se recuperara.

Jacques estaba empaquetando el escaso equipaje que portarían. Estaba compuesto por un pequeño hato con sus escasas ropas, la tienda plegada y algunas provisiones que había recogido en el bosque.

Babette se le acercó de pronto, le revolvió el cabello y le estampó un beso en la mejilla.

—Gracias por todo —le dijo con ojos brillantes—. Aunque por mucho que te lo agradezca, siempre estaré en deuda contigo.

Él la miró sorprendido y le dedicó una sonrisa pícara.

—Te aconsejo que no te acerques demasiado. Aún te deseo a rabiar.

Ella lo observó con ojos tristes.

—Te lo digo en serio, Jacques. Durante este tiempo tú lo has sido todo para mí.

Él apartó la mirada. Si no lo hacía la besaría de nuevo, la arrojaría sobre la hierba y le haría el amor una y mil veces. Y todo terminaría mal entre ellos. No había conseguido asimilar que una vez en St. Louis la perdería para siempre. Sin embargo, algo muy extraño se había transformado en su interior; él había dejado de ser lo primero en su vida y Babette había ocupado su lugar. No podía permitirse ningún acto que pudiera dañarla.

Sonrió, intentando parecer divertido.

—No olvides que hablas con un bandido. Somos gente de recursos.

Ella soltó una carcajada y se recompuso su maltrecho traje de viaje.

—¿Por dónde iremos?

—Por allí. —Jacques señaló hacia el Este —. Al Norte, sin caballos y en tu estado, sería una locura. Terminarías agotada. No son lo mismo dos jornadas a pie que a caballo. Lo mejor es que lleguemos a orillas del río Misisipi, allí podemos buscar una manera de remontar el río hasta la ciudad. Es el camino más rápido.

—¿Y los piratas? —preguntó Babette.

El escaso equipaje ya estaba listo, y Jacques lo cargó sobre su espalda. Tomó a Babette de la mano y comenzaron a andar hacia el este.

—Después de todo lo que nos ha sucedido, son los piratas los que tienen que temer a Jacques Bonnier.

* * *

Salieron de entre un macizo de árboles y se toparon de pronto con el gran río; una ancha cuenca de agua verdosa que los llevaría de nuevo a la civilización.

Babette no se había quejado ni una sola vez durante el largo trayecto. Lo habían recorrido a buen ritmo, haciendo pausas de unos minutos de tanto en tanto para que ella recuperara las fuerzas. Cuando llegaron a la orilla, Jacques buscó un lugar sombreado donde descansar.

—Intenta dormir un poco, te vendrá bien.

Ella se recostó sobre el tronco retorcido de un árbol y cerró los ojos.

—Jacques —dijo sin abrirlos—, lo que sucedió en el poblado indio...

Él la miró un momento, y dejó la carga en el suelo.

—No tienes de qué preocuparte. Nos dejamos llevar por los instintos. Te aseguro que nunca había estado tanto tiempo sin hacer el amor con una mujer.

Ella abrió los ojos, y buscó la mirada azul del hombre.

—¿Eso fue para ti?

Él apretó la mandíbula.

"Por las barbas del diablo, Babette. No me lo pongas más difícil", pensó.

—Sí. No suelo resistirme a los encantos de una mujer bonita. Ya te lo dije en el barco.

Le pareció notar un brillo de rabia en los ojos de Babette.

—Sin embargo, cuando íbamos a morir asaeteados...

—Cuando la muerte está cerca se dicen muchas insensateces.

Ella volvió a cerrar los ojos. Tenía la mandíbula crispada y se notaba tensa.

Cambió por completo de tema.

—¿Cómo remontaremos el río?

Jacques suspiró. Durante la recuperación de Babette ya lo había pensado; en un principio, había creído que lo mejor sería avanzar por la orilla, seguir la forma serpenteante del río hasta la ciudad. Pero no podía someter a Babette a una caminata como aquella; aunque se había recuperado por completo, estaba muy cansada; la enfermedad había podido con sus fuerzas. También había pensado esperar la llegada de algún barco con dirección a St. Louis, pero si el cauce seguía bloqueado por piratas, era probable que eso no sucediera, o incluso si ya hubieran sido reducidos, no tenía garantía de que algún capitán recogiera a dos fugitivos que lo llamaran desde la orilla en tiempos tan tumultuosos como aquellos.

Se había decidido por una tercera posibilidad, incluso antes de llegar a la orilla del río.

—Tú descansa, cuando despiertes partiremos.

Babette asintió en silencio. Un ligero sopor se estaba apoderando de sus miembros, lentamente, como las aguas de un río perezoso, hasta que nada de lo que había a su alrededor tuvo ya importancia, y su cuerpo empezó a diluirse en el sueño.

Antes de quedar atrapada por la inconsciencia, pensó en las palabras de Jacques; para él, solo había sido una diversión; sin embargo, para ella, había sido un ciclón, un tornado que había desbaratado todas sus certezas.

✻ ✻ ✻

El hacha que le había regalado el jefe indio era perfecta para lo que hacía. Nada en su forma tosca indicaba la facilidad con que penetraba en la madera, la precisión con que conseguía cortar las ramas bajas de los árboles y pelarlas de follaje.

Jacques se había introducido unos cientos de metros en el bosque; le había parecido ver unos ejemplares perfectos cuando se dirigían al río, de ramas largas, gruesas y bajas.

En poco más de una hora, consiguió avanzar mucho más de lo que esperaba, gracias al hacha de piedra, y una gran hilera de estas ramas se apilaba al pie del árbol.

Cortó varias más antes de volver sobre sus pasos. Tuvo que caminar hasta la orilla portando el cargamento sobre sus hombros un par de veces. No eran tan pesadas como parecían; si hubiera sido madera de roble, como la de su tierra natal, al menos habría tenido que hacer el doble de viajes para apilar todo el cargamento cerca de la orilla.

Volvió a internarse en la espesura. En otro árbol había visto lo que necesitaba. Tuvo que andar un buen rato hasta encontrarlo, a pocos metros de la orilla del Misisipi; se trataba de unos árboles desconocidos para él, altos y frondosos, de copa ancha y hojas afiladas. La corteza era flexible y dura, perfecta para fabricar remos.

Jacques eligió uno de los árboles y trepó a su copa. Con el machete indio cortó varias piezas de corteza de forma regular y un par de ramas largas con forma de horquilla. Con ellas cargado, emprendió el viaje de regreso.

Ahora solo quedaba probar si todo lo que había aprendido de su padre, en un pequeño pueblo pesquero del sur de Francia, tenía utilidad.

* * *

Su mujer no había dejado de llorar desde hacía días. Se maldecía una y otra vez por la suerte que debía de haber corrido el pequeño Bastien, no quería ingerir alimentos, no quería dormir, no quería vivir.

Aquella mañana en el puerto, Etienne no pudo localizarlo. Lo buscó por todas partes y no encontró rastro del niño. Solo después de una intensa búsqueda, volvió sobre sus pasos para intentar buscar a su mujer.

Camille había conseguido ponerse a salvo de aquella marea humana. Logró mantenerse de pie, hasta que, igual que como había empezado, todo se disolvió, y ella fue a su vez al encuentro de su esposo.

Cuando se enteró de que el pequeño había desaparecido, cayó de rodillas, con un grito desgarrador.

Desde entonces, Etienne había pasado los días buscándolo en el puerto y la ciudad; no había aparecido su cadáver, y las aguas no lo habían devuelto. En algún lugar debía encontrarse.

Decidieron permanecer en la ciudad, perder la oportunidad de escapar, hasta tener alguna noticia del pequeño.

Pero los días pasaban y nadie sabía nada. Nadie lo había visto.

Etienne acarició el cabello de su mujer. Temía por ella. Si continuaba así, se volvería loca.

—Dime que aparecerá. Prométemelo —dijo ella entre lágrimas.

Él no contestó, y la tomó con fuerza entre sus brazos.

Desde aquel día, tía Camille solo sabía llorar y gritar el nombre del pequeño.

De vez en cuando, solo de vez en cuando, hablaba de Babette, su pobre Babette, y la promesa que nunca podrían cumplir.

* * *

Cuando Babette abrió los ojos después de varias horas de sueño profundo, supo al instante que cualquier secuela de la enfermedad había desaparecido por completo.

Se sentía ágil y vital, cosa que no había sucedido en los últimos días, y con unas ganas tremendas de vivir.

—Esto ya está —dijo Jacques terminando de atar la última cuerda, y probando en el agua si su invento flotaba.

Babette se desperezó lentamente y miró a su compañero. Estaba guapísimo, con el pelo rebelde que le caía sobre los ojos, en cuclillas a la orilla del inmenso río.

Sonrió para sí; la elección del señor Bonnier para acompañarla en aquel viaje había sido la mejor apuesta de su vida, aunque ella hubiera terminado siendo solo un buen entretenimiento para Jacques.

Pero aun así, debía estarle agradecida.

Se levantó con ganas y fue a reunirse con él a la orilla.

Sobre el agua descansaba aquello en lo que Jacques llevaba horas trabajando; una balsa de troncos con los que subir río arriba, atada con la exigua cuerda que les dejaron los colonos para levantar la tienda.

—¿Qué opinas? —dijo él con una sonrisa.

—Parece segura.

Jacques le lanzó una mirada ofendida.

—¿Solo lo parece? Mi abuelo era el mejor armador de barcos de toda Francia.

—Me dijiste que era marinero.

Él se rascó la cabeza.

—Bueno, seguro que tuve un tío armador. Mi abuela tampoco estuvo nunca segura de quién era.

Babette en ese momento había dado un pequeño salto y aterrizó sobre la balsa. La embarcación se desequilibró peligrosamente. La parte trasera se sumergió bajo el agua, dando tumbos, hasta que ella recuperó el equilibrio, y la balsa volvió a mantenerse a flote.

—Vamos, muchacho —dijo entre risas, intentando mantenerse erguida—. St. Louis nos espera.

Él rió feliz desde la orilla. Tendió una mano hasta alcanzarla y tiró fuerte de ella para que volviera a la orilla. Ambos perdieron el equilibrio, y Babette cayó estrepitosamente sobre Jacques.

Permanecieron abrazados durante unos segundos. La respiración del hombre era entrecortada, y sentía como su sangre empezaba a circular a mayor velocidad por sus venas.

Babette notó un escalofrío que partía de su coronilla y recorría su espalda, pero Jacques lo había dejado claro; ella solo había sido una diversión, aunque sus recuerdos le dijeran lo contrario, aunque la manera en que la había amado hubiera sido apasionada e increíble.

En un par de días, estarían en la ciudad, ella pagaría sus honorarios y encontraría la paz junto a su marido. ¿Qué haría Jacques? Prefirió no preguntárselo, temía que se sintiera mal si lo sabía, pero seguramente volvería a su vida de bandido y mujeriego.

Se apartó de encima del hombre y se arregló la falda.

Jacques se incorporó y ató la barca.

—En cuanto comamos algo zarparemos. Quizá mañana descanses entre los brazos de tu marido.

A ella le pareció notar un tono de reproche en sus palabras, pero prefirió obviarlo y hacer como que no lo había oído.

CAPÍTULO 7

*E*L ANCIANO NO DABA CRÉDITO A SUS OJOS.

Esa mañana estaba intentando conseguir alguna pieza con su caña de junco, sentado cómodamente en el muelle, antes de que el trajín del puerto espantara a todos los peces, cuando los vio aparecer.

Se restregó los ojos para asegurarse de que no lo engañaban. Pero allí estaba. Se trataba, sin duda, de un hombre y una mujer. O al menos eso parecía. Remontaban el río sobre una balsa de las que fabrican los adolescentes para jugar en la orilla. El hombre iba con el torso desnudo y remaba con un trozo de rama en forma de horquilla, al que había atado una corteza de árbol, dándole forma de pala. Daba una brazada a babor y otra a estribor, siguiendo la marcha con buen ritmo.

La mujer parecía bonita incluso de lejos. Iba sentada detrás, serena, disfrutando de los rayos del sol que apenas acababan de aparecer por el Este.

El anciano se puso en pie y caminó hasta un almacén cercano. Buscó entre un montón de porquerías hasta que lo encontró. Después volvió al viejo muelle. Se quedó allí de pie, tranquilo, hasta que los forasteros estuvieron lo suficientemente cerca, y entonces les gritó.

—Eh, amigo. Tome este cabo.

Lanzó la cuerda, que Jacques aferró con las dos manos, y tiró con fuerza de la balsa. La diminuta embarcación obedeció sin resistencia y, poco a poco, llegó hasta el muelle.

Jacques ató la soga a uno de los palos y subió de un salto. Después ayudó a Babette a subir.

El anciano los miraba con ojos asombrados.

—¿Desde dónde vienen con esa balsa?

Jacques sonrió. En verdad el viaje había sido más corto de lo que esperaba. Dos jornadas a caballo por tierra firme habrían supuesto mucho más tiempo que por las aguas del río.

—Desde muy lejos —dijo con una sonrisa—. Desde demasiado lejos.

El pescador rebuscó entre sus ropas y sacó una botella.

—Entonces merece usted un trago.

Jacques dio un trago generoso y sintió el sabor familiar del ron, que evocaba muchos momentos de su vida.

—Creo que yo también beberé un trago —dijo Babette, que de pronto se sentía feliz y a la vez nerviosa.

Mientras ella tosía por el endiablado fuego del licor, el anciano estrechó la mano de Jacques.

—Bienvenidos a St. Louis.

* * *

Con una parte de las pocas monedas que les quedaban, habían decidido alquilar una habitación en una pequeña posada. St. Louis era una ciudad menos importante que Nueva Orleáns, aunque también más limpia y agradable, quizá porque no había tantos humedales.

Babette solo necesitaba cambiarse y pensar un rato. Mientras, Jacques había salido en busca de Arnaud.

La posadera le había permitido usar su plancha de carbón, con la que tuvo que luchar para quitar las arrugas del único traje digno que llevaba en el reducido equipaje.

Después se dio un baño, lo necesitaba más que cualquier otra cosa en el mundo.

Sumergida en el agua caliente, sintiendo como sus músculos iban relajándose poco a poco, su cabeza no dejaba de dar vueltas.

Al fin lo había conseguido; su peregrinación en busca de la felicidad había concluido en aquella pequeña ciudad perdida en medio de un país desconocido.

Ahora encontraría a Arnaud y sería feliz en sus brazos para siempre.

Sin embargo, aunque no se atrevía a reconocerlo, la euforia que esperaba sentir no aparecía por ningún lado. Ansiaba ver a su esposo y, a la vez, tenía un miedo terrible a encontrarse con él.

Cerró de nuevo los ojos, solo necesitaba calmarse y todo volvería a ser como antes, como nunca había sido.

El agua caliente empezó a hacer efecto, y las palpitaciones de su corazón se modularon a un ritmo normal.

Lo curioso de todo, pensó Babette, era que, una vez que había llegado a su destino, deseaba intensamente que este se hubiera encontrado más lejos, mucho más lejos, perdido entre las brumas del tiempo.

* * *

—Señor, mire lo que hemos encontrado.

El capitán del navío apartó la vista del mapa de ruta y miró al marinero.

Este tenía cogido por el cuello de la chaqueta a un niño de no más de cinco años.

—Un polizón, ¿eh?

—Sí, señor. Estaba oculto dentro de uno de los botes de salvamento. Debió subir en el puerto.

El Capitán se agachó para verlo de cerca. Era un muchacho fuerte, bien alimentado, y sus ropas no dejaban dudas de que provenía de una familia pudiente.

—¿Qué haces aquí? —dijo con su voz ruda.

El niño no contestó, aunque tampoco parecía asustado. Lo miraba con una mezcla de reto y admiración, con sus pequeñas cejas fruncidas.

—¿Dónde lo has encontrado? —preguntó al marinero.

—En la cocina, señor. Parece ser que él es el responsable de los robos que denunció el cocinero.

—Así que tenemos con nosotros a un bandido, ¿eh?

El niño sonrió, y cruzó los brazos sobre el pecho.

El Capitán levantó una ceja, sorprendido, y tomó un nuevo trozo de tarta de manzana. Cuando vio la mirada que el niño dirigía al pastel, dio orden al marinero de que saliera y lo dejara a solas con el polizón.

—Siéntate. ¿Te apetece un trozo de tarta?

El niño obedeció y asintió.

Con cuidado cortó un buen pedazo y se lo entregó envuelto en una servilleta.

—¿De dónde sales? ¿Quién te ha perdido? —dijo mientras disfrutaba viendo como el chico devoraba la tarta.

Con la boca llena, el niño habló al fin.

—Me escurrí de brazos de tío Etienne —dijo mientras masticaba—. De pronto estaba en el barco, y un poco después el barco estaba en el medio del agua.

El hombre sonrió sin querer. Al parecer este chico era otra víctima del tumulto del puerto. Ese tal Etienne debía de estar loco buscándolo. Tendría que mandar recado al puerto de que estaba a salvo, y ponerlo a buen recaudo una vez que llegaran a su destino.

—¿Cómo te llamas, pequeño?

—Bastien.

—¿Bastien qué más?

—Bastien de Mirecourt, señor.

El hombre abrió mucho los ojos y lo estudió detenidamente.

—Bien muchacho. Hace unos meses llevé a tu madre a Nueva Orleáns. Ahora eres tú el pasajero —dijo riendo.

Llamó a un marinero que se presentó ante él con un saludo marcial.

Habían zarpado rumbo a Boston en una flota comercial. Cada dos días enviaban y recibían correos de un par de barcos de apoyo, enviados por los armadores.

—Manda dos recados con los barcos correo —dijo mientras anotaba algo en un trozo de pergamino—. Uno para Nueva Orleáns. Debe llegar a manos de la condesa o del conde de Mirecourt, estén donde estén.

El marinero asintió.

—¿Y el otro, señor?

—El otro es para Calais. Hay que avisar al tío de este pequeño que el niño está a salvo, y dónde podrá recogerlo cuando lleguemos a Boston.

* * *

Jacques entró en el único salón de la ciudad, un local pequeño y algo oscuro que pretendía ser taberna y cafetería, y paseó la mirada entre la clientela.

Había descubierto que el conde de Mirecourt era muy conocido en la ciudad y, según le habían informado, a esa hora solía tomar una copa en aquel lugar.

El local, ya cerca del mediodía, estaba lleno de hombres y mujeres que bebían té y licores, y hablaban del tiempo y de los acontecimientos de Europa.

No había querido preguntarle a Babette; no sabía por qué, quizá porque no le gustaba alentar sus pensamientos, así que fue la posadera quien le dio una buena descripción de Arnaud de Mirecourt.

Lo descubrió sentado a la barra del bar, bebiendo una copa de licor en solitario, con la mirada perdida más allá de las botellas de cristal que se apilaban tras el mostrador.

Jacques tomó asiento a su lado y pidió una copa. El camarero la sirvió con generosidad, y él se la bebió de un trago.

—Otra.

Entonces se atrevió a mirarlo.

"Es guapo el condenado", pensó Jacques.

Debía de tener su misma edad, y era un poco más bajo, quizá. El cabello lo llevaba corto, de un castaño oscuro casi negro. Tenía los ojos azules, más claros que los suyos, y una ligera barba que le recortaba la cara. Iba impecablemente vestido; con un traje azul oscuro y camisa blanca, de corte perfecto. Casi desentonaba en un sitio como aquel, aunque parecía que todos lo apreciaban. La complexión del Conde era menos robusta que la suya, aunque no parecía estar en mala forma.

Jacques volvió a vaciar su copa.

—Póngame otra y sírvale también al caballero.

Entonces Arnaud se giró y lo miró extrañado.

—¿Nos conocemos?

Tenía las cejas finas y la nariz pequeña y recta, lo que le daba aspecto de una de esas esculturas que adornaban la entrada de los edificios públicos. Jacques no pudo evitar compararse con él; un aventurero, sin futuro ni beneficio, un vividor perseguido por la justicia de media Francia, frente a un honorable caballero.

—No —contestó—. Pero me gustaría invitarlo.

Arnaud aceptó la copa con una sonrisa, y Jacques sintió que le caía bien al instante. Era una sonrisa franca y transparente, como la de una buena persona.

—Por los amigos instantáneos —brindó Arnaud—, que la experiencia me dice que llegan a ser los mejores amigos.

La bebieron de un trago y pidieron otra, esta a cuenta de Arnaud.

—¿Es nuevo por aquí? No lo he visto antes.

—Acabo de llegar.

—Es una gran ciudad, le gustará.

—¿Vive aquí? —preguntó mirándolo fijamente a los ojos.

—Vivo en las afueras, pero acudo todos los días a atender mis asuntos. Mi nombre es Arnaud de Mirecourt, no dude en buscarme si necesita cualquier cosa.

—Jacques —se presentó—, Jacques Bonnier. Y sí, necesito algo de usted.

El Conde lo miró expectante.

—Hágala feliz.

Jacques salió de la cantina, y dejó a Arnaud completamente anonadado.

✳ ✳ ✳

—Estás preciosa —dijo al entrar en la habitación.

El vestido, aunque remendado a causa de los estragos del viaje, le quedaba perfecto. Era blanco, de algodón, con un escote redondo y pronunciado. Estaba cortado bajo el pecho, como marcaba la moda, y tenía mangas muy cortas terminadas en puntillas. Se había recogido el cabello con una cinta también blanca, en un moño de estilo griego, como una divinidad clásica.

Jacques instintivamente pensó en la buena pareja que hacía con Arnaud, y sintió un ligero malestar en el estómago.

Ella lo miró a través del pequeño espejo de pared donde terminaba de arreglarse.

—Lo he encontrado. Está a unos metros de aquí, en una taberna.

Ella notó una sacudida que le recorría la espalda. Al fin, después de tantos meses, de tantos años, la felicidad estaba a solo unos metros, al alcance de su mano.

Jacques seguía en la puerta, con la mirada opaca y fría.

—Creo que ha llegado el momento de la despedida —dijo el hombre.

Ella se giró, pero no avanzó hacia él.

—¿Qué harás ahora? —no se había atrevido a hacer esa pregunta antes. Sin embargo, ahora que todo había terminado…

Él sonrió levemente.

—Esta tierra está llena de posibilidades. Me jugaré a cara o cruz si me marcho al Este o al Sur. Cualquiera de los dos sitios es bueno para empezar.

Hubo otro silencio entre ambos, como si la intimidad a la que habían llegado en estos meses se fuera diluyendo poco a poco, segundo a segundo.

—En cuanto a nuestro acuerdo monetario —dijo Babette—, en cuanto hable con…

No continuó, no se atrevió a pronunciar el nombre de Arnaud.

—No me debes nada. Me considero pagado.

Dio media vuelta y se dispuso a salir de la habitación, pero antes de hacerlo volvió a girarse.

—Bueno, sí me debes algo —dijo con su flamante sonrisa, aquella que la había cautivado desde el primer momento—. Prométeme que vas a ser muy feliz.

Ella corrió a sus brazos y sumergió la cabeza en su pecho. Permaneció así unos minutos antes de separarse.

—¿Nos volveremos a ver? —dijo con voz queda.

Jacques se apartó de Babette con ternura. Durante todo el camino sabía que ese momento llegaría, y aunque se creía preparado para sobrellevarlo, no estaba seguro de conseguirlo.

—No —dijo en un susurro, y desapareció por las escaleras.

* * *

El murmullo del salón disminuyó de intensidad hasta desvanecerse. Donde antes estaban las voces altas de los hombres y el sonido de los vasos al chocar, ahora no había nada.

Arnaud miró a ambos lados extrañado, todos miraban hacia atrás, hacia la puerta.

Se giró en el taburete con curiosidad y el corazón, por un momento, solo por un momento, se le detuvo en el pecho.

—¡Babette!

La mujer corrió hacia él y se fundió en un abrazo.

—Pero…

Arnaud la abrazó sin saber muy bien si estaba soñando o si el tiempo se había convertido en un bucle y había vuelto hasta el principio de todas las cosas.

* * *

La moneda brilló en el aire, alcanzada por un rayo de sol. Giró sobre sí misma, se detuvo un momento y cayó sobre la mano de Jacques.

—Cara —dijo con una sonrisa—. Adiós, Oeste, vuelvo a la civilización.

Se encontraba en un cruce de caminos a las afueras de St. Louis. A la izquierda, quedaba el Misisipi y más allá el salvaje Oeste. A su derecha, el camino se bifurcaría una y mil veces hasta la costa, hasta las plantaciones de Virginia, las refinadas calles de Boston o los manglares de La Florida.

Un carro tirado por mulas pasó por su lado.

—Amigo —dijo Jacques—, ¿conoce las ciudades del Este?

El hombre, un granjero de rostro rubicundo y larga barba plateada, le dijo que sí.

—Si usted tuviera que empezar de nuevo —continuó Jacques—, ¿dónde lo haría?

El hombre lo miró como si estuviera loco.

—¿A qué se refiere, señor?

Jacques se rascó la cabeza e intentó explicarle.

—Si tuviera que olvidar a una mujer, ¿adónde iría?

El hombre sonrió.

—Yo quiero olvidar a la mía, pero no me deja escapar —dijo soltando una carcajada—. Sin embargo, yo en su caso no lo dudaría. Partiría a Nueva York.

—Nueva York —repitió Jacques en voz baja—. ¿Y queda muy lejos?

El hombre miró el jamelgo en que estaba Jacques montado y lanzó un suspiro.

—Con ese caballo, señor, demasiado lejos.

Jacques asintió, y se despidió con un apretón de manos.

Cuando quedó a solas arreó el caballo, que emprendió la marcha con dificultad.

—De acuerdo, Jacques —se dijo a sí mismo—, no hagamos esperar por más tiempo a la fortuna.

* * *

La despertó un rayo de luz.

Una doncella acababa de descorrer las cortinas de su habitación y había dejado sobre la mesa una bandeja de plata con el desayuno.

Babette se incorporó en la cama, entre sábanas de hilo encanutadas y confortables almohadones de pluma.

Sentía un ligero dolor de cabeza; la noche anterior habían hablado hasta muy tarde, delante de una botella de clarete. Al final, Arnaud decidió dormir en la habitación de invitados y dejarle a ella el dormitorio principal.

—¿Qué hora es? —preguntó a la doncella.

—Ya es mediodía, madame.

Salió de la cama y se sentó frente al tocador. El camisón de seda se pegaba a su piel y marcaba las líneas suaves de su cuerpo. Se sirvió una taza de té recostada en la silla, analizando la curva suave de su cuello, el arranque delicado de su busto y el cabello dorado con profundos destellos cobrizos.

Lo había conseguido, pensó ensimismada. Estaba al fin con Arnaud, y su hijo se reuniría pronto con ellos. Así lo había prometido su marido.

No sabía por qué, pero no le había desagradado el hecho de que Arnaud decidiera no pasar la noche junto a ella; lo había achacado a la necesidad que Babette tendría después de un viaje como aquel. En cualquier otro momento, lo hubiera tomado como una ofensa; hoy no.

La puerta del dormitorio se abrió y apareció Arnaud. Llevaba un impecable traje marrón, con chaleco a rayas y zapatos lustrosos. En una mano había una carta con los lacres abiertos.

—¿Nos puede dejar solos, por favor? —dijo a la doncella, que abandonó sus tareas y salió haciendo una reverencia.

Babette lo miró a través del espejo. Allí estaba el hombre del que se había enamorado, el padre de su hijo.

Arnaud puso una mano sobre su hombro y la besó en la mejilla.

—Tengo algo que contarte. Será mejor que nos sentemos. —Tomó asiento en un canapé que había bajo la ventana y esperó a que Babette se reuniera con él.

Ella se alarmó un poco y se sentó enfrente, interrogándolo con la mirada.

—Ayer no quise comentarte nada. Acababas de llegar de un largo y difícil viaje, y no hubiera sido oportuno.

Le había contado todas sus aventuras pero, por algún motivo, había omitido el nombre de Jacques. Entornó los ojos y le prestó toda su atención.

—Napoleón ha caído —soltó Arnaud como un jarro de agua.

—No puede ser —dijo sorprendida; los rumores, cuando salió de Francia eran inquietantes, pero de ahí a que el Emperador hubiera sido derrotado...

—Está apresado en la isla de Elba. Su imperio se ha derrumbado.

Entonces pasó por su cabeza la imagen de su hijo, de sus tíos en Audresselles, y se puso mortalmente pálida.

Arnaud la tomó de la mano.

—Están bien —le tendió la carta, que ella empezó a leer con avidez—. Es de tu tía. Han desembarcado en Boston.

Babette reconoció la letra pequeña y apretada de tía Camille. En la carta le decía que se encontraban bien, a salvo en Boston; ella, Etienne y el pequeño Bastien. Habían alquilado una casa para pasar una temporada, hasta que recuperaran las fuerzas perdidas en el viaje. Tenían mucho de qué hablar.

—Están aquí —dijo con una sonrisa.

—Sí, y pronto te reunirás con ellos.

El tono con que lo dijo congeló la sonrisa en los labios de Babette.

—Debemos hablar —dijo Arnaud mirándola fijamente.

Babette dejó la carta a un lado y permaneció expectante. No era una mujer que permaneciera inactiva ante un hombre. Sin embargo, desde su llegada, sabía que algo sucedía, que algo había cambiado entre ellos para siempre.

—No te esperaba —empezó a decir Arnaud—. Francamente, no te esperaba.

El día anterior la había acogido con sorpresa, pero Babette no pudo evitar notar cierto distanciamiento.

—Arnaud... —intentó decir.

—Déjame que hable, si no seré incapaz de hacerlo.

Babette aguardó, aunque notaba que las manos le temblaban.

—¿Recuerdas que solo hemos estado juntos una vez? ¿Qué si sumamos todos los días de nuestra vida que hemos permanecido uno al lado del otro no completamos un mes?

Ella asintió. Por alguna razón desconocida, su voz se negaba a pronunciarse. La garganta se le había cerrado y le ardía como si hubiera tragado ascuas encendidas.

—Babette, te he amado más que a ninguna mujer en mi vida, y aún te quiero. Pero cuando salí de Francia me prometí olvidarte, no volver a pensar en ti, sacarte de mi vida para siempre.

—Pero nuestro amor...

—Nuestro amor es algo tan real como la existencia de Bastien. Sin embargo, ha habido más dolor entre nosotros que cualquier otro sentimiento.

Ella asintió. Era cierto que no se había portado bien con él, pero también lo era que Arnaud la había tratado con crueldad.

—Cuando te vi ayer a la tarde en el salón, todas esas promesas se olvidaron. Allí estabas tú, la mujer que había deseado cada noche desde que la conocí, la que no había podido apartar de mi cabeza un solo instante —con un gesto mecánico se ajustó los puños de la camisa—. Solo con verte, como sucedió en mi vida cada vez que hemos estado juntos, el mundo se desvaneció, se llenó de Babette.

Ella no sabía adónde quería llegar Arnaud y seguía atenta a cada una de sus palabras.

—Cuando desperté esta mañana, he pensado en ti, cosa que hacía tiempo que no sucedía. Me he dado cuenta de que eres mi obsesión; te adoro, te quiero, pero quizá no te ame como tú mereces.

—Pero... —intentó decir, pero Arnaud tenía que terminar y no iba a dejar de decir aquello que le quemaba la lengua.

—Si hubiera sido así, no te hubiera dejado marchar una y otra vez, no hubieran estado las promesas por encima de nuestro amor, no hubiera habido nada por encima de nosotros, ¿no crees?

Arnaud le preguntaba y ella no podía hablar. Se daba cuenta de que quizá él tuviera razón, de que siempre lo había sabido, incluso cuando se dirigía al precio que fuera en su busca, poniendo su vida y la de Jacques en peligro solo para demostrarse que era capaz de amar.

Bel Frances

—Y ahora te pregunto —continuó Arnaud—, ¿de veras me amas, Babette?

Ella no podía creer que le hiciera aquella pregunta. Lo miró a los ojos, eran azules, de un tono más claro que los de Jacques... y de pronto se descubrió pensando en Jacques, descubrió que ni un solo instante había dejado de pensar en él, incluso cuando su marido le hablaba ayer por la noche, en un encuentro con el que había soñado durante tanto tiempo.

Permaneció callada, con los ojos muy abiertos, sorprendida de lo que le revelaba su corazón. Había permanecido muda ante él durante todo este tiempo. Lucile, su amiga, tenía razón; lo tenía delante y no había sabido verlo.

Bajó los ojos y por su cabeza cruzaron velozmente las imágenes; la primera vez que lo había visto, arrogante y duro bajo el manto de lluvia, su actuación con los piratas, con los nativos, sin importarle su vida con tal de protegerla, sus palabras de amor antes de arrojarse a una muerte segura. Recordó sus celos, el modo maravilloso como la había amado, sus miradas intensas cada vez que se cruzaban sus ojos. Lo que había vivido con Jacques durante aquellos meses era mucho más intenso que todos estos años de distanciamiento con Arnaud. Ahora se daba cuanta de que su matrimonio concertado, consumado una única vez, un matrimonio sobre el que había girado su existencia, era solo un espejismo de su imaginación.

—No —dijo con un nudo en la garganta—. Tienes razón, quizá no te ame.

Arnaud la atrajo hacia sí, la apretó entre sus brazos y la besó en la frente.

—Gracias —dijo estrechándola con fuerza—. Al fin me haces libre.

* * *

Querida tía Camille:

¿Boston? Arnaud me ha dado tu carta y me gusta que hayáis decidido estableceros en este país, pero ¿por qué Boston? Seguro que tiene

un puerto y habéis encontrado una casita de chocolate encaramada en una colina. Dime que no me equivoco.

He leído tu carta sobre la aventura de Bastien con el corazón en vilo. Solo de pensar lo que le hubiera podido suceder... pero gracias a Dios estáis bien los tres, y sé que felices. Arnaud ha mandado un buen regalo al Capitán que creo que le permitirá retirarse de los mares, aunque (y tú lo sabes porque eres esposa de uno de ellos) estos viejos lobos de mar no pueden estar lejos de los barcos. Parto mañana de St. Louis. Tengo mucho que contarte.

Creo que todo empieza a encajar, que las piezas que conforman nuestras vidas han empezado una nueva partida y que esta será la definitiva. Dale mil besos a mi hijo, dile que lo quiero, que su padre lo adora, y que muy pronto lo tendré entre mis brazos.

Te quiero,

Babette

* * *

—¿Seguro que no necesitarás nada más? Recuerda que ahora eres una mujer arruinada —dijo Arnaud ayudándola a subir al carruaje.

Ella soltó una carcajada y lo besó ligeramente en la mejilla.

Era cierto que todas sus posesiones en Francia habían sido requisadas, sin embargo, y gracias a su banquero de París, muchas de ellas habían sido vendidas antes de la caída de Napoleón, y su dinero y sus joyas estaban a salvo. Con ello tenía para vivir con comodidad el resto de su vida.

—Tengo más de lo que necesito. —Lo miró dulcemente a los ojos; era cierto que no lo amaba, pero el cariño que sentía hacia él era inmenso.

Prométeme que te cuidarás y que vendrás a verme.

—Lo prometo. Bastien será nuestro mensajero.

Habían acordado que el pequeño Bastien pasaría una temporada con ella y otra con su padre. Él iría a recogerlo dentro de dos meses

234

a Boston. Tenía mucho de que hablar con su hijo. Cuando tuviera edad para elegir si quería vivir con uno u otro, acatarían su decisión.

—¿Sabes ya algo de madame Prudence? —preguntó Babette.

Arnaud sonrió.

—Ya ha embarcado hacia Nueva Orleáns. Bastien tendrá la mejor compañera de juegos del mundo.

Babette no pudo evitar sonreír.

Se acomodó en el carruaje y miró a la joven que los observaba desde la puerta. Era la hija de un terrateniente local, y a partir de ahora, cuando les concedieran la nulidad, la prometida de Arnaud.

—Es bonita. Me gusta.

Él sonrió.

—También a mí me gusta Jacques.

Babette lo miró sorprendida.

—¿Cómo sabes...?

Arnaud soltó una carcajada.

—Me invitó una copa. Ese tipo está loco por ti.

—¿Eso crees?

—Lo sé. Tenía el mismo brillo en los ojos que tuve yo cuando caí en tus redes.

Los dos rieron de buena gana.

—¿Me escribirás? —dijo él.

—Lo haré.

Se dieron un último beso, y el coche partió.

El cielo brillaba azul, su espíritu estaba sereno y en el fondo de su corazón, por primera vez en su vida, supo que todo saldría bien.

※ ※ ※

Allí estaba; en medio de un camino polvoriento.

Los bandidos solo le habían dejado la ropa y las botas; todo lo demás, incluido su pulgoso caballo, se lo habían arrebatado a punta de pistola. También le habían propinado una buena tunda, pero no se habían ido de balde.

Se tocó la mandíbula; lo habían atizado fuerte, y otro pequeño corte manaba sangre junto a la boca.

¿Cuánto quedaría para Nueva York? Enfiló el camino con decisión. Quizá se cruzara con un alma caritativa que lo acercara hasta una población decente. Allí sabría cómo conseguir dinero para comprar otro caballo y emprender su marcha. Aunque con el aspecto que presentaba, ningún carruaje le pararía.

Oyó el sonido de los cascos y se volvió al instante. Por el camino se acercaba un carruaje tirado por dos caballos y conducido por un cochero que iba en el pescante. Quizá tuviera suerte.

Se colocó en mitad del camino y alzó los brazos, al estilo de su época de bandido, que ya quedaba tan lejos que ni recordaba. Lo peor que podía sucederle era que el carruaje lo arrollara, que en su estado casi no lo notaría; lo mejor sería que le permitieran subir al pescante hasta el próximo poblado.

El cochero lo vio y frenó los caballos, que se detuvieron casi encima de Jacques. Este tomó las riendas para calmarlos y les acarició el cuello.

—¿Podría llevarme hasta el próximo poblado, amigo? Me han asaltado.

El cochero ni se dignó a contestar. Le señaló el carruaje con la cabeza y continuó mascando tabaco.

"Debería pedírselo al dueño del vehículo", pensó Jacques.

Cuando se acercó a la portezuela, una voz familiar salió del interior.

—Según veo, señor Bonnier, ha vuelto a ganarse la vida como bandido.

Babette apareció por la ventanilla con una sonrisa en los labios.

Él permaneció inmóvil, sin creérselo, mirándola fijamente, hasta que los ojos de la mujer le dijeron lo que quería saber.

—¿Estás segura? —dijo él con las cejas fruncidas.

—Sí. Más segura que de ninguna otra cosa en el mundo.

Jacques inclinó la cabeza.

—Si entro en este coche lo primero que haré será besarte, y después te poseeré hasta que no te queden fuerzas.

Bel Frances

Ella rió con ganas.

—Y tú siempre cumples con tus promesas —dijo Babette con una mirada pícara.

—Así es.

—Es una oferta tentadora —dijo ella apartándose de la ventanilla y abriendo la puerta.

Jacques entró y llenó todo el espacio con su cuerpo; la portezuela se cerró tras él.

—¿Adónde? —dijo el cochero golpeando el techo del vehículo.

—Adelante —dijo una voz desde dentro.

Nota de la autora

No te fíes de un bandido empezó a gestarse en el año 2005 como una segunda parte de la novela *Alma*. Sin embargo, pronto sucedió algo extraño; Alma no se dejaba ver, cambiaba de personalidad, los personajes secundarios tomaban fuerza, se enamoraban de la protagonista, empezando así una historia de amor que quedaba fuera de mi bien estructurado proyecto de novela.

Llevaba ciento cincuenta páginas escritas cuando me di cuenta de que estaba escribiendo una historia bien distinta de la que había empezado, que no era yo quien llevaba el timón de la nave, sino los personajes y su manera de amar y sentir. Como comprenderán, después de tanto esfuerzo, eso me envolvió en la desesperación, así que la segunda parte de *Alma* fue encerrada bajo llave en un cajón de mi escritorio y allí reposó durante más de un año.

Un día cualquiera, volví a reparar en ella mientras buscaba unos apuntes que había tomado hacía tiempo y decidí releerla. Entonces me di cuenta de que, aunque no había escrito la segunda parte de mi novela, sí tenía entre mis manos una buena historia y a unos personajes que había censurado, que había dejado sin palabras porque no se ajustaban a mi viejo plan de escritura.

Ese mismo día, retomé la obra y los dejé fluir. Los descubrí cambiando de nombre, de ciudad, de destino, construyendo otra novela diferente de la que yo había proyectado, conformando una vida nueva como no podía ser de otra manera.

Por lo demás, los personajes y lugares históricos que se citan en esta novela, así como los acontecimientos, la moda, las costumbres, forman parte de la realidad.

Se han mantenido los nombres propios de todos los personajes con su grafía original francesa.

Este libro se terminó de imprimir en el mes de diciembre de 2007 en Gráfica Laf s.r.l., Monteagudo 741,
Villa Lynch, Provincia de Buenos Aires, Argentina.